이 승 우 의   사 랑

이승우의 사랑

초판 1쇄 발행 2023년 9월 20일

지은이 김주연
펴낸이 이광호
주간 이근혜
편집 이주이 김필균 허단 방원경 윤소진 유하은
마케팅 이가은 최지애 허황 남미리 맹정현
제작 강병석
펴낸곳 ㈜문학과지성사
등록번호 제1993-000098호
주소 04034 서울 마포구 잔다리로7길 18(서교동 377-20)
전화 02)338-7224
팩스 02)323-4180(편집) 02)338-7221(영업)
대표메일 moonji@moonji.com
저작권 문의 copyright@moonji.com
홈페이지 www.moonji.com

© 김주연, 2023. Printed in Seoul, Korea
ISBN 978-89-320-4211-4 93800

이 승 우 의   사 랑

김주연 지음

문학과
지성사

내 지체 속에서 한 다른 법이 내 마음의 법과 싸워
내 지체 속에 있는 죄의 법으로 나를 사로잡는 것을 보는도다
오호라 나는 곤고한 사람이로다
이 사망의 몸에서 누가 나를 건져내랴
—「로마서」7장 23~24절

머리말을 대신하여

38도를 오르내리는 불볕더위와 태풍의 침노 소식 가운데 이 책의 교정을 보고 있다. 사실 지난여름 며칠간의 입원을 겪으며, 이제 생각들을 정리할 때가 되었음을 깨닫고 아직 절반쯤 집필 가운데 있던 『이승우의 사랑』 출판을 이광호 대표와 상의하였다. 상의,라고 했지만 이 대표는 나름대로 어떤 기미를 느꼈는지 탈고하는 대로 바로 책을 내자고 말해주었다. 원고는 절반을 조금 넘긴 상태였다.

『이승우의 사랑』은 소설가 이승우가 필생의 명제로 매달려온 사랑의 문제를, 나 역시 꾸준히 이 문제에서 눈을 놓지 않고 뒤를 밟아온 일종의 추적의 작은 결과물이다. 그는 왜 이토록 집요하게 사랑을 붙잡고 씨름하였을까. 축축하고 어두운 욕망의 늪에 빠진 채 뒹군 것이 사랑이라고 믿은 이후, 별빛으로 빛나는 탑 사다리 사이에서 터진 야곱의 눈물! 수십 권의 소설을 쓰면서 그 길에 도달한 이승우의 회한과 자책을 나는 잘 알지 못한다. 확실한 것은 그 자책이 소설의 진원지라는 것밖에는.

기독교를 역사와 배경으로 삼은 유럽에 기원을 둔 많은 한국소설, 그리고 적잖은 한국 기독교 작가들, 이런 요소들이 꽤 긴 시간 어울려왔음에도 불구하고 지금 이승우만큼 이 문제의 한가운데에 자신을 내놓은 이는 눈에 띄지 않는다. 이 상황을 말해보아야 하겠다는 약간의 기이한 부끄러움이 나로 하여금 이 책을 쓰게 한 것 같다. 아마도 한 생존 작가의 한 가지 테마에만 머무른 첫 비평가가 아닌지 모르겠다. 비평력 60년 가까운 자가 '첫'이라니!

문학과지성사 이광호 대표에게 먼저 감사한다. 문학과 종교 사이의 어떤 새로운 영역에 대한 도전을 격려해준 한국의 문학인은 만나지 못했다. 그러나 출판인 아닌 문학인으로서 이광호 대표는 나를 거듭 따뜻한 시선으로 격려해주었다. 게다가 그는 60년 가까이 나의 문학 활동의 집이 되어준 문학과지성사 대표 아닌가. 감회가 참으로 깊다. 기독교 쪽에서 문학과 종교 사이의 깊은 유대를 문학적으로 승화시켜주기를 기대하는 눈길들이 기억된다. 그 가운데에서도 구원 문제의 권위자이신 길성남 교수(고신대학원 은퇴 교수)의 조언에 감사드린다. 무엇보다 무더위 속에서 편집과 디자인으로 예쁜 책을 만들어준 이주이 선생과 유자경 선생의 노고에 고마움을 표한다. 빙수보다 시원하고 맛있는 아이스가 있다면 두 분의 것! 든든한 반세기 집지기 이근혜 주간에게도 다시 한번 감사의 말씀을 드린다.

2023년 9월

김주연

차례

일러두기

* 이 책에서 다룬 이승우의 작품 서지 정보는 다음과 같다. 본문에서 이승우의 작품을 인용할 경우에는 도서명과 작품명(소설집), 쪽수만 표기한다.

단편 소설집

『구평목씨의 바퀴벌레』, 문학사상사, 1987.
『일식에 대하여』, 문학과지성사, 2012(초판: 1989).
『목련공원』, 문이당, 1998.
『사람들은 자기 집에 무엇이 있는지도 모른다』, 문학과지성사, 2001.
『나는 아주 오래 살 것이다』, 문이당, 2002.
『오래된 일기』, 창비, 2008.
『신중한 사람』, 문학과지성사, 2014.
『사랑이 한 일』, 문학동네, 2020.

중·장편소설

『에리직톤의 초상』, 살림, 1990.
『生의 이면』, 문이당, 1992.
『내 안에 또 누가 있나』, 고려원, 1995(개정판:『독』, 예담, 2015).
『사랑의 전설』, 문이당, 1996.
『식물들의 사생활』, 문학동네, 2000.
『가시나무 그늘』, 문이당, 2005(청소년판. 초판: 중앙일보사, 1991).
『사랑의 생애』, 위즈덤하우스, 2017.

1부

사랑에 대한 질문

1.

왜 사랑인가

문제의 발단

1959년에 태어나 1981년 등단 이후 17편의 장편소설과 여러 중단편집을 상자해온 한국의 대표적인 소설가 이승우, 그의 소설 세계가 지닌 주제가 있다면, 그것은 사랑이다. 사랑이라는, 얼핏 보면 매우 범상하고 간편한 이 주제는 그러나 이승우에게 있어서 아주 복잡하고 거대한 세계이다. 하기야 어느 작가에게 사랑이 손쉬운 문제이랴. 작가에게만 그러랴. 어느 인생에서도 사랑은 엄청난 무게를 지닌 힘든 단어이다. 그러면서도 그 말은 달콤한 향기를 지니고 있다. 그리움과 애절함을 품고 있는 '사랑'은 동시에 증오와 한을 유발하는 힘들고 어려운 연상을 함께 안고 있기도 하다. 이 어려운 난제에 이승우는 처음부터 지금까지 끈질기게, 시종여일하게 매달리고 있다. 때로는 전면적·직접적으로, 때로는 은밀·음험하게 도전의 손길을 놓지 않는다. 이 사랑의 문제는, 그러나 작가 이승우의 개인적인 취향과 기호, 성향에만 머무르는 것이 아니다. 그가 내디디고, 전후 좌우로 탐색하고 있는 그 세계는 우리 인간 내면 깊숙이 똬리를 틀고 있는 본질과 닿아 있으며, 인간의 행동 하나하나를 제어하고 움직이는 에너지를 내뿜는다. 사랑의 힘은 이처럼 엄청나면서, 동시에 괴기스럽기도 하다. 이승우의 소설이 신성한 영성을 지향하면서도 기이한 마성, 심지어는 타락한 귀신의 모습까지 띠고 있는 것은 사랑의 알 수 없는 다양한 측면 때문일 것이다. 삶과 세상의 근원에 대한 철저한 조명을 가하는 그가 사랑을 주제로 한 오랜 작업을 지칠 줄 모르고 수행해오고 있는 것은 따라서 지극히 자연스러운 일일지 모른다. 우선 그의 저서들 가운데에는 직접 사랑을 제목으로 한, 혹은 '사랑'이 제목 안에 들어가 있는 경우가 있다. 살펴보면, 장편소설『사랑의 전설』, 장편소설『사랑의 생애』, 소설집『사랑이 한 일』이 있는데, 흥미로운 점은, 중단편 중에서(소설집의 표제작을 제외하고) '사랑'을 제목으로 달고 있는 것이 한 편도 없다는 사실이다. 그만큼 본격적인 탐구의 대상, 장편으로서의 문제의식에 집중했기 때문이었을까. 사랑에 관한 진지하면서도 다양한 관심의 일면을 일단 작품 자체에서의 몇몇 진술로 포착해놓고 시작하자. 인용 세 부분이다.

(1) "[……] 사랑이요? 그래요. 사랑이라는 게 있어요. 하지만 그게 무어죠? 함부로 남용함으로써 예수나 그의 추종자들의 가치를 저하시키는 외에 그게 무어죠? 우리들의 영혼의 눈을 흐리게 하고 무분별한 감상만 쓸데없이 살찌워서 사소한 일에다 숭고한 정신을 낭비하도록 종용하는 외에…… 아니에요, 그런 게 아니에요, 떨어져 있더라도

이제까지 가슴에서 열심히 키워오던 감정이나 꿈들, 즉 사랑을 얼마
든지 그대로 유지할 수가 있는 법이라고 말하려 했어요. [……]" (『에
리직톤의 초상』, p. 37)

(2) 나는 그런 뜨거움이 좋아요. 그렇게 먹고 먹임을 당하는, 목숨을
건 사랑이 좋아요. 알아요? 내가 지금 당신을 통째로 먹어버리고 싶다
는 걸? (『목련공원』, p. 32)

(3) 모든 나무들은 좌절된 사랑의 화신이다…… 그 문장이, 미리 대
기하고 있었던 것처럼 불쑥 떠올랐다. 어디서 뚝 떨어진 것도 같았다.
입안에서 그 문장을 가만히 굴려보고 있는데, 가슴 한구석이 움찔했
다. 그것은 형의 문장이었다. [……] '신화들 속에서 나무들은 흔히 요
정이 변신한 것으로 나온다. 요정들은 신들의 욕정과 탐욕을 피해 육
체를 버리고 나무가 된다. [……] 나무들마다 이루어지지 않은 아프고
슬픈 사랑의 사연들을 하나씩 가지고 있는 것은 그 때문이다.' (식물들
의 사생활, pp. 20~21)

앞의 인용 (1) (2) (3)은 이승우 소설이 지닌 사랑의 깊이에 앞서서
사랑의 일반적인 유형을 보여주고 있으며, 특히 (1) (2)가 그러하다.
그러나 인용 (3)의 경우는 이승우 사랑의 특별한 유형을 감지케 하
는 독특한 모습을 내보이기 시작한다. (1)은 이른바 '정신적 사랑'이
라고 흔히 불리는, 순수한 사랑을 표방한다. 여기서 그것을 주장하는
여주인공의 지향은 기독교적 영성의 세계와 자연스럽게 연결된다.

육체적 사랑의 몰아성(沒我性)에 빠져 있는 인용 (2)의 세계는 육체적·물질적 세계를 배타적으로 즐긴다는 점에서 (1)과 극단적으로 배치되며 세속적인 질서 안에서도 타락의 형상으로 비판된다. 그 정당성은 오직 두 사람의 파트너 사이에서만 열광된다. 이승우의 사랑은 인용 (1)과 인용 (2)의 세계를 터부시하거나 무조건 배척하지 않는다. 그의 많은 소설은 오히려 이 두 가지의 현실을 수용하고 있으며 때로 적극적으로 펼쳐 보인다. 그런데도 이승우의 소설이 주목받는 까닭은 인용 (3)에 나타나는 그의 독자적인 고뇌에 있으며, 그것은 인용 (1) (2)의 손쉬운 패턴을 넘어서 사랑의 본질과 마력에 깊이 있게 접근하여 그 핵심을 펼쳐 보이겠다는 야심에 있다. 우선 인용 (3)만 하더라도 그 '사랑'은 신선하다. 그 사랑은 동물적 정욕도 아니고, 비현실적 순결도 아니다. 그 사랑은 뜬금없이 '나무'로 비화하는 상징으로 옮겨붙는다. 좌절된 사랑의 화신이 나무라고 하지 않는가. 나무는 신화 속에서 요정의 변신으로 나오는데, 요정들은 신들의 욕정을 피해 나무가 된 것이라며 신들을 끌어들여 비난한다. 요컨대 요정들도 사랑이 있고, 그들이 변신해 나무가 되었다는 것. 요정과 나무에게도 사랑이 있고, 둘은 변신을 통해 일종의 등신(等身) 관계를 갖는 것이다. 사랑이 다른 모습으로 현신할 수 있다는 것이 인용 (3)의 메시지이자 이승우 사랑의 새로운 변태다. 이 변태로부터 숱한 변주가 벌어지며 거기서 다시 사랑의 깊은 동굴로 들어가는 탐사가 이루어진다.

사람의 사랑

  사랑의 가장 손쉬운, 눈에 띄는 모습은 이성 간의 애정이다. 다음으로 떠오르는 형태는 부모와 자식 간의 그것이다. 이승우에게서도 이 평범한 형태는 당연히 가장 먼저 그려진다. 그러나 그것이 '사랑'이라는 말의 연상과 내포처럼 그렇게 따뜻할까. 이승우 사랑의 출발은 사랑에 대한 그리움, 그 회의에서 시작된다. 작가 스스로 "이 소설은 본질적이고도 순수한 러브 스토리"라고 밝힌 연애소설 『사랑의 전설』은 그 고전적 평범성 때문에 이승우 자신으로서도 이색적인 작품이다. 이승우의 사랑이 얼마나 철학적(때로는 '신학적'이라는 표현이 더 어울릴 때가 많다)이며 문제가 있는지, 연애의 범속성을 그는 오히려 낯설어한다. 다음과 같은 작가의 진술은 그 민망함을 그대로 전해준다.

  글을 쓰는 동안 드물게 행복했다는 고백을 해도 좋을지 모르겠다. 내가 만든 인물에게 빠져들어가는 경험은, 나로서는 좀 예외적인 일이었다. [……] 내 뻣뻣한 문장이 사랑의 부드러움과 유연함을 잘 드러냈는지 걱정스럽다. (『사랑의 전설』, 작가의 말)[1]

  행복의 고백, '예외적인 일'이라는 고백, 사랑의 부드러움과 유연함에 대한 걱정스러운 고백, 이러한 고백들은 이승우에게는 자신에

[1) 이하 인용 시 쪽수만 밝힌다.

대한 솔직한 토로이며 그것들은 모두 그의 기질과 작품들을 정직하게 드러내준다. 그렇다. 부드러움과 유연함, 사랑스러움은 이승우답지 않다. 그런 의미에서 장편 『사랑의 전설』은 이승우로서 예외적이다. 그럼에도 불구하고 예외적인 이 소설을 제외하고 다분히 변증론적인 그의 사랑학에 귀를 기울인다면, 자칫 헛울림이 될지도 모른다. 작가는 진정한 사랑을 위하여 힘든 사랑의 여로를 돌아보고 있을 것이다. 그가 추측해보는 미궁으로서의 사랑 탐색에 동행하는 일을 사랑이라는 고전적 전설을 살펴보는 일과 함께하는 일은, 그러므로 정당한 순서일 것이다.

장편소설 『사랑의 전설』은 역설적으로 연애가, 연애에 대한 표현이, 연애소설이 과연 필요한가 하는 의문을 모티프로 한다. 이즈음 그것은 '전설'이 되었다. 그렇다는 것은 더 이상 보편적인 풍경이 아니라는 점, 그러나 전설로서의 아름다운 가치가 존중되고 있다는 점을 알려준다. 이승우의 작품 가운데 유일하다고 할 연애소설 『사랑의 전설』은 그러므로 그의 문학 안에서 그야말로 '전설적' 의미를 띤다. 이 소설은 의미가 가해지지 않은 순수한 '사람'의 사랑을 다루고 있다. 그 사랑은 과연 어떠한 사랑인가.

주인공인 소설가 서규진에게 주어진 연애소설 집필 청탁은, 바로 그 소설가에 의해서 이런저런 이유로 연기되고 유예되고 있다는 점에서 작가 이승우의 심상치 않은 마음의 지도를 보여준다. 주인공 소설가가 그렇듯이 이 장편소설의 작가 이승우는 순수한 연애소설은 이제 현실성이 없다는 생각을 하고 있다. 그의 생각은 이렇다.

"[……] 아마 연애소설을 읽는다 해도 이젠 그때 같은 감동은 찾아오지 않을 거야. 넌 그러기엔 너무 늙었어. 모든 걸 다 경험하고 알아버린 늙은이에게 무슨 기대가 있겠어? 가슴 두근거리게 하는 것은 미지의 세계에 대한 호기심과 기대감이거든. 그런데 너에게 그런 게 있어?"[……] "연애소설의 독자 나이로는 환갑이나 마찬가지야. 서른이 넘으면 늙은이라고. 서른 넘은 연애소설의 주인공 본 적 있어?"(pp. 17~18)

이러한 생각은 소설 집필을 부탁하고 강요하다시피 고립된 집필 환경으로 작가를 몰아가는 출판사 사장에 의해 반박되기는 한다. 그 이견과 갈등은, 그러나 바로 이 순수한 사랑이 전설이 될 수 있는가 하는 문제에 대한 심각한 도전이 된다. 전설은 쉽사리 동의하지 않는다는 뜻이다.

"올해 우리는 나이가 서른여섯이지? 이제 정말로 연애 감정이니 뭐니 하나 없이 되던가, 말해봐라. [……] 그런데 그 나이가 된 지금, 어떠냐? 너는 네가 고목나무라고 생각해? 아주 매력적인 여자가 너에게 말을 걸어온다는 걸 상상해 봐. 그럴 때 아무런 감동이 없을까? [……]"

"사랑이라는 것과 정열, 또는 욕망이라는 것을 분리하는 자네 생각에는 동의 못하겠어. 그것은 다른 것 같지만, 따로 떼어놓을 수 없는 거야. 손등과 손바닥 같은 거지. 정열이나 욕망 없이 사랑할 수 있을까? 세상에! [……]"(pp. 17~18)

소설 중 출판사 사장 병일과 소설가 규진의 견해는 이처럼 다르고, 그것은 본질적으로 다른 범주에 속하는 것처럼 보인다. 그러나 사람의 사랑이라는 점에 있어서 양자는 별로 다를 것이 없다. 사람의 사랑, 즉 이성 간의 애정은 욕망과 정열이 병행될 수밖에 없는 속성을 지닌 것이라는 생각은 지극히 자연스럽다. 이에 대한 반론 또한 그것을 인정하면서도 상당한 나이가 든 상황 속에서도 그것이 가능하겠느냐는, 그러니까 생리적인 단서와 연관된 조건의 첨가에 불과한 이론이다. 연령 여부와 관련한 사랑의 이해는 결국 세대의 변화에 따른 차이에 지나지 않는 것으로 받아들여진다. 요컨대 남녀 간의 사랑은 말하자면 에로스적 정열을 바탕으로 한 것인데 요즘 세상에서도 그것이, 특히 젊은이들을 넘어서 보편적 공감을 얻을 수 있겠느냐는 논란이다. 이러한 논란이 장편 『사랑의 전설』의 모티프로 깔려 있다는 사실은, 바로 그 공감이 가능하다는 긍정으로 이어질 것을 예감시킨다. 말하자면 작가 이승우는 사람의 사랑이 이제 전설에 지나지 않게 되었다고 암묵적 개탄을 은연중 표방하면서도 사람의 애정이 지니는 감성과 에로스의 에너지에 어쩔 수 없이 지지를 보낸다. 사랑에 대해서 말한다면 욕망과 열정, 감정의 전통을 그 누가 막으랴. 이승우도 그 같은 표정을 수락하는 것이다.

그럼에도 이승우는 주춤거린다. 이 주춤거림이 장편 『사랑의 전설』을 만들고 더 나아가 이승우의 모든 소설, 그러니까 그의 문학을 만들어낸다. 사랑은 욕망과 열정, 감정이라고 깔끔하게 인정하지 않고 그는 왜 '그런데……' 하면서 주춤거리는가. 『사랑의 전설』에서부터 그 내막을 살펴보자.

내막이 열리면서 이승우는 작중 주인공 소설가 규진을 통해서 앞서 피력된 서로 다른 갈등의 견해와는 다른 사랑론을 펼쳐나가기 시작한다. 그 출발은 이렇다.

사랑이란 환희와 상처와 욕망의 드라마다. 연인은 때로 은인이고 때로 적이다. 사랑 때문에 울고 사랑 때문에 웃는다. [……] 사랑한다는 것은 희생한다는 것이며 동시에 가해한다는 것이다. 한마디로 말해질 수 있는 모든 것은 거짓말이다. (p. 38)

결국, 두 사람이 다른 견해를 갖고 있는 것이 아니라 한 사람 안에 두 가지, 그 이상의 생각이 병존하고 있다. 사랑에 대해 한마디로 말해지는 것이 있다면, 그것은 모두 거짓이라는 인식 위에 이 소설은 기초하고 있다. 사랑은 열정이며 순수한 욕망과 감정이라는, 다소 막연한 전통적 정신이 사실상 부인된다. 그 정서를 바탕으로 연애소설 써주기를 희망했던 출판사 사장이나, 그렇기 때문에 쓰기 힘들다고 이리저리 피했던 소설가나 내심 이러한 사랑의 복합성을 알고 있었다. '사랑의 전설'은 어쩌면 처음부터 존재하지 않았다고 할 수 있다. 그런데도 마치 그 전설이 존재했던 것처럼 바닥을 깔아놓고 그 허위의 베일을 들춰내어가는 길에 이승우는 들어선다. 한마디로 말하는 것이 거짓이니 얼마나 많은 말로써 그는 사랑을 말할 것인가.

과연 그에게는 사랑의 3부작이 있다. 1996년 『사랑의 전설』 이후 한동안 '사랑'이라는 단어를 소설책 표제에 직접 달지 않던 작가는 20년도 더 지난 2017년 장편 『사랑의 생애』를 내놓고 2020년에 연작

소설집 『사랑이 한 일』을 출간한다. 『사랑의 전설』 이후 20여 년이 지난 시간의 거리만큼 뒤의 두 작품집은 첫번째 것과 내용상 사뭇 다른 구성을 보인다. 그러나 세 권의 소설은 3부작이라고 불려 타당할 공통의 구조, 더 나아가 사랑에 대한 소설적 이념의 공통성을 지향하고 있다. 세 작품을 묶어 통독한 독자라면 사랑의 테마에 무서울 정도로 천착하고 있는 작가의 야심과 집념, 탐구의 열정과 지식에 소름 끼치는 전율을 느낄 수도 있을 것이다. 이승우는 아마도 그 집념을 하나로 모으기 위해 40여 년의 세월 동안 많은 소설을 써왔는지 모른다. 어쩌면 그의 다른 모든 소설들은 '사랑'의 제단에 바쳐진 제물이었을 것이다. 『사랑의 생애』 『사랑이 한 일』 두 작품에 대한 분석은 따라서 이 글 전체의 결론과 맞닿게 될 것이다.

『사랑의 전설』에서 작중 소설가 규진이 펼쳐간 사랑은 그렇다면 무엇이었을까. 우선 그는 연인이었던 정연이라는 여성을 상기하면서, 그때 써두었던 노트로부터 소설의 단서를 끌어내고자 했다. 노트에는 이런 글귀가 있었다.

너는 바라보기만 해도 가슴이 뛰는 무지개다.

너는 냄새를 맡으면 금세 신선한 새벽을 가져다주는 백합의 흰 꽃술이다.

너는 오해 없이 찬란한 황혼의 바다, 내려감은 내 눈을 쓰다듬는 흰 태양, 내 영혼을 데우는 뜨거운 바람이다.

너는 눈을 뜨면 내 앞에 있고, 눈을 감으면 더욱 내 앞에 있다. (p. 39)

장 그르니에 등 외국 시인, 소설가 들의 그럴듯한 사랑의 문장들을 작품 곳곳에 끌어오는 데에서도 볼 수 있듯이 그 노트 속 문장들은 상대방에 대한 사랑의 헌사들이다. 흔히 여성에게 바쳐지는, 남성의, 그것도 젊은 남성의 전형적인 연가이다. 그러나 주인공 규진은 더 이상 그 문구나 그 힘을 믿지 않는다. "사랑은 이성이나 합리주의의 산물이 아니기" 때문이며 "사랑은 설명될 수 없기 때문에 신비"하다(p. 68). 심지어 광기에 가까운 면이 있으므로 초기의 이승우는 주인공 규진을 앞세우고 그 실현을 유예시킨다. 규진은 소설 쓰기를 미루기로 했는데, 까닭인즉 그 자신의 오래전 연인과의 사랑이 당시의 열정 그대로 남아 있기 때문이다. 그러니까 연인과 헤어지기는 했으나 여전히 그 자리에 머물러 있는 사랑이 그녀와의 일을 소설화하는 것을 막고 있다는 것이다. 이 점은, 이승우가 다른 여러 작품을 통해서 글쓰기의 신성성을 다루고 있는 문제와도 연결된다. 열정 상태에서 바로 그 자체에 대해 글을 쓴다는 것이 가능한가?

하지만 기억은 일관성 없이 떠올랐다가 혼란스럽게 엉키고 그러다가 툭툭 끊어지고……, 도무지 종잡을 길이 없었다. 그러자 소설 만들기가 더욱 어려워졌다. (p. 105)

사랑의 실현을 유예시킨 주인공은 똑같은 구실로 소설 쓰기도 유예시킨다. 실현되지 못한 사랑은 장편 『사랑의 전설』에서 열정이라는 악마를 만났고, 그 결과 규진과 정연 두 사람의 사랑은 실패 아닌 유예라는 형태로 두 사람 모두의 마음속에 자리 잡고 있었던 것이다.

이승우는 이때 상황을 유예시킨 원인을 '열정'에서 찾고 있으며, 그 열정은 바로 '악마'로 연결된다. 낭만주의 시인 블레이크William Blake 의 「순수의 전조」를 그는 이렇게 인용한다.

열정 속에 있는 것은 좋은 일이지만
열정이 그대 속에 있는 것은 좋지 않다. (p. 179)

이승우는 동시에 마치 잠언과도 같이 다음과 같은 경구를 만들어 낸다.

그는(주인공 규진—인용자) 바보였던가? [……] 이 악마는 사랑과 함께 있기 때문에, 사랑의 몸 안에 너무나 찰싹 달라붙어 있기 때문에 악마를 제외하고 사랑만 초대한다는 것은 불가능하다. [……]
그것들은 거의 한몸처럼 붙어 있기 때문에 사랑으로부터 악마를 분리해 낼 수가 없다. 어떤 뜻에서 이 악마는 사랑의 일부이다. (p. 180)

사랑은 악마를 포함하고 악마는 사랑의 일부라는 생각은 여기서 부터 이승우 사랑관의 토대를 이루면서, 순수하다는 사랑이 과연 무엇일까 하는 일종의 미로 탐색의 길을 들어선다. 순수하면 할수록 열정적이 되고, 거기에 오히려 악마의 그림자가 드리우는 것은 아닐까 하는 사랑관이 태동하기 시작하는 것이다. 이러한 사랑, 악마론은 사랑이라는 전설 자체가 사실상 신기루일 수 있다는 가설을 성립시킨다. 너무 아름답게 설정되어 있기 때문이다. 악마는 질투다. 질투에서부터 발원하고, 그는 상대방을 공격한다. 이때 상대방은 사랑스러운 애인이 아닌, 가증스러운 적으로 변모한다. 여기서 사랑의 치명적인 오랜 명제가 대두된다. 사랑은 주는 것인가, 받는 것인가. 사람에게는 사랑의 능력이 있는가. 이 능력 여부는 사람의 사랑을 넘어서는 거대한 문제로서, 작가 이승우에게 필생의 테마이자 그의 문학을 형성하는 명제가 된다. 이 명제에서 40년 이승우 문학은 한 치도 벗어나지 못하고 뜨겁게 가열된다. 발화점은 열정과 욕망으로 가득 찬 사람의 사랑이었으나 그 타오르는 열도는 높이를 알 수 없는 형이상으로 올라선다. 이승우 문학이 한국문학의 울타리를 벗어나 세계적인 보편성을 띠고 많은 나라에서 공감을 얻고 있다면, 이 같은 주제의 치열성이 지니는 깊이와 탐색의 성실성이 그 힘일 것이다.

『사랑의 전설』에서 이미 작가는 분별력이 없는 사랑은 맹목이고 열정 없는 사랑은 공허하다면서 "성숙한 사랑은 두 개의 날개로 난다"(p. 186)라고 천명한다. 그러나 이러한 그의 진술은 인식의 완성을 의미하지 않고, 도리어 그 출발의 선언이 된다. 이 소설에서 주인공 규진과 정연은 서로의 오해와 우연에 의해 사랑과 이별이라는 통속적 구도 안에 있고, 따라서 사랑에 대한 깊은 심도와 어떤 연관성도 갖고 있지 않은 듯하다. 그러나 이 구도는 '사람의 사랑'이 지니는 전형적인 리얼리티를 갖고 있는 것도 사실이다. 다시 되돌아본다면, 두 사람의 사랑은 왜 파국으로 끝나고 여주인공 정연은 죽게 된 것일까. 오해와 우연은 어떻게 야기된 것일까. 모든 실패한 사랑의 배경이 된 오해와 우연을 비평적 분석 또한 언제까지나 그대로 받아들이고 방치할 수만은 없다.

먼저 남자 주인공 규진은 왜 정연을 떠나는가. 한마디로 말하면 자의식 깊은 곳에 똬리 틀고 앉아 있는 이른바 자존심이 그 원인으로 떠오른다. 자신보다 외형적 조건이 좋은 다른 남성의 출현으로 자존심이 상한 규진은 애인 정연의 해명에도 불구하고 그녀 옆을 홀연히 떠난다. 그러나 이 경우 그 해명은 그에게 있어 늘 불충분하다. 자존심을 지키기 위해 사랑을 떠나는 그 행위는, 그러나 정확히 말한다면, 아집의 다른 이름이다. 이 점은 여주인공 정연에 있어서도 마찬가지다. 그녀는 자신 쪽에서 발생한 오해의 빌미에도 불구하고 충분한 해명 대신 상황 전반의 이해를 남자 쪽에게 구하고, 그렇게 하지 못하는 남자를 원망한다. 그녀가 보여주는 결정적인 아집의 모습은 규진을 버리고 결혼한 남성과의 결혼 생활이 불행하게 끝났을 때, 그 어떤 정보도 그에게 알려지는 것을 한사코 거부하는 태도에서 명확하게 드러난다.

"[……] 정연이의 의사가 너무 확고했어요. 정연이는 절대로 연락을 취하지 말라고 신신당부했어요. 만일 자기 말을 듣지 않으면 죽어버리겠다고 협박을 할 정도였으니까요. [……]"(pp. 235~36)

정연은 규진에게 나중에 되돌아갈 수 있었으나 일종의 자기 거부를 행한다. 스스로 망가졌다고 생각하는 모습으로는 돌아가기 싫다는 자존심의 발로인데, 이 역시 아집의 전형적인 형태이다.[2] 결국,

---

2) 뒤에 깊이 살펴보겠지만, 아집은 단단하게 굳은 자아의 문제로, 그 자체가 죄인의 원형이다. 이때 기독교에서 그것을 깨뜨리는 구원은 오직 예수 그리스도, 즉 구세주에 의해서만

애인이 두 사람의 상호애 대신 자기애를 지킴으로써 사랑은 불가능해진다. 흔히 오해와 우연의 탓으로 치부되고, 이러한 전개를 신파조라고 명명하곤 하는 연애소설의 가장 흔한 유형은 여기서 본격적인 성찰의 대상이 된다. 오해와 우연은 어디서 오는가—그것은 자기애에서 비롯된다. 자기애가 반성되고 부서지지 않는 한, 사람에게는 사랑의 능력이 없다는 가설은 그것이 영적 차원 아닌 세속적인 차원의 경우라 하더라도 진실에 가깝다.

사랑과 폭력

창조를 위해서는 사랑이 필요하다. 파괴를 위해 필요한 것은 단순하다. 그것은 폭력—주먹, 칼 또는 총이다. (『에리직톤의 초상』, p. 190)[3]

사랑의 필요성은 그의 초기작 『에리직톤의 초상』에서부터 이렇듯 직접적으로 강조되고 있다. 그러나 그것은 뜻밖에도 다소 정치적인 시각에서 출발한다. 초기에 이승우의 관심과 주제는 젊은 날의 청년이 겪는 두 개의 문제에 함몰되어 있었다. 그 하나는 그의 주위를 포위하다시피 하고 있는 이른바 개발독재의 정치적 억압이며, 다른 하나는 사춘기 시기에서 청년기에 접어든 욕망의 갈등이다. 시간의 진행에 따라서 주제는 당연히 후자의 심화로 옮겨가고 이 글의 논제도

가능한 것으로 해석된다. 길성남, 『구원, 하나님의 선물』, 향상교회, 2022 참조.
3) 이하 인용 시 쪽수만 밝힌다.

이와 결부되지만, 전자의 문제 또한 이와 깊은 관계를 맺는 것이 사실이다. 사랑하는 남녀 사이의 개인적인 다툼에 개입되는 폭력의 문제에 앞서서 위의 인용문과 관련된 정치적 폭력과 사랑의 관계를 먼저 살펴보자. 사랑을 위해서 폭력이 필요한 것이 아니라 창조, 즉 사회 개혁을 위하여 행해지는 폭력은 사랑이라니! 책 제목 그대로 "에리직톤의 초상"을 이끌어오는 사랑은 여기에서 대체 무엇인가. 수직적 권위에 대항해 수평적 공정의 윤리를 역설하는 사회정의 구현을 사랑으로 바라보는 투쟁의 현실이 대두된 것이다. 이 소설은 그러한 사랑이 충만한 사회를 "생명을 사랑하는 정열이 지배하는"(p. 191) 사회라고 하면서 그 경향성을 '바이오필리아'라는 말로 부른다. 그러나 안타깝게도 거기에는 폭력이 불가피하게 발생한다. 그럴 것이 그 반대편의 세력은 생명을 파괴하는 네크로필리아라는 말로 불리면서 사랑의 세력에 대해 늘 먼저 폭력을 행사하기 때문이다.

　아, 그래요. 태혁이 들고 있는 무기는, 적어도 내가 보기에는 증오나 적의가 아니라 고통이고 슬픔이었어요. (p. 207)

폭력이 사랑일 수 있다는 논리는 이승우의 초기 시절, 그러니까 1980년대 한국의 정치 현실과 긴밀하게 조응한다. 억압적인 군부세력에 의해 학원과 언론이 탄압받는 현실이 작품의 배경을 이루는 장편 『에리직톤의 초상』과 『生의 이면』, 그리고 단편 「고산 지대」 등이 수록된 소설집 『일식에 대하여』 등은 모두 이 문제에 정면으로 맞서고 있는 명편들이다. 독재에 항거하는 시위가 일정 부분 폭력성을 띨 수밖에 없는 현실 가운데 이를 수행하는 젊은이들은 동시에 슬픔을 느낀다. 폭력이 증오 아닌 슬픔을 유발하는 경우가 된 것이다.

폭력은 사랑하는 남녀 사이의 개인적인 차원에서도 일어난다. 언제부터인가 나타난 소위 '데이트 폭력'이 아마 이에 해당할지 모른다. '애증'이라는 말이 있기는 하지만 대체 어떻게 사랑하는 연인들 사이에 폭력이 개입할 수 있는가. 소설은 그것이 가능할 수도 있음을 보여준다. 무엇이 폭력을 일으키는가. 사랑의 속성에 원천적으로 폭력이 포함되는가.

[……] 그녀는 말을 다 끝맺지 못했던 것이다.

그녀는 잠깐 몸의 중심을 잡으려고 휘청거리더니 이내 몸을 비스듬하게 틀면서 계단 밑으로 굴러 떨어졌다. 바닥에 넘어져서 그녀는 어이없음과 참담함과 치욕스러움과 분노와 당혹감이 엉겨 붙은 복잡한 눈빛으로 그를 올려다보고 주변을 둘러보았다. 계단을 오르거나 내려가던, 또는 오르거나 내려가려던 남학생과 여학생들이 무슨 일이냐며 몰려들었다. 그들은 거의 짐승의 울부짖음에 가까운 남자의 괴성을 들었고, 그의 오른손이 허공을 가르며 그녀의 뺨을 사정없이 갈기는 모습을 보았다. (『生의 이면』, p. 255)[4]

격자 소설 형식으로 된 『生의 이면』 가운데 「지상의 양식」이라는 중편의 작자 박부길이 그의 연상의 애인, 종단이라는 여인을 자신이

---

4) 이 책은 여러 번의 개정을 거듭하는데 필자는 2002년의 개정판을 참고했다. 이하 인용 시 쪽수만 밝힌다.

재학 중인, 그리고 그녀가 졸업한 신학대학에서 백주에 폭행하는 장면이다. 어떻게 이런 일이 있을 수 있는가. 그러나 그 일은 일어났고, 그 둘 사이의 관계, 그리고 두 사람이 각기 처한 환경과 성향이라면 일어날 수도 있다는 가능성을 보여준다. 물론 그는 애절하게 사과하였으나 그 진정성이 둘의 이별을 막지는 못했다.

그렇다면 무엇이 이 소설에서 박부길로 하여금 종단에게 폭력을 가하게 했을까. 물론 직접적인 원인은 절제되지 않은 분노라고 할 수 있을 것이다. 문제는 분노의 발생 지점이다. 표면상 그 분노는 종단의 일방적인 학교 출현과 일방적인 약속, 그리고 일방적인 약속 지체에 따른 것으로서, 그 분노가 심한 폭력으로만 연결되지 않았다면 이해될 수 있는 측면이 있다. 연인 사이의 분노 발생은 이렇듯 어느 한쪽의 일방적 약속 지체, 혹은 약속 파기로부터 비롯되기 일쑤다. 이때 그 약속은 시간뿐 아니라 내용의 변경까지도 포함한다. 이처럼 약속의 변경이 중요한 까닭은, 그것이 두 사람 사이의 균형을 깨뜨리기 때문이다.

박부길과 종단에게는 많은 상이점에도 불구하고 하나의 중요한 공통점이 있었고 그 점이 두 사람을 연인으로 맺어주었다. 그것은 폐쇄성이었다. 폐쇄성은 보통의 연인들 사이에서도 연애의 진전에 따라서 자연스럽게 심화하는 경향이 있다. 두 사람이 다른 문제들보다 상대방을 향하여 날이 갈수록 집중하기 때문이다. 박부길과 종단은 이 폐쇄성을 매개로 연인이라는 균형의 추를 유지하였는데, 어느 날 종단 쪽의 약속 변경으로 그것이 깨지고 만 것이다. 그렇다면 둘 사이의 균형은 사실상 불균형이었던 것이 아니었을까.

종단과 박부길 사이의 연애, 균형처럼 보이는 그 교제에서 사실상 박부길의 일방적 호소가 종단에 의해 다분히 수동적으로 접수되었다는 사실이 간과되어서는 안 될 것이다. 박부길의 호소는 절박했으며 그만큼 폐쇄적이었다. 이에 반해 종단의 자리는 훨씬 열려 있었다. 그녀는 나이가 박부길보다 위였으며, 같은 교회 안에서 교사였다. 그녀에게는 교회에 근무하는 어머니도 있었고, 무엇보다 그와 같은 대학의 졸업생이었다. 교수와 선후배를 두루 아는 처지의 그녀와 달리 박부길은 신입생에 불과했다. 현실에서 둘은 내면적인 교통과는 다르게 한 사람이 다른 사람에 대해 권력자의 자리에 있을 수밖에 없었고, 권력의 약자 쪽인 박부길은 그것을 깨뜨리고 만 것이다. 사랑의 균형 관계는 이처럼 그 지속성이 늘 불안하다. 박부길은 그 스스로 이러한 사랑의 현실을 다음과 같이 고백한다.

나의 사랑은 그런 식이었다. 사랑은 평화를 향해 가야 한다고 사람들은 말한다. 이 말은 사랑하는 사람이 감정의 상태에 얽매여선 안 된다는 뜻을 함축하는 것 같다. [……] 나의 사랑은 너무 아슬아슬하고 가학적이었다. 그랬다. 나는 사랑을 전쟁처럼 하고 있었다. [……] 우리는 어렵지 않게 이 사랑의 불구성(不具性)을 짐작할 수 있다. 그는 사랑을 배우지 못했고, 배우지도 못했다. (p. 257)

그리하여 이승우는 사랑을 배우는 일로서 소설 쓰기를 한다. 살아가는 데 필요한 기술들을 배우고 익히면서도 막상 가장 소중한 사랑 배우기에 소홀한 관습을 그는 갱신하고자 한다. 그의 소설을 읽어나가는 일은 그러므로 사랑 배우기이다. 왜 사랑은 폭력적인가 하는 의문에 도전하는 일이야말로 가장 기초적인 첫걸음일 수 있다고 그는 본다.

사랑하는 두 남녀 사이보다 훨씬 더 정치적인 구조를 가진 지배/피지배의 정치 현실과 신/인간의 관계에 있어서 이 문제는 매우 심각하다. 제도화한 정치 현실은 언제나 갑의 자리에 있고 이에 항거하는 백성의 외침은 언제나 을이다. 여기서 문제는 갑이 백성에 대한 사랑이라는 명분마저 전횡하고 있다는 점이다. 또 다른 의미에서, 아니, 보다 근본적인 의미에서 신의 사랑 또한 수직적인 권위의 형태를 띠고 있으며, 발생학적인 견지에서 볼 때 거기에도 폭력이 내재되어 있다는 의문이 있다. 이와 관련해서는 뒷부분에서 상술될 것이다. 한 가지 미리 짚고 갈 것은 사랑의 다면적인 면모에 대해 작가 이승우는 문학적 도전 이외 어떤 선입견을 깔고 있지는 않다는 점이다. 문학적 접근은 항상 총체적이다.

2.
사랑에 대한 전설

사랑이 무엇이냐는 질문은 그 개념에 대한 학구적인 접근을 통해 이승우에게서 이루어지지 않는다. 그보다는 지금까지 그가 겪어온 '사랑이라고 생각되어온 일들'을 일종의 '사랑에 대한 전설'이라는 이름으로 펼쳐간다. 사랑이 직접 제목에 드러난 책은 『사랑의 전설』에 이어서 『사랑의 생애』 『사랑이 한 일』이 전부이다. 그리하여 나는 이 작품들을 사랑 3부작이라고 부른다. 1부 『사랑의 전설』과 달리 2부 『사랑의 생애』와 3부 『사랑이 한 일』은 그의 후기작이라고 할 수 있는바, 결국 이승우의 사랑 대작의 결론부라고 할 수 있을 것이다.[1]

---

1) 이 글의 두 부분, '복잡한 사물로서의 사랑'과 '사랑의 생애와 의문'이 사실상 1부에 대한 내용이다. 나머지 부분은 2부, 3부를 설명하는데, 특히 2부가 상세히 기술되고 3부는 성경과의 관련성을 강하게 암시한다.

사랑, 복잡화된 사물

사랑의 파멸은 사람의 사랑이 불가능에 가까울 수밖에 없다는 불행한 예감을 가져온다. 그 원인은 상대방이 아니라 자기 자신을 사랑하는 자기애에서 비롯됨을 『사랑의 전설』은 보여주었다. 이러한 혐의는 2부 격인 『사랑의 생애』에서 「잠언」을 방불케 하는 어록집 형식의 장편소설을 통해 세부적으로 확인된다. 작가 스스로 메모를 옮겨놓았다고 밝힌 이 소설에는 아닌 게 아니라 메모 제목으로 보이는 소제목들이 수두룩한데, 자기애와 직접 관련된 세 개의 소제목이 우선 눈에 띈다. '8. 자기 이름 부르기' '12. 실연에 대한 해석' '34. 우월감'이 그것이다. 여기서 앞의 소설에서 규진과 정연을 실연으로 몰고 간 사태와 관련하여 먼저 '12. 실연에 대한 해석'을 주목해보자. 『사랑의 생애』의 세 주인공 선희, 형배, 영석이 얽혀 있는 소설에서 실연은 현실로 전개되지는 않는다. 잠언 형식으로 성찰될 뿐이다. 가령 이런 것이다.

아버지가 그 여자를 사랑한 것은, 용납한다기보다 어쩔 수 없이 받아들일 수밖에 없겠지만, 그 이유가 자기보다 예뻐서라는 건 결코 인정하고 싶지 않았을 거라고 그녀는 주석을 달았다. '사랑하지 않아서'보다 '예쁘지 않아서'가 더 견디기 힘들었을 거라는 그녀의 주장은 이해하기 어려웠다. (『사랑의 생애』, pp. 88~89)[2]

---

[2] 이하 인용 시 쪽수만 밝힌다.

남자인 형배의 시점으로 서술된 앞의 문장은 남자에 대한 여자의 사랑이 당사자인 여자의 입장에서는 미모로 평가되기를 원한다는 내용이다. 앞 문장은 스포츠를 비유로 들면서 경기에 패배한 선수가 '실력이 모자라서 진 것은 아니라는 믿음이 패전 선수가 지켜야 하는, 지키기를 원하는 최후의 자존심'이라고 설명한다. 자신에 대한 사랑이 그 어떤 것보다 중요하다는 것인데, 물론 이때 그 사랑은 자아를 중시하는, 즉 아집과 통한다. 이 소설에서 이런 내용은 선희와 형배의 대화를 통해서 주로 공개되며, 이따금 한 사람의 독백이나 사유 형태로도 진술된다. 사랑의 현장에서 그것은 대부분 자기 과신보다는 자격지심으로 드러나기 일쑤여서 그 끝은 대개 파국이다.

　'그녀는 술에 취한 상태에서 친구에게 물었다. "이 꼴이 마땅하지, 마땅해. 누가 누군들 뭘 볼 게 있어서 나를 좋아하겠어, 그렇지 않아? […] 친구가, 뭐 볼 게 있어서 좋아하는 거 진짜 사랑 아니다, 뭐 볼 게 없어서 사랑하지 않는 거 아니라는 뜻이야, 라는 말을 덧붙였을 때, 그녀는, 그렇지, 네 말이 맞아, 난 뭐 자기가 볼 게 있어서 좋아한 줄 알아, 착각하지 마, 뭐 볼 게 있는 줄 알아, 자기는, 하고 받으며 술잔을 들었다. (pp. 91~92)

　욕망과 열정에 의해 사랑처럼 보일 뿐, 자신을 내어준 것은 아니라는 선언이 사랑의 순간에도 내재해 있는 것이다. 이 자아는 결국 욕망의 시간이 지나간 후 강렬하게 나타나며 두 사람을 갈라놓는다.

그러므로 사랑보다 강한 것, 무서운 것은 '자아'다. 프로이트Sigmund Freud는 정신분석학 속에서 자아의 위상에 대해 고민한 끝에 『새로운 정신분석강의』 31강에서 "이드가 있던 곳에 자아가 생성되어야 한다"라고 말했다.[3] 그에게는 이미 『자아와 이드 Das Ich und das Es』(1923)라는 책이 있지만 여기서 다시 그 위치와 성격을 분명히 하는데, 이때 자아의 위치는 이드와 외부 사이쯤으로 설명된다. "자아가 약해졌을 때 우리는 신뢰감을 잃고 수치심을 가지게 되며, 의심이 많아지고, 죄책감이 커지고, 열등감을 느끼며, 자신의 역할에 대해 혼란스러워하고, 고집이 세지고, 절망감 또한 느끼게 된다"[4]는 것이다.

이러한 분석은 프로이트의 딸 안나 프로이트Anna Freud, 그리고 하인츠 하르트만Heinz Hartmann을 비롯한 자아 심리학자들의 주장을 인용한 것인데, 여기서 중요한 대목은 '자아의 에너지가 가진 긍정적인 힘을 북돋아주어야 한다'는 지적이다. 자아 심리학자들의 이러한 지론은 얼핏 그럴싸하게 들린다. 인생의 각 단계에서 자아가 성공적으로 기능한다면 사람들은 위기의 순간에 잘 대처하고 적응하는 행복한 개인이 될 수 있다는 생각 또한 받아들여질 수 있다. 그러나 이같은 이론은 자아의 성격에서 긍정적인 부분에 조명을 집중한 결과인 듯하다. 앞서 자아 심리학자들은 '자아가 약해졌을 때' 갖는 부정적인 현상과 결과 들을 열거했는데, 사실 그러한 현상들은 '자아가 강해졌을 때'도 똑같이 드러나는 것을 볼 수 있다. 장편 『사랑의 전설』이 맞고 있는 사랑의 파국은 두 주인공 규진과 정연의 강한 자아

---

3) 김서영, 『프로이트의 환자들』, 프로네시스, 2010, p. 190 참조.
4) 같은 쪽.

에 기인하고 있지 않은가. 물론 아마도 이때 '약한 자아'와 '강한 자아'는 똑같은 자아의 다른 표기일지도 모른다. 사실 프로이트나 정신분석학을 별로 좋아하거나 신뢰하지 않는 나로서도 이 문제에 관한 한 자아 심리학자들보다는 차라리 프로이트나 그의 제자 라캉Jacques Lacan의 견해가 타당해 보인다. 즉 무의식과 연결되는 '이드'의 존재에 주목해야 할 것이다. 긍정적인 의미로 굳어지는 자아의 개념은 사실상 허상의 구조로 되어 있으며 그 구조 안에서 인간에 대한 올바른 이해가 차단된다. 규진과 정연의 실패는 자아의 약화가 아닌 지나치게 강한 자아의 무의식적 출현과 지속에 원인이 있는 것이다. 이러한 상황은 『사랑의 생애』의 '8. 자기 이름 부르기' '34. 우월감'에서 차분히 확인된다.

장편 『사랑의 생애』는, 사랑이 어떻게 끝나는지 그 경과에 대한 상세 보고서이다. 그러나 심리의 이동 과정을 현미경처럼 들여다보고 성격 규명까지 해나가는 가운데 주인공들의 기질이 드러난다. 사랑이 끝난다,는 것은 결국 실패했다는 것을 말하는바, 그렇다면 사랑의 성공은 무엇인가 하는 본질론으로 비화한다. 마지막 부분에 이르러 "사랑이 대체 뭐예요?"(p. 272)라고 묻고 "앎과 함"(p. 283)이라고 답하는 듯한 소제목을 설정한 것은 이 작가가 마침내 사랑의 본질을 끝끝내 파헤치고 말겠다는 결연한 의지를 표명한 것으로서, 사람들이 알고 있는 남녀 간의 애정을 전설 차원에 묶어놓고 일단 그 세목을 다시금 하나하나 살펴보겠다는 수평적 범주에서의 디테일 점검이다. 그 이후의 탐구는 그 이후가 될 것이다.

'8. 자기 이름 부르기'는 사랑이 자기애에 지나지 않는다는 것을 정직하게 보여준다. 자기애는 감정의 세계다. 작가는 이 소설의 서두, 즉 생애를 시작하면서 "사랑하는 사람은 사랑의 숙주이다"(p. 9)라고 작정해놓는다. 마치 사랑이 기생충의 숙주이듯이 사랑은 독자적인 사물처럼 사람의 몸을 휘젓고 다닌다는 인식이 거기에 있다. 이 경우 사랑의 주체는 사랑 자신이며, 사람은 주체적으로 꼼짝할 수가 없다.

사랑의 불가항력, 사람의 무력함을 역설적으로 표시하는 이러한 표현은 사실 현상학적·실존주의적 인식의 표현이기도 하다.[5] 사람이 사랑 속으로 들어오는 것이 아니라 사랑이 사람 속으로 들어와서 사는 것이다. 사람의 피동성과 함께 사랑의 주체성이 부각된다. 이승우의 『사랑의 생애』는 이렇듯 사랑의 능동적인 움직임으로부터 시작되며, 그렇기 때문에 사랑이 마치 사람처럼 '생애'를 가진다. 따라서 사랑은 사람의 생명이 그렇듯이 시작과 끝이 있다. 그리고 그 생애는 그에 대한 독자적인 탐구의 가치를 또한 지닌다. 『사랑의 생애』는 그 탐구의 소산이다.

숙주로서의 사람은 사랑에 있어서 특별한 존재가 아니다. "사랑할 만한 자격을 갖춰서가 아니라 사랑이 당신 속으로 들어올 때 당신은 불가피하게 사랑하는 사람이 된다"(p. 12)라는 것이다. 숙주로서의 조건이 있긴 하지만 자격은 아니다. 사람은 그저 사람이면 된다. 그 다음 사랑이 그에게 들어가서 일종의 자격을 부여한다. 이 '자격'은

---

5) 의식의 본질을 대상으로 향하는 지향성의 내부에서 파악하는 E. 후설의 현상학과 여기서 발전된 "사물 자체에게로Zu den Sachen selbst!"의 실존주의가 이러한 인식을 바탕으로 한다.

흔히 연인들이 헤어질 때 자주 사용되는 낱말인데, 그것도 헤어지기를 원하는 쪽의 술책, 그러니까 '자아'의 변형인 경우가 많다는 것이 이승우의 진단이다. 예컨대 이렇다.

그날, 사랑할 자격 운운하면서, 그가 겸손을 앞세워 오만을 부렸다는 말은 이미 했다. 그리고 그녀에 의해 그 오만이 폭로되는 순간 그가 움찔했다는 것도. 그러나 그는 곧 그 순간의 순간적인 당황을 이겨냈고, 그 말을 하는 그녀의 눈빛과 표정을 자기에 대한 경멸로 규정함으로써, 경멸에 대한 효과적인 방어술을 동원할 수 있었고, 겸손을 앞세운 오만을 유지할 수 있었다는 사실도 짐작할 만한 상황이다. (p. 19)

다소 장황한 이 분석은, 요컨대 사랑할 자격이 없다는 겸사를 내세움으로써 사랑의 현장에서 몸을 빼려는 사람을 향해, 그것이 겸손 아닌 오만임을 지적한 것이다. 작가의 분석은 겸손이라 하더라도 그것이 연애 쌍방의 별리를 포장하는 언사라면 자아의 교묘한 변형임을 지속적으로 파헤친다. 그러나 오만의 모습으로 들통난 자아에 대해 이승우는 다시 스스로 자문한다.

사랑을 자격의 문제로 둠으로써 오만을 유지하는 것이 왜 이제 불가능해졌을까. 자기가 얼마나 경멸받을 만한 사람인지 이해하는 대신 자기가 얼마나 불쌍한 사람인지 깨닫게 된 이 전환은 왜 필요했고, 어떻게 가능했을까. (pp. 19~20)

이러한 사정을 배경으로 사랑은 결국 사랑하는 상대방의 이름을 부르는 대신 자기 자신의 이름을 부르는 노골적인 이기적 행위가 된다고 보고한다. 애정 표현의 순간순간 이타적 행위인 듯한 헌신, 혹은 봉사의 언행도 사실은 이기적 행위의 변용에 지나지 않는 것이 된다. 그 관계가 별로 뜨겁지 않아서 헤어진 것으로 피차 생각하고 있는 두 남녀, 선희와 형배의 모습이 '8. 자기 이름 부르기'에서 그렇게 나타난다.

선희야, 하고 자기 이름을 부르는 순간, 예상치 못한 일이 그녀에게 일어났다. 이름 대신 뜨거운 불덩어리 같은 것이 그녀의 내부 깊은 곳에서 솟구쳐 올라오더니 어떻게 손써볼 겨를도 없이 울음이 되어 쏟아졌다. (p. 59)

선희는 자신이 상을 받게 되었고, 그 때문에 아직 애인이라고 생각한 형배로부터 축하를 받고 싶었다. 그러나 휴대폰을 바꾼 형배와는 통화가 안 되었고 술 취한 선희는 응답 없는 그에게 일방적인 전화를 해서 축하해달라고 요구한다. 문제는 여기서 형배의 목소리를 가장해서 그녀 스스로 선희를 부른다는 사실이다. 일종의 도플갱어 비슷한 형상이다. 이 형상은 자신의 이름을 불러줄 사람은 필경 자기 자신밖에 없다는 것, 자신의 이름을 확인하면서 이별은 완성된다는 것을 보여준다. 그 현장은 이렇다.

그녀는 그날 오후 콩나물 해장국을 먹으면서 형배의 전화번호를 자기 전화기에서 지웠다. 그것이 그로부터 벗어나는 의식이었다. 실제로 그녀는 그날 이후 그로부터 자유로워졌다. (p. 62)

『사랑의 생애』에서 사랑의 동력(이라기보다 오히려 사랑의 잔재라는 말이 어울릴지도 모르겠다)으로 투명하게 드러나는 것이 있다면 소설 끝부분에 나타나는 "우월감"(p. 262)일 것이다. 소설은 '우월감'과 더불어 "사랑이 대체 뭐예요?"(p. 272)로 끝나지 않는가. '우월감'에서 작가가 발견한 것은 대략 세 가지다. 첫째, "사랑은 중심 시야를 밝게 하고 주변 시야를 어둡게 한다. 좁은 각도의 중심 시야에 집착하게 하고 그 대신 더 넓은 주변 시야에 소홀하게 한다"(pp. 262~63)라는 점. 사랑이 눈을 멀게 한다는 속설이 이에 해당할 것이다. 둘째, 사랑이 오는 길은 다양하고 많다는 사실이다. 심지어 사랑 아닌 것이 사랑으로 가는 길이 되기도 하며 보잘것없는 것조차 그 길의 하나일 수 있다. 셋째로 사랑이라는 감정 때문에 행해지는 우월감은, 사실 사랑을 망쳐놓는, 사랑을 떼어버리고 오히려 정반대의 결과를 초래하는 결정적인 요소가 될 수 있다는 것이다. 장편 『사랑의 생애』 주인공들이 행한 우월감의 행태는 세 사람 사이 사랑의 구도를 일거에 흐트러놓는다. 소설 그대로 옮겨놓으면 이렇다.

무의식적인 우월감의 사주를 받아 행해진 형배의 도를 넘는 오지랖은, 본래의 의도와는 달리, 굳어져 있던 선희의 마음을 녹여(그가 아닌) 영석에게로 다시 돌아가게 만들었다. 그녀의 마음을 녹여 영석에게로 돌아가게 한 것은 형배의 공이다. 형배는 자기가 원하는 것을 얻

지 못했지만, 다른 사람이 원하는 것을 얻는 데 기여했다. (pp. 270~71)

우월감, 혹은 우월의식은 '열등감과 짝을 이루는 개념'으로서 우월감은 결국 열등감의 다른 표현에 지나지 않는다. 타인에 대한 배려를 전혀 생각하지 않는 자기애, 즉 나르시시즘의 소산인데, 이에 대해서는 프로이트, 라캉, 융Carl Gustav Jung, 아들러Alfred Adler 등등 심리학자들의 분석과 견해 들이 조금씩 다르면서도 비슷하게 전개된다. 요약한다면, 이 모두가 심리학적 분석의 대상이라는 것이다. 확실한 것은 우월감이야말로 자아의 허상에 갇힌 사람들의 특징인데, 다음 몇 가지 현상이 특히 주목된다. 이 소설 중 형배에게 해당하지 않을까 싶은 것들. (1) 참지 못한다. (2) 마음대로 되지 않으면 짜증을 낸다. (3) 욕심을 내기는 하지만 욕망을 말하지는 못한다. (4) 처음 만난 사람에게도 무조건적인 사랑을 바란다(pp. 202~03).

자아의 허상에 갇혀서 우월감으로 가득 찬 언동을 일삼았던 형배에게 돌아온 것은 선희로부터의 매몰찬 이별 통보뿐이었다. 선희는 형배의 비뚤어진 우월감에 대해 알아들을 만하게 말했지만, 그는 알아듣지 못했다. 형배는 교제 초반에 선희에게서 프러포즈 비슷한 것을 받은 일이 있는데, 이것이 늘 우월감으로 작용한 듯하다. 그 우월감은 자신을 상처주는 어떤 일에도 참지 못하고 마음대로 안 되면 짜증스럽고 그러면서도 솔직하게 제 욕망을 말하지 못하는 허상 안의 자아를 정직하게 반영하고 있는데, 『사랑의 생애』에서 그것은 이성 간 애정의 불가피한 현실임이 증명된다. 그러나 이 소설 결구에서 "사랑이 대체 뭐예요?"라는 소제목의 질문은 '사랑'이 그러한 바람직스럽지 못한 모습으로 치부될 수만은 없지 않겠느냐는 안타까움과 결부된 문제가 된다. 그렇다, 사랑은 그렇게 이기적인 것만은 아니다!라는 결론을 이 소설은 함께 말하고 싶은 것이다. 그것은 형배의 어머니 이야기에 의해서 촉발되고, 첨부되고, 감동의 선으로 이어진다.

형배의 어머니는 자신을 배신하고 떠난 남편이 노후에 객지에서 병들어 사경을 헤매고 있을 때, 스스로의 분노를 억제하고 그를 돌보기 위해 생업을 접고 작은 어촌으로 향한다. 아들 형배에게 이 일은 적잖은 충격이었다. 그는 어머니에게 다른 사람을 사랑하겠다며 어머니와 가족을 버리고 떠난 사람을 어떻게 찾아갈 수 있느냐고 항의하지만 헛일이었다. 이 혼란의 장면은 소설에서 다음과 같이 묘사된다.

그는 사랑에 대한 자신의 생각이 휘청거리는 걸 느꼈다. 그에게 사랑은 상승하는 것이었다. 밝고 강하고 충만한 것이었다. 빛을 향해 나가는 것이었다. [……] 어둠과 결핍과 하락은 사랑과 반대되는 것이었다. [……] 아프고 모자라고 아래로 떨어지는 것을 사랑이라고 할 수 없었다. (pp. 281~82)

사랑의 생애와 의문

이러한 사랑은 우리가 흔히 말하는, 갖고 싶고 누리고 싶어 하는 기쁨으로서의 사랑, 이른바 주이상스Jouissance[6]로서의 사랑이다. 그러나 형배의 어머니는 그 반대의 자리에서 사랑을 행한다. "내가 처음 사랑하고 유일하게 사랑한 사람이 그 사람이다"(p. 281)라는 그녀의 변이 있었지만, 무엇보다 최후의 사랑은 그를 향한 동정과 연민, 그리고 회한이 얽힌 사랑이다.

그것은 적어도 희열과 상쾌감을 동반하는 사랑이 아니다. 그것에는 인내와 희생, 헌신의 그림자가 어른거린다. 세속적인 의미에서 거기에는 '결핍'의 냄새가 난다. 그렇다는 것은, 그녀의 선택이 세속적이지 않은, 무언가 '종교적'인 것과 결부되고 있음을 의미한다. 그녀의 행위 자체가 종교적이라는 것이 아니라 그러한 사랑이 무의식적으로 내포하고 있는 어떤 지향점이 종교성으로 불러도 무방한 가치라는 뜻이다. 『사랑의 생애』는 바로 이 어려운 질문을 내놓는다.

> 그는 혼란을 느꼈다. 그는 자기가 사랑을 전혀 알지 못하거나 아주 잘못 알아왔다는 사실을 인정했다. 한참 후에 그는 겨우 신음처럼 물었다. 사랑이, 대체 뭐예요? (p. 282)

여기서 '종교적'이라는 말은 구체적인 역사적 개념이나 학문과 연결되지 않은 일반적 연상으로서, 초자연적인 존재를 믿거나 추구하

---

6) 프로이트의 후계로 평가되는 자크 라캉의 정신분석 핵심 개념 중 하나이다. 연구자들에 의해서도 그 개념이 다양하게 해석되는 주이상스는 간단히 요약하면 "고통스러운 쾌락"이다. 딜런 에번스, 「칸트주의 윤리학에서 신비체험까지 주이상스 탐구」, 『라캉 정신분석의 핵심 개념들』, 대니 노부스 엮음, 문심정연 옮김, 문학과지성사, 2013, pp. 17~48.

는 경향이나 심성과 결부된다. 따라서 우선 세속적이지 않은, 이해 관계에 얽매이지 않는 마음과 같은 것도 이에 포함된다. 나 자신만을 위하거나 욕망, 본능, 물질, 육체와 같은 심리나 사물을 넘어서는 생각도 넓은 의미의 종교성이라 할 수 있을 것이다. 종교성은 훨씬 보편적이며 초월적인 가치 추구의 측면을 지니는데, 형배의 어머니가 사경에 처한 형배의 아버지를 찾는 결단에 그러한 마음이 엿보인다. 그 모습은 이기적 세속성이라기보다 그것을 뛰어넘는 가치와 부합된 종교적 분위기를 자아낸다. 그렇다면 사랑은 평범한 인간들이 감각과 감성으로 누릴 수 없는 높은 수준의 영성에만 닿아 있다는 것인가. 이성 간의 연애조차 꼭 그래야만 한단 말인가. 또 이때의 종교성은 기독교와 같은 고등 종교를 지향하는 것인지 그리스신화나 샤머니즘과 같은 신화적·설화적 스토리의 세계를 포함하는 것인지도 애매하다. 다만 『사랑의 생애』는 문제를 제기한다. 이 소설이 제기하는 문제는 사실 비종교적인 차원에서의 질문이라기보다 사랑의 본질에 관한 물음, 더 정확하게는 사람들이 참다운 사랑을 행하고 있는가 하는 진정성에 관한 물음이다. 생명과 실존을 거는 엄청난 명제 앞에서 과연 사람이 온전한 사랑을 할 수 있을까 하는 의문. 이승우의 사랑은 말하자면 사랑에 대한 의문이라고 하는 편이 타당해 보인다. 장편 『사랑의 생애』는 이처럼 사랑에 대한 근본적인 의문을 보여주면서 사랑이 지니는 다양한 국면, 다양한 층위, 다양한 관념을 형배를 비롯한 몇몇 남녀 주인공들을 중심으로 펼쳐나간다. 그러나 이들 주인공은 역동적인 행동을 통한 사랑의 현장을 보여주는 대신, 작가의 다양한 의문을 사변적으로 확인해주는 인물들이다.

사랑을 제목으로 삼은 세번째 책, 연작소설집『사랑이 한 일』은 사랑의 종교라 할 수 있는 기독교인 시각에서 분석된 사랑 백서다.『구약성서』「창세기」를 다룬 다섯 편의 연작들로 이루어진 연작소설집인데, 아마도『구약성서』의 편편들을 대상으로 한 최초의 소설집일 것이다. 다섯 편의 소설은「소돔의 하룻밤」「하갈의 노래」「사랑이 한 일」「허기와 탐식」「야곱의 사다리」로 구성되어 있는데, 창세기의 내용 가운데 아브라함의 3대 이야기가 여기에 해당된다.

　　『사랑의 전설』의 주인공들은 사랑의 아픔을 겪고『사랑의 생애』의 인물들은 사랑의 혼란에 빠지면서 사랑이라는 알 수 없는 벽을 더듬고 질문한다. 좀더 근사한 소유를 위한 모색과 희생하는 어머니의 사랑 사이에서 형배는 방황한다. 그 방황은 바로 질문이다. 사랑 3부작의 3부라 할 수 있는『사랑이 한 일』은 느닷없이『구약성서』의「창세기」로 달려가서 그 해석에 대한 문학적 도전을 한다. 3부는 과연 3부작에 속한다고 할 수 있을까. 확실한 것은, 이러한 성경 해석, 작가 자신의 말을 빌리면 '일종의 패러프레이즈'는 사랑에 대한 의문의 산물이라는 점이다. 이성 사이의 사랑이든, 자신을 희생하는 헌신적 사랑이든(그것도 애정 때문이라는 고백이 있기도 하지만) 사람의 사랑이 보여주는 혼란스러움은 이승우로 하여금, 신의 사랑에 대한 탐구와 모색을 불가피하게 만든다. 하나님은 인간을 사랑해서 창조하셨다고 하지 않는가. 그리하여 한국소설로서는 특이한, 아마도 유일한 성경 해석 소설이 탄생한다. 작가는 "외아들 이삭을 제물로 바치는 아브라함에 대한「창세기」의 일화를 이해하려는 마음에서 태어났다"(『사랑이 한 일』, p. 244)고 소설의 배경을 밝히고 있지만, 사실은 사랑의 의문을 풀기 위한 담대한 도전 작업으로 이해된다. 이제 그 해석이라는 '패러프레이즈'는 다시금 비평이라는 또 다른 '패러프레이즈'를 만난다.

『사랑이 한 일』의 첫 소설 「소돔의 하룻밤」은 타락한 도시 소돔에 대한 사람들의 한탄과 부르짖음을 감찰하기 위하여 두 천사가 도시를 방문하는 것으로 시작한다. 이때 성문 어귀에 앉아 있던 롯이 그들을 집 안으로 초청하지만, 그들은 그것을 거절한다. 집 안에 들어가면 시내 상황을 볼 수 없다는 이유에서다. 이 이유는 매우 합리적이다. 이 부분과 관계된 소설 장면의 핵심은 이렇다.

> 살피는 자가 보려 하고 보아야 하는 것은 꾸미지 않은 것, 감추지 않은 것, 연출하지 않은 것인데, 그것은 집주인이 보여주려고 하지 않는 것이다. [……] 그러니까 살피려는 자는 집안으로 들어가면 안 되는 것이다. 집밖에 있어야 하는 것이다. (「소돔의 하룻밤」, 『사랑이 한 일』, p. 12)

당연한 말이지만 인간적인 합리성이 성경과 항상 부합하지는 않는다. 성경에서도 두 천사는 선뜻 집 안으로 들어가기를 사양하지만, 소설에서 적시된 이유가 제시되지는 않는다. 소설은 다시 롯이 왜 성문 어귀에 앉아 있었는지 그 이유에 대해 관심을 보이고 유추한다. 그 결과 내려진 결론은, 두 천사가 도시에 올 것은 몰랐지만, 워낙 소돔이라는 도시가 위험했기 때문에 나그네들의 안전을 위해 롯이 성문 앞쪽으로 나가 있었다는 것이다. 이러한 이유도 성경에는 나와 있지 않다. 롯이 성문 어귀에 마침 나와 앉은 우연을 설명해주기 위해 작가가 합리적인 유추를 해본 것이다. 소돔이라는 도시가 지니는 불안한 요소를 드러내기 위해서일 것이다. 합리성이 결여된 것으로 보이는 성경 구절에는 이로 인한 악행의 장면들이 나온다. 예기치 못한 불합리의 연속이다. 두 천사가 집에 들어왔을 때 문밖의 무리들이 그들을 내어놓을 것을 요구하면서 롯과 벌이는 쟁론 장면은 이해가 불가할 정도다. 그중에서도 롯이 무리들에게 자기의 두 딸을 내주면서 천사를 보호하려고 하는 까닭은 특히 석연치 않다. 그러나 소돔이 남색의 도시이고 소설에서도 마을의 무리가 "오늘밤에 너의 집에 온 남자들이 어디 있느냐? 그들을 데리고 나오너라. 우리가 그 남자들과 재미를 좀 봐야겠다"(p. 20)라는 대목이 나오는 등, 남녀 간의 성행위보다 오히려 남성 동성애가 부각되는 장면을 상기한다면, 육체적인 성을 포함하여 사랑에 있어서 "당연한 일"이란 존재하지 않는다는 강력한 암시가 주어진다. 사랑의 의문은 「소돔의 하룻밤」에서 해소의 기미를 보이기는커녕 더욱 증폭되는 양상이다. 마을의 남자 무리들은 롯의 집 안에 숨은 나그네를 내어놓으라고 다그치면서 딸을 데려가라는 롯의 제안을 물리친다. 그러면서 소설은 장성한 처녀를 거부하는 그들의 태도는 진짜 관심이 성적인 것에 있지 않음을 보여주며, 그들이 남성 나그네들과 성행위를 하겠다고 위협한 것은 모욕과 처벌이 목적일 뿐 성행위 자체를 위해서가 아니었다고 쓰고 있다. 결국, 두 천사는 자신들이 소돔에 온 이유, 즉 도시를 멸망시키러 왔음을 알리고 사람들의 울부짖음을 멸망의 근거로 말해준다. 소

48

설의 진행은 순간 선악의 문제로 바뀌고 의인 열 명만 있으면 도시를 멸하지 않겠다고 천사는 선언한다. 이후 롯은 소돔의 도시인들을 싫어하면서도 도시에서 떠나기는 싫은 이중적인 모습을 나타내면서 도시를 떠나라는 천사들의 재촉에 꾸물거린다. 산으로 가라는 천사들의 명령에 롯이 성을 대안으로 내놓은 것은, 성이 도시의 일부였기 때문이다. 도시로부터의 완전한 분리가 그는 두려웠다. 성으로의 도피를 간청한 롯의 애원을 천사들은 허락했다. 도시를 멸망시키고 롯의 가족은 구원해야 하는 천사들의 임무는 대체로 이루어졌다. 롯이 성에 이르렀을 때 유황과 불이 하늘에서 소나기처럼 쏟아져 소돔은 멸망했고, 롯의 아내는 뒤를 돌아보지 말라는 주의 사항을 어겨서 그 자리에서 소금 기둥이 되었다. 롯은 두 딸과 함께 작은 성으로 피신했으나, 도시 일부라고 할 수 있는 그곳은 머무를 데가 못 되었다. 세 사람은 천사의 처음 명령대로 산에 들어가서 숨어 살 수밖에 없었다. 이러한 내용은 『구약성서』「창세기」19장과 별로 다를 바 없어 보인다. 그렇다면 작가의 패러프레이즈는? 눈에 띄지 않는다. 더욱 '사랑이 한 일'이라는 큰 명제 앞에서는 더욱 그렇다. 의문은 배가된다. '변증으로부터의 탈출'이라는 마지막 장에서 그 의문은 도전받는다.

어둠과 부드러움

이승우의 소설은 사랑의, 혹은 사랑에 대한 의문에서 시작된다. 그의 이러한 의문이 선천적인지 뒤의 어떤 계기에 의한 것인지는 일단 분명치 않아 보인다. 그에 대한 비평적 작업은 확실한 그 내막을 탐색하는 일일 수 있다. 비평에서의 첫 발걸음은 보통 작가에 대한 연대기적 분석으로 출발하는 경우가 일반적인데, 이승우는 일찌감치 장편 『生의 이면』을 통해 좋은 자료를 스스로 제공한 바 있다. 이 책은 작가의 청년 시절에 대한 기록으로서, 거의 논픽션에 가까운 자기 고백이라는 인상을 준다. 이 부분을 먼저 짚어본다면 이승우는 이 소설이 자전적 요소를 배경으로 하고 있으면서도, 반드시 그렇지는 않다는 포석을 이중, 삼중으로 깔아놓는다. 여기서 그가 존경하던 소설가 이청준이 즐겨 사용하던 기법, 즉 격자 소설 형식을 빈번히 이용하는데 어쨌든 『生의 이면』은 작가의 출생과 성장을 '왜곡된 형태'로나마 엿볼 수 있는 의미 있는 자료다. 이 소설의 자전적 성격과 그 반대되는 소설적 포석은, 이 소설이 '나'라는 화자와 그 화자에 의해 주인공으로 선택된 '박부길'이라는 두 인물에 의해 받쳐진다는 점에서 발견된다.

나더러 박부길 씨를 이야기하라니……. 솔직히 나는 많이 망설였다. 이유는 명확하다. 나는 그를 잘 모른다 [……] 그럴 경우 불가피하게 끼어들 수밖에 없는 뜬구름 잡는 식의 변죽이나 애매모호한 수사들은 대개의 경우 진실을 왜곡하게 마련이다. (『生의 이면』, p. 13)[7]

이런 식의 전제를 소설 내부에 안고 전개되는 『生의 이면』은 화자

---

7) 이하 인용 시 쪽수만 밝힌다.

인 '나'가 듣고 취재한 '박부길'의 인생 이야기다. 그리고 그 박부길에게서 작가 이승우의 흔적을 독자들은 발견하고 확인하고 의심한다. 요컨대 이러한 구조 안에서 최초로 확인된 사항은 박부길, 혹은 이승우는 낭만주의자가 아닌, 합리주의자라는 점이다. 이 사실은 매우 중요하다. 소설 첫머리에서부터 이 사실은 이렇게 강조된다.

그가 자신에게 가해진 금기와 체벌의 기준을 용납할 수 있었다면, 뒤란에 가지 않았을 것이란 뜻인가? 물론 그렇다. 그는 일찍부터 합리주의자였다. 합당한 논리가 결여된 믿음과 말과 글과 생각과 행동에 대해 파격적으로 회의적인 그의 태도는 아주 어릴 때부터 싹튼 것이다. 합리 부재, 이성 실종의 현상을 그는 광범위한 신비주의로 해석하고, 신비주의는 인간의 이성에 대한 눈속임을 통해 인간의 정신을 황폐화시키고, 비인간화의 함정에 빠뜨린다고 역설한다. 인간 이상을 지향하는 것처럼 흔히 말해지는 비논리는 실상은 광기이며, 그것은 인간 이하, 곧 짐승의 세계로 떨어뜨릴 뿐이라는 것이다. (pp. 25~26)

그가 합리주의자라는 점이 이처럼 힘 있게 역설되는 한편, 그는 결코 낭만주의자가 아니라는 점도 동시에 분명한 어조로 진술된다. 낭만주의자가 아닌 합리주의자라는 그의 고백은, 그러나 소설의 진행과 그 결과에 있어서 오히려 정반대의 사건을 일으키면서 모순된 모습으로 드러나고, 이 소설을 깊은 소용돌이로 몰아간다. 사랑의 의문을 더욱 증폭시키면서 작가 이승우의 작품 세계를 확산시킨다.

나는 낭만주의자가 아니다. 나는 한 번도 낭만주의자라는 것의 실체 (아니, 그것의 그림자조차)를 만져 본 적이 없다. 나는 내 손으로 만져보지 않은 것은 그 어느 것도 신뢰하지 않는다. '보지 않고도 믿는 자는 복되도다'라고 바이블의 주인공은 말한다. 나는 그런 이유 때문에도 복과는 거리가 멀다. 나는 도마Thomas의 편이다. (p. 111)

반낭만의 합리주의자를 표방한 주인공 박부길의 모습은, 그러나 DNA처럼 그의 체질 내부에 깊숙이 자리 잡고 있었던 광기에 가까운 낭만적 요소에 대한 자기 부인의 엄청난 고통의 표현, 그 발로였을 가능성이 높다. 무엇보다 큰아버지 집에 기숙하면서 광인처럼 묶여 있던 기인이 그 아버지로 밝혀지지 않았는가. 강요되다시피 했던 고등고시로의 압박이라는 스트레스가 있기는 했지만, 돌연 폭발했던 그 아버지의 광기는 기질적 측면을 제외하고서는 설명되기 힘들 것이다. 그런데도 박부길은 자신이 낭만주의자가 될 수 있는 기반이 없었다고 주장한다. 낭만주의에 대한 그의 생각은 이렇다.

요컨대 낭만주의자는 낭만주의라는 일정한 묘상(苗床)에서 키워져 모종된 자이다. 내가 생각하기에 그 묘상의 모종은 적어도 두 가지의 기관을 몸에 품고 있어야 한다. 그 하나는 아름다움을 취하는 기능이고, 다른 하나는 자유로움을 수용하는 기능이다. 내가 낭만주의자가 될 수 있는 기반의 부재를 말하는 것은 그 두 가지의 감각을 몸에 익힐 기회를 갖지 못했다는 뜻이기도 하다. (p. 112)

그러나 박부길의 이러한 생각은, 엄밀히 말해서, 잘못되었다. 무엇보다 자신을 합리주의자로 표방했던 주장과도 배치되고 낭만주의의 올바른 뜻에서도 어긋나 있다. 합리주의자를 자처한 주장(pp. 25~26)에서 그는 합리 부재, 이성 실종의 현상을 신비주의자라고 규정한바, 신비주의와 낭만주의는 같은 뿌리에서 비롯되었음을 인정해야 할뿐더러 신비주의의 비논리성을 그 스스로 광기라고 말하고 있다. 아버지의 죽음 이후 그의 가출과 방황, 그리하여 마침내 종단이라는 여인과의 사랑을 파국으로 이끄는 행로에는 바로 이 광기적 요소가 작용했음을 또한 인정하지 않을 수 없다. 말하자면 그의 합리주의자 자처는 낭만주의 – 신비주의 핏줄에 대한 깊은 자의식의 소산으로 보이며, 여기서 낭만주의에 대한 인식 또한 사뭇 오해된 근거를 갖고 있는 것으로 보인다. '낭만주의자가 될 수 있는 기반이라는 것을 나는 갖지 못했다'라고 말할 때 박부길은 낭만주의자가 낭만주의에 바탕을 둔 요소들을 갖춘 자라고 생각하고 있다. 이러한 생각은 개념의 선후가 뒤바뀐 잘못된 것이다. 낭만주의자라고 하면 낭만적 기질을 가진 사람이며, 낭만주의란 그러한 사람들로 형성된 일련의 정신적 움직임, 성향, 운동에 대한 문예학적 규정일 뿐이다. 낭만주의가 낭만성, 낭만적 기질, 낭만주의자에 앞선 현상은 아니다. 어쨌든 박부길은 그렇게 자신을 합리주의자의 틀에 넣고 싶어 했고 또 그렇게 행세했으나 사춘기를 지나면서 실제 그의 행태와 의식은 그 반대의 자리에 있었다. 그는 어디에 있었던가. 여기에는 '참혹한 가난'과 '참혹한 외로움'이 가세한다(『生의 이면』, p. 113 참조).

자, 그러면 어떤 길이 있는가. 나는 망설이고 있다. 길을 못 찾아서? 그건 아니다. 나는 내 자아를 형성하고 있는 수많은, 서로 대립하는 층들의 싸움을 견딜 수가 없는 것이다. 나는 느낀다. 내 버림받은 시절에 대한 회상은 결국 나의 글을 심하게 쿨럭거리게 만들 것이다. 그래서 나는 그것들을 쓰지 않을 것이다. [⋯⋯] 결정적인 단 하나의 인상만을 기록하는 것으로 만족할 작정이다. 그것은 한 여자에 대한 인상이고 [⋯⋯] (p. 115)

작가 이승우는 주인공 박부길을 통하여 그의 합리주의와 낭만주의가, 그것들에 뿌리를 두고 있음이 틀림없는 복잡한 심리들의 충돌과의 싸움을 견딜 수 없었다고 실토한다. 그것은 모순의 인정이며, 이로부터 작가로서의 문학 세계가 무의식적으로 발아한다. 이때쯤 그를 붙잡고 있었던 일이 책 읽기였다는 사실은 의미심장하다. 그는 말한다.

이 방에서 그가 한 일은 주로 아무것도 하지 않는 것이었다. 그다음은 무작정의 책 읽기. [⋯⋯] 그는 학교 가는 걸 제외하고는 거의 외출을 하지 않았는데, 유일한 외출이 헌책방 나들이였다. [⋯⋯] 예컨대 그의 독서는, 아파트 안에 하루 종일 갇혀 있는 할머니가 딱히 할 일이 없어서 한 통의 차를 다 마셔 버렸다는 경우와 유사하다. [⋯⋯] 세상은 그가 눌러앉은 방만큼 작아졌고 그보다 더 큰 문밖의 세상은 거짓이 되었다. (pp. 106~07)

그는 작은 자취방에 스스로를 유폐시켜 오직 독서만을 일로 삼아 사춘기의 세계를 키워나갔고, 그것은 그대로 전 세계가 되었다. 그러나 아직 방황의 내부에 쌓여가는 목록일 뿐 "가난과 외로움과 근거 없는 적대감의 나날, 그것들은 그 시절 내 삶의 목록이었다. 내 삶의 전부였다"(p. 117)라는 고백으로 이어지고 거기서 바로 한 여인을 만난다. 비록 열아홉 살에 만난 여인이지만, 이 일은 그의 생애 전부를 뒤엎어버리며, '사랑'이라는 이 책의 주제를 키워간다. 이 부분은 이렇게 진술된다.

1970년(19세)

그는 이해에 교회에 출석하기 시작한다. 그리고 그 교회에서 한 여자를 만난다. 아니다. 여자를 만난 것이 먼저다. 그 여자와의 만남이 그를 종교로 이끌었다. 그의 내부에 있었으리라고 생각되지 않았던 뜻밖의 열정의 분출, 그보다 나이 많은 이 여자(교회 학교 학생)와의 만남은 그의 인생에 새로운 길을 열게 한다. (p. 109)

이 진술대로 교회인지 알 수 없는 어두운 장소, 그것도 한밤중에 누구인지 알 수 없는 정체 모를 인물과 열아홉 살의 청년 박부길은 조우한다. 이 만남은 그로서는 피난의 성격을 띠고 있는데, 그것은 그가 비 오는 캄캄한 저녁녘 한강 산책 중에 괴한으로부터 피습당함으로써 시간을 잃고 헤매다가 숨어 들어가게 된 예배당이라는 공간에서의 일이었다. 땅바닥에 누워 혼절한 상태에서 듣게 된 피아노 소리—"그 음악은 너무 깊고 경건하고 신비로웠다". 음악이 그를 이끌었는데, 박부길은 이때의 상황을 "그 음악 소리가 품고 있는 지상적이지 않은 분위기, 그것이 참된 유인의 동기였다"고 술회한다 (p. 147). 그러니까 그는 연주의 주인공인 여성을 만나기 전에 먼저 음악의 초지상성과 부딪힌 것이다. 이때의 선후 관계는 사실 불확실하다. 왜냐하면, 주인공 여성과 만나면서 음악이 지닌 성스러운 느낌은 한층 강화되었으니까. 게다가 그 두 가지는 교회당 안에서 이루어지고 있지 않은가.

여기서 박부길에게 여성이란 어떤 존재인지, 그리고 음악과 교회는 그에게 어떤 모습으로 스며들고 있는지 알아보는 일이 매우 중요해진다. 이 일은 광적인 기질의 영향 아래에 있던 어린 시절과 이를 극복하려는 또 다른 심성 사이의 갈등, 그 자신의 표현에 따르면, 서로 대립하는 충들의 내적인 라마단 금식을 넘어서는 새로운 길의 가능성을 예시해줄 수 있다. 여성에게서, 교회에서, 양자는 느닷없이 함께 그에게 찾아왔다. 이것은 일단 그에게 축복이었으나 거기서 그런 모습으로 머물지는 않았다. 이 축복은 오히려 새로운 도전을 향한 출발의 시련이었다. 여성과 교회라는, 청년에게 나타난 도전의 실상은 어떠했는가.

다감하고 부드러운 것들은 나를 떨게 한다. 나는 부드러움과 다감함 같은, 이를테면 여성적인 것을 감당할 자신이 없다. 감당할 자신이 없는 것은 그것이 내 속에 없기 때문이다. 고백하건대 여성적인 것이야말로 나의 가장 큰 결핍이다. 그리고 큰 결핍은 큰 욕망의 산실이며 큰 욕망은 큰 두려움의 미끼이다. (p. 132)

요컨대 박부길은 여성적인 것을 욕망하면서도 자신이 없는 것이다. 여성적인 것은 일방적으로 주어지는 형태가 아닌 한, 그로서는 찾아 나서거나 스스로 모색해볼 엄두가 나지 않는 대상이었다. 교회 역시 마찬가지여서 그 경험이란 어머니를 빼앗다시피 한 시골 교회에서의 작은 경험이 전부였다. 교회는 그가 신과 결부된 입장에서 출석한 곳이 아니었다. 그 교회도 그를 이상한 모습으로 만나주었다.

파김치처럼 지친 다리를 마침내 쉬게 한 곳은 교회당이었다. 처음에 나는 그곳에 갈 계획이 없었다. 따라서 교회당의 긴 의자에 몸을 앉히고 나서 나도 놀랐다. [……] 건물의 한가운데 높다랗게 나무 십자가가 걸려 있는 게 보였다. [……] 그곳에 그것이 걸려 있다는 사실조차 의식하지 못했었다. 나의 관심은 늘 피아노 쪽이었다. 오늘에야 비로소 그 십자가가 보였다. (pp. 179~80)

사랑의 파국, 그 생산성

괴한을 피해 피난처처럼 찾아들었던 교회당과 그 안에 있던 피아노 치는 여인! 교회와 여인은 한꺼번에 그에게 나타났지만, 그가 제대로 두 눈 뜨고 이 상황을 인식하게 된 순간은 이렇게 묘사된다. 그는 이어서 "나는 당황했다. 나도 모르게 머리가 숙여졌다. 처음으로 기도를 할 수 있을 것 같은 기분이 들었다"(p. 180)라고 변설한다. 그

때 박부길은 자신의 속에 있는 이야기들을 풀어놓는다. 어찌 보면 기도의 형태 안에 담겨진 것들이지만, 사실 지나온 이야기의 솔직한 실토들이다. 이 이야기는 그 옆에 은밀히 앉아 있던 여인 종단에게 전달되었고 두 사람은 연인 관계로 나아간다. 뿐만 아니라, 두 사람 모두에게 엄청난 사건이 되는 서원이 이루어진다. 박부길이 목사가 되겠다고 서원한 것이다. 그것도 바로 그녀 앞에서.

나는 그녀가 기도를 마치기도 전에, 그녀를 똑바로 쳐다보고, 사랑한다고 말하는 대신 신학 공부를 하여 목사가 되겠노라고 말했다. (p. 183)

이 상황은 소설 『生의 이면』의 중심, 그 주제를 구성한다. 이어서 그는 다시,

6-3

그리고 나는 이제 무엇을 써야 하나 (p. 183)

여기서 6-3이란 이 인용문이 속한 소설 속 소설 「지상의 양식」의 마지막 대목을 일컫는 것인데, 그 부분은 단 한 줄로 되어 있다. 그녀 앞에서의 목사 되기 서원이라는 사건이 한쪽이라면, "무엇을 써야 하나"라는 독백은 다른 한쪽을 말해주면서, 두 부분이 엄청난 사건의 개요가 되는 셈이다. 목사가 된다는 것은 주인공 박부길이 초지상성을 바라보면서 신성의 경지로 들어선다는 어떤 결단의 표징이다.

그런가 하면 그녀 앞에서의 고백은 여성성의 수용, 보다 심하게 표현한다면 여성성으로의 항복과도 같은 느낌을 준다. 이러한 결의는 그가 그때까지 살아온 삶으로부터의 일대 전환을 가리킨다. 혹은 혼란과 외로움을 독서로 버텨왔던 시절이 이제 여성과 종교로 상승하는 장면이기도 하다. 여성과의 만남은 이 경우 일반적인 경험의 풍경일 수 있겠으나 종교로의 진입은 반드시 일반적이지 않을 수 있다. 소설에서 주인공이 어두운 밤에 비를 맞고 괴한의 공격을 피해 들어간 곳이 교회당이었다는 우연으로 설정되어 있지만, 작가 이승우에 있어서 그 설정은 필연적 내지 운명적으로 보인다. 그럴 것이 — 앞으로 계속 살펴보겠지만 — 우선 '사랑 3부작' 가운데 마지막 작품집 『사랑이 한 일』이 전부 『구약성서』 가운데 아브라함의 일가 이야기 아닌가. 이승우에게 있어서 이처럼 종교는 선험적 상상력과 관계된다. 그에게는 두려움이 늘 선행하고 있기 때문이다. 가령 교회당과 그녀를 처음 만나는 장면 —

어둠은 얼마나 성(聖—인용자)에 가까운가. 낮의 번잡함이 야기하는 세속의 삶과 이 밤의 고요는 얼마나 다른가. 나는 성스러운 어둠 속에 몸을 의지하고 앉아 오랫동안 기다렸다. [……] 내가 그런 것처럼, 손으로 저 문을 밀치고 들어설 한 여자를 나는 기다렸다. [……] 그 여자를 다시 보기 위해 (만나서 어쩌자는 작정도 없이) 한밤중에 예배당으로 달려왔다. [……] 그러나 나는 그때 이미 합리주의자가 아니었다. 신비를 체험한 자였고 성(聖)의 감각을 맛본 자였다. 나는 어둠 속에서 미동도 없이 그녀를 기다렸다. (pp. 154~55)

예배당과 교회는 이미 신비주의와 동렬에 놓이게 되었고, 여성 또한 그 줄에 함께 있었다. 버려진 합리주의의 자리에 그것들이 들어섰고, 목사가 되겠다는 서원의 고백은 여기서 자연스럽게 나올 수 있었던 것이다. 이러한 일련의 모멘트는 밤이라는 시간과 교회당이라는 공간을 두 축으로 하여 조성되었는데, 그것들이 공통적으로 소유하고 있는 배경은 어둠, 그리고 당연히 따라오는 신비주의다. 어둠과 신비주의는 많은 새로운 것들을 만들어내지만, 그러나 그것을 오래 지켜내지는 못한다. 가령 릴케R. M. Rillke는 "내 거기서 태어난 그대 어둠이여! 내 불꽃보다 그대를 사랑하네"(「그대 어둠이여」) 하고 읊조리면서 기독교와 실존주의 사이를 왔다 갔다 하지 않았던가.

많은 경우 문학은 어둠에서 태어난다. 릴케가 그러했고 노발리스가 그러했다. 노발리스가 「밤의 찬가」를 부르면서 낭만주의의 달무리를 형성한 것을 우리 모두 알지 않는가. 릴케가 앞의 시 「그대 어둠이여」에서 "나는 밤을 믿습니다"라고 호언하는 한편 "불꽃은 세상에 붙어 있는 것"이라고 어둠과 문학의 관계를 분명히 했듯이 이승우의 문학 또한 어둠이 제공한 여인, 그리고 어둠의 공간이었던 교회를 중심으로 새로운 길(사실 '길'이라고 하면 최초의 길이다)을 걷기 시작한다. 6-3에서, "그리고 나는 이제 무엇을 써야 하나"(p. 183)라고 강력한 암시를 던지지 않았던가. 이 암시는 그녀, 종단과의 연애가 파국으로 끝난 뒤 진술된 박부길의 정황에서 구체화된다.

어느 날부터인가, 어둠이 그와 충분히 친해졌을 때, 박부길은 어둠이 뿜어내는 빛 아래 웅크리고 앉아 충동적으로 글을 쓰기 시작했다. [……] 그의 글은 뜻밖에 속도가 빨랐다. (p. 293)

그러면서 박부길은 그가 읽은 책들 가운데 앙드레 지드의 글들로부터 많은 영향을 받았음을 시사하면서 자신의 소설에도「지상의 양식」을 써넣었다고 말한다. 그러나 실제로 종단과의 연애, 그것이 파국으로 나아가는 과정, 신학교 생활 등의 결구(結構) 부분에 주어진 『生의 이면』의 소제목은 '낯익은 결말'이다. 여기서 문학의 출발점을 바라다본 것일까.

그는 다시 2년 전의 박부길이 되어 자기 방에 틀어박혔다. 거의 모든 시간을 그 좁고 어둡고 눅눅한 방 속에 틀어박혀서 지냈다. 그는 어둠과 급속도로 친해졌다. 자신의 몸이 어둠 일부가 되어 버리는 그 신비스러운 합일의 경지가 그가 궁극적으로 바라는 상태였다. [……] 그는 전에 그 어둠의 빛에 의지하여 책들을 읽었다. [……]
그의 골방의 어둠은 그 신비스러운 선율이 연주되던 예배당의 어둠을 불러왔다. 그의 방은 예배당의 성스러운 어둠으로 덮였다. 어둠은 빛보다 더 아름다웠다. [……] 그 어둠의 빛에 의지하여 그가 가장 최근에 읽었던 지드의 산문집 가운데 한 구절이 의식의 수면 위로 떠올랐다 잠행하기를 되풀이했다. (pp. 291~92)

문제가 하나 남는다. 문학은 사랑의 소산인가, 사랑의 파국의 소산인가. 하나 남은 문제는 결정적인 문제다. 이승우는 『生의 이면』 초판본을 내놓은 1992년 기점, 즉 30년 전부터 이 문제를 그의 필생의 과제로 삼기 시작했으며 그 이후 출간하는 소설들은 한 번도 여기서 벗어난 일이 없었다. 그의 출발점을 소설 속의 입장 표명을 통해 확인해보자. 『生의 이면』 제일 끝부분을 장식하는 선언이다.

그리고 그는 여러 날의 무위도식을 끝내고 시골 교회의 한쪽 방에 묻혀서 글을 쓰기 시작했다. 그는 석 달 동안 한 편의 중편소설과 두 편의 단편소설을 썼다. [……] 그는 그 죄의식을 노출하여 공식화함으로써 아버지를 인정하고자 했다. 부재였을 때 아버지는 그를 괴롭혔다. [……]

이제 그는 아버지의 엄연한 존재를 시인했고, 그리하여 아버지로 하여금 그에 대해 책임을 지게 했다 그렇게 함으로써 그는 아버지에 대한 새로운 신화를 쓰고자 했다. [……]

그때부터 지금까지 그의 글쓰기는 감춰진 것의 드러내기이다. 그 드러내기는 그러나 감추기보다 더 교묘하다. 그것은 전략적인 드러냄이다. 말을 바꾸면 그는 감추기 위해서 드러낸다. 그가 읽은 대부분의 신화들이 그러한 것처럼. (pp. 298~99)

감추기 위해서 드러낸다! 요컨대 거짓말 짓기를 한단 말 아닌가. 신화가 무엇인가. 거짓말 아닌가. 어떤 거짓말? 이제부터의 이승우 소설 탐색은 그가 왜 거짓말을 그토록 열망하고 있는지, 그리고 거짓말의 내용은 무엇인지, 요컨대 이승우 소설에서의 신화와 동행하는 여정이 될 것이다.

3.
신화 만들기

신화란 무엇인가

대부분의 신화는 감추기 위해서 드러낸다. 장편소설 『生의 이면』에서 작가 이승우는 주인공 박부길을 통해서 그 본질을 건드렸다. 이 말은 맞다. 그러나 그 말만으로 신화의 오묘하면서도 다양한 국면이 모두 해명되는 것은 아니다. 신화에 관한 가장 소박한 개념이 있다면 신의 이야기, 혹은 신에 대한 서사적 이야기라고 할 수 있다. 이 이야기들은 이때 신이 거대한 우주, 민족, 국가 등의 시원을 관장하고 있는 존재이므로 자연스럽게 창조 신화나 건국신화인 경우가 대부분이다. 그러나 신화가 창조된 상황은 현재이며 창조자도 어차피 현재에 살고 있으므로 당연히 지금 이 시점에서의 발화자인 현재의 의식과 생각, 심지어는 의도를 반영한다. 이러한 의식, 생각, 의도는 실증적일 수 없으므로 박부길이 말했듯이 '거짓'이라고 해도 틀린 말은 아니다. 신화가 거짓일 수밖에 없는 까닭에는 먼 옛날과 오늘의 시점이라는 시간상의 거리가 구조적으로 작용한다. 이러한 '거짓'은 이 같은 구조적 본질 때문에 양해된다. 휘브너Kurt hübner라는 신화학자는 이러한 특징에 주목하면서 옛날의 신화에 대한 관심과 분석보다, 과거·현재 등의 시간성과는 상관없이 신빙성 있는 신화적인 것에 대한 관찰이 더 중요하다고 보았다.[1] 여기서 시원에서의 신화, 오늘날의 신화라는 분류에 앞서 과연 '신화적인 것'이란 무엇인지 하는 문제가 대두된다. 그렇다면 오늘날에도 신화는 존재하는가. 소설가 이승우에게도 솔깃한 이슈가 아닐 수 없다. 그는 얼마든지 신화를 만들수 있으니까. 신화를 만들 수 있다는 것은 작가를 포함하여 글 쓰는 이 누구에게나 그만큼 신화 창조의 자유가 주어진다는 말 아닌가.

이때의 신화를 이해하기 위해서는 아도르노T. W. Adorno의 역설적인 신화관을 알아보는 것이 도움이 된다. '계몽'의 전문가 아도르노에 의하면 신화는 많은 부분 퇴영적이며, 역사 진전에 있어서 퇴보적이다. 그도 그럴 것이, 계몽은 합리성을 바탕으로 한 진보적 사유라는 스스로의 자부심을 갖고 있는데, 이런 생각으로부터 계몽은 "인간에게서 공포를 몰아내고 인간을 주인으로 세운다는 목표를 추구"[2]해왔다. 계몽은 신화를 해체하고 지식에 의해 상상력을 붕괴시키려 한다고 그는 인정했다. 계몽의 프로그램은 이 세상을 탈마법화하려는 것이었다. 계몽은 신화의 근본원리를 "주관적인 것을 자연에 투

---

1) 쿠르트 휘브너, 『신화의 진실』, 이규영 옮김, 민음사, 1991, pp. 20~22.
2) 테오도르 W. 아도르노·M. 호르크하이머, 『계몽의 변증법』, 김유동 옮김, 문학과지성사, 2001, p. 21.

사Projektion하려는 것"[3]으로 파악함으로써 초자연적인 것, 예컨대 귀신 같은 것들을 자연현상에 겁을 먹은 인간의 자화상으로 보았다. 그것이 신화다. 예컨대 스핑크스의 수수께끼에 대한 오이디푸스의 답변, "그것은 인간입니다"가 보여주듯 인간은 신화를 통해 그럴듯한 것을 끊임없이 꾸며낸다. 계몽의 입장에서 보기에 "우주 질서의 윤곽을 그려보고자 하는 시도이든, 사악한 힘들에 대한 불안을 드러내든, 구원에의 희망을 눈앞에 그려보는 것이든"[4] 신화는 다양한 양상으로 나타난다. 계몽을 통해서 오히려 신화의 모습이 극명하게 그려지고 있는 셈이다. 여기에 예시된 세 가지 형태, 즉 (1) 윤곽 그리기의 시도, (2) 불안, (3) 구원에의 희망 등에서 (3)의 종교성을 제외하면 (1) (2)는 모두 민담 혹은 전래 동화로 불리는 것들과 유사하다. 이에 덧붙여 아도르노는 종교마저 신화의 범주에 포함시키는 반(反)계몽적 유형을 광범위하게 섭렵한다. 아도르노가『계몽의 변증법』에서 말하고자 하는 바는 신화 자체에 대한 비판이 아니다. 오히려 신화 수준으로 변모되고 있는 계몽에 대한 개탄에 주력하고 있으며, 이 부분이 아도르노 후기의 성과로 평가된다.

『계몽의 변증법』의 문제의식은, 인류가 계몽으로 각성된 마음으로 계몽을 위해 달려왔음에도 왜 도리어 "새로운 종류의 야만 상태"[5]에 빠지게 되었는가 하는 개탄에서 시작한다. 이러한 의식은 계몽이 지속적으로 자기 파괴를 거듭하기 때문에 일어나고 있다는 것이 그

---

3) 같은 책, p. 26.
4) 같은 쪽.
5) 같은 책, p. 12.

의 진단이다. 심각한 것은, 계몽 스스로 이 현상을 자각하고 '신화로의 퇴보'를 막아야 하는데 그것이 방기되고 있다는 점이다. 이때 주목해야 할 점은, 아도르노는 신화를 철저히 부정적으로 생각하고 있다는 사실이다. 신화는 우리 곁에서 너무나도 친숙하게 함께 지냄으로써 냉정한 객관화·개념화를 피하는 데 익숙하다고 그는 관찰한다. 탈신화화는 끊임없이 추구되지만, 계몽의 제물이 된 신화 자체도 이미 계몽의 산물이라는 것이 그의 지론이다. 그에 의하면 신화와 계몽은 이미 얽혀 있어서 가령 『오디세이』에 나오는 사이렌 이야기는 '신화'와 '합리적 노동'이 서로 뒤엉켜 있는 좋은 사례로 지적된다. 그러니까 호머 시절, 그는 이미 시민적·계몽적 요소를 알고 있었으며, 이것은 거꾸로 계몽 내부에 신화적 요소가 내재해 있었다는 증좌일 수도 있는 것이다. 어떻게 보면 계몽과 신화를 대립적인 것으로 설정하여 이론을 전개해나간 아도르노의 이원론이 지니는 함정일 수 있다.

그러나 이승우가 『生의 이면』에서 전개하는 논리에는 이와는 다르면서도 비슷한 이원론이 숨어 있다. 그것은 '감춤'과 '드러냄'의 대립 구도이며, 그의 글쓰기는 이때 '드러냄'의 작업이 된다. 교묘한 것은 '드러냄'이라는 이성적 작업은 아도르노식으로 말하자면 '계몽'의 작업이 되는데 이는 '신화'가 감추어진 것이다. 그렇다면 되묻기가 가능해진다. 대체 글쓰기는 신화적 작업인가, 비신화적 - 이성적 작업인가. 이 질문에는 작가 이승우도 아직은 대답하지 못할 것이다. 『生의 이면』이 씌어지고 발표되었을 때 그는 삼십대 초반인 '문청'이었고 이때 그 질문에 대한 대답을 갖고 있었다면, 그 이후의 엄청난 작품들은 불필요했을지도 모른다. 그리하여 우리는 『生의 이면』을 놓아두고 1990년대에 씌어진 그의 '신화'들을 추적해봄으로써 그가 말한 감추기의 진위를 파악할 수 있을 것이다.

『生의 이면』이 나오기 전, 그러니까 1992년 이전 이승우에게는 여러 권의 책이 이미 주어진 바 있다. 그는 1981년 중편 「에리직톤의 초상」으로 등단하였는데 약 10년 뒤인 1990년 이를 장편으로 확장하여 재출간하였고, 이에 앞서 1987년 소설집 『구평목씨의 바퀴벌레』, 1989년 소설집 『일식에 대하여』를 출간하였다. 『生의 이면』에 앞서서 간행된 책들 가운데 이 세 권은, 그러므로 그가 글쓰기의 목적을 분명하게 선언하기 이전 이를 위하여 연마해온 선행 작업이 되는 것이다. 특히 두 번에 걸쳐 손을 본 『에리직톤의 초상』은 이런 의미에서 중요하다. 그 중요성은 작가의 다음과 같은 진술에서 확인된다.

따지고 보면, 그러한 그리움, 즉 그만한 무기력이 『에리직톤의 초상』을 쓰게 한 셈이다. 어떤 사람에게는 너무나 간단한 해답이라고 생각할 수 있는 수직, 또는 신성의 빛을 발견하기란 그렇게 쉬운 일이 아니었다.

[……] 결과적으로 나는, 이 책의 1부에서 개체적이고 실존적인 사고와 신 중심의 세계의식, 그리고 추상적이고 폐쇄된 신념 체계에 기울어진 한 젊은 신학도의 의식을 드러내 보이고, 2부에서는 그 반대편 창문을 통해 인간의 구체적인 삶에 대한 관심과 역사적이고 사회적인 시야를 확보하게 되기를 바랐다.

[……] 신성과 인간성, 수직과 수평, 형식과 개혁, 이들 두 구조가 팽팽하게 맞서 대결을 벌이는 긴장의 덕목에 방점을 찍는다. (「10년 동

안 되물은 질문」, 『에리직톤의 초상』, 작가의 말)

기독교, 신화인가

이승우에게 기독교는 "그 안에 살아 있었던 아버지"(『生의 이면』, p. 299)였다. 『生의 이면』의 주인공 박부길은 아버지에 대한 잠재된 죄의식을 갖고 있었으며 죄의식을 노출하여 공식화함으로써 아버지를 인정하고자 했다. 그는 이렇게 썼다.

> 이제 그는 아버지의 엄연한 존재를 시인했고, 그리하여 아버지로 하여금 그에 대해 책임을 지게 했다. 그렇게 함으로써 그는 아버지에 대한 새로운 신화를 쓰고자 했다. (『生의 이면』, p. 299)

아버지는 누구인가. 물론 그는 기독교이며, 신이다. 어떤 의미에서 그는 선험적 존재이며, 굳이 경험에서 찾는다면 정체가 불명료한 신화적 존재이다. 그러나 아버지는 선험적 존재, 좋은 존재라는 운명적 교육에도 불구하고 그의 마음은 흔쾌히 움직이지 않는다. 그리하여 그는 그에 대한 신화를 쓰고자 한다. 이미 신화적으로 주어져 있는 존재이지만 그와 함께 살았던, 말하자면 공동의 감각으로 살았던 존재가 아니었으므로 자기 자신의 손으로 그 신화 부분을 메꾸어 보고자 한다. '두 구조가 [……] 벌이는 긴장의 덕목'을 좋아하는 이승우로서 어쩌면 당연한 시도로 생각된다.[6] 작가는 물론 "아버지와의 값싼 화해가 아니다. 그보다 훨씬 교묘한 것이다. 죄의식의 되돌림"(『生의 이면』, p. 299)이라고 말하는데, 그의 말처럼 이러한 진술은 참으로 교묘하다. 그는 마치 기독교에 대한 관심과 그에 대한 신화 쓰기를 죄의식 때문에 불가피한 노동처럼 이야기하며, 그 일이 매우 고통스러운 일인 듯 말한다, 그러나 여기에는 즐거움을 고통스럽게 보이려는 고통이라는 이중의 표정 관리 작업이 숨겨져 있다. 그는 말한다.

고통을 통해 그는 아버지를 이해하고, 아버지를 껴안는다. (『生의 이면』, p. 299)

작가 이승우에게 있어서 이렇듯 기독교와 신은 이중의 역할로 다가온 것 같다. 가장 뚜렷한 것은 운명적 – 선험적인 불가피성이며, 이를 받아들여 자기 자신의 자발적 정당성을 거기에 쏟고자 하는 노력으로, 이 노력 때문에 그의 소설은 때로 뻑뻑하고 힘겨워 보이는 것이 사실이다. 첫 작품 「에리직톤의 초상」은 그 실상을 숨김없이 그대로 보여주었다. 신의 뜻과 신성은 거의 무조건 순종해야 하는데, 거기서 순종하는 사람과 갈등을 일으키는 사람, 아예 불순종하는 사람

---

6) 이승우는 '긴장'을 즐긴다. 긴장은 대립의 소산이며, 그것은 다시 세계를 이원론적으로 파악하고자 하는 관념의 소산이다. 그런 의미에서 이승우의 사고는 헤겔적이며, 보다 포괄적으로 본다면 상당히 독일적인 데가 있다. 가르미슈파르텐키르헨 같은 지명, 독문학 교수들의 등장 등 소재나 풍경, 배경에서도 독일 – 독일적인 것이 자주 동원된다. 김주연 외, 『독일학 연구』, 문학과지성사, 1990 참고.

으로 나뉜다. 힘든 부분은, 순종파들 사이에서 그 방법을 둘러싸고 일으키는 분파의 문제다. 가령 『에리직톤의 초상』의 경우 여주인공 혜령은 순종을 결단하고 수녀가 되었다가 결국은 보육원에서 고아들을 돌보는 헌신의 길을 걷는다. 그러나 남성 주인공 병욱은 불의의 정치 세력에 적극적으로 저항하지도 않고, 신학대학을 졸업했음에도 불구하고 목회의 길로도 가지 않는, 평범한 신문기자로서의 활동을 통해 사회의 비판자의 자리에 자족하는 모습으로 나타난다. 이 두 사람의 길은 기독인으로서의 전형적인 두 모습일 수 있는데, 작가는 과연 어느 길이 바람직한 것인지 매우 진지하게 질문한다. 이승우 문학은 이처럼 출발부터 진지하며, 이승우는 이때부터 깊이 있는 작가로서 주목을 받는다.

그러나 『에리직톤의 초상』이 제기하는 문제의 핵심은 종교와 폭력의 관계이다. 소설은 첫 장부터 '아담의 폭력, 카인의 폭력'이라는 소제목을 설정하고 「창세기」에 이미 주어져 있는, '태초에 폭력이 있었다'라고 할 정도로 마치 원죄처럼 횡행한 폭력을 문제시한다. 이때 인류 최초의 폭력으로 나타난 것이 선악과 사건을 통해서 일어난, 신에 대한 인간의 불순종이다. 이 소설은 신학자의 입을 통하여 그것이 신에 대한 인간의 폭력이라고 여기고 신 또한 인간에게 형벌을 경고함으로써 보응적 폭력을 행사한다고 보고 있다. 동생 아벨을 죽인 카인의 폭력은 인간에 대한 인간의 폭력이라는 점에서 훨씬 리얼하다. 작가는 여기서 신과 인간 사이의 수직적 폭력을 주목하고, 이때 아담의 폭력이 없었다면 카인의 폭력, 즉 수평적 폭력도 없었을 것이라고 말한다. 이승우는 "수직이 전제되지 않은 수평을 부르짖을 때 문제가 생긴다"라면서 첫 장편소설에서부터 기독교적 신성에 대한 선험적 에토스를 내세운다. 그는 많은 작품을 통해서 신성의 중요성과 불가피성을 문학적인 형상화의 귀납으로 풀어가지만, 사실은 뜻밖에도 첫 장편소설부터 그 당위성을 분명하게 선언하는 내용을 소개하고 있는 것이다. 물론 그 내용은 신학 교수의 강의를 통해서 주어지지만, 전체적인 울림이 크다.

절대자와의 비뚤어진 수직관계를 방치하고 인간 사이의 평등한 관계만을 기획하는 것은, 감히 말하지만, 환상에 불과합니다. (『에리직톤의 초상』, p. 28)[7]

마찬가지로 신학 교수의 강의 내용이지만, 소설 결론부에 이르러 소설 주인공이 자성적 목소리로 들려주고 있는 다음 독백은 이 소설 전체를 감싸고 있는 분위기에 다름 아니다.

인간의 경험 가운데 폭력은 가장 오래된 층에 속해 있다 [……] 인간은 살인자이고, 또한 동시에 희생자이다. 이것이 진실이다. 이 말은 살인과 희생, 즉 카인과 아벨이 대칭적이며 상대적이라는 뜻 이상의 것을 가지고 있다. 카인은 아벨의 다른 모습이고, 아벨은 카인의 다른 모습이다. 그들―이 아니라 그는 인간인 것이다.
생각이 여기에 이르면, 구원과 폭력이 왜 뗄 수 없는 관계에 있는가

---

7) 이하 인용 시 쪽수만 밝힌다.

를 어렴풋이나마 짐작할 수 있게 된다. (p. 236)

이 장편소설은 여러 갈래의 사건과 사물 들을 종합하면서 주인공이 결국 목회자로서의 길을 긍정적으로 바라보며 결혼이라는 현실적인 타협의 자리로 들어가고 있음을 보여준다. 말을 바꾸면, 이 장편소설은 기독교에 대한 선험적 수용과 함께 여러 현실적 질문들을 동시에 쏟아놓는 거창한 출발을 하고 있다고 할 수 있다. 특히 폭력의 문제는 신을 흔히 '사랑의 하나님!', 그리고 기독교를 '사랑의 종교'라고 부르는 세간의 호의에 비추어볼 때, 적잖은 도전이라고 할 만하다. 이에 대한 작가 이승우의 결론은 다시금 그의 내적 명상에 들어 있다.

예수는 스스로 죽이고 스스로 죽는다. 어떤 힘도 그를 죽게 할 수 없었다. 오직 그만이 할 수 있는 일이었다. 예수는 폭력과 희생을 한 몸으로 껴안는다. 더 이상 희생과 폭력은 구별되지 않는다. 구원의 완성이라고 기독교의 교리는 말한다. 옳다. 그것은 '그'의 구원의 완성이다. 구원은, 이처럼 두 가지 모습을 하고 있다. 하나는 희생이고, 다른 하나는 이해하기 어렵겠지만, 폭력이다. 그리고 그 둘은 한 몸이다. (p. 237)

기독교 신화설과 폭력

『에리직톤의 초상』을 통해 이승우가 제기한 기독교와 폭력의 상관관계에 대한 문제는 다방면의 학문적 관심을 이끌어오고 있다. 문학적 측면에서 한국문학 내에서 최초로 논의가 시작된 지점은 1987년 김현의 『르네 지라르 혹은 폭력의 구조』라는 책이다. "르네 지라르의 도스토예프스키론, 카뮈론"이라는 보유를 부제로 달고 있는 이 책에는 다음과 같은 주목할 만한 내용이 담겨 있다. 저자는 신학자 서인석의 『성서와 언어과학』(성바오로출판사, 1984)을 소개하면서 「한 처음의 이야기」(1986)에서의 분석을 인용한 뒤 이렇게 정리한다.

> 서인석이 이해한 지라르를 그대로 따라가면, 1) 새로운 질서를 창건하려는 자는 여러 명의 경쟁자들을 만나게 되며 [……] 그때 발생하는 폭력이 기원적 폭력이며, 2) 창건자를 정당화시키는 종교적 의식은 그 기원적 폭력을 신화의 형태로 숨기고 있다. 3) 신화는 그러므로 창건자가 저지른 박해를 긍정적으로 묘사하는 이야기, "희생된 자들의 유죄성을 믿도록 하는 사형집행인들이 왜곡하여 쓴 텍스트"이다. 4) 성서적 신화는 다른 신화와 다르게 "희생자들이 무죄하며 또 집단적 살인을 통해 창건된 문명은 시종일관 살인적 특성을 지니게 되며 결국 그것의 폭력적 기원의 희생주의적, 질서유지적 능력이 일단 소진되면, 그 문명의 기초인 폭력으로 회귀하여 자멸하고 만다는 것을 가르"치는 희귀한 신화이다.[8]

---

8) 김현, 『르네 지라르 혹은 폭력의 구조』, 나남출판, 1987, p. 25.

지라르 이론에 대한 이 신학자의 해석이 타당하다면 기독교는 역사가 아니라 신화의 자리에 앉을 수밖에 없다. 과연 그런가? 이승우의 해석은 이와 다르다. 이승우도 처음 발상은 다분히 신화적이다. 기원을 폭력에서 찾는 것도, 폭력 문제를 신에 대한 인간의 폭력이라는 관점에서 바라보는 교수의 강의를 발단 삼는 것도 모두 신화적이다. 그러나 이러한 신화 혹은 신화적 접근 자체에 그는 의문을 품고 작가 자신의 신화화를 시도한다. 시기적으로 뒤에 나오는『生의 이면』이 그 배경을 밝혀주는데,『에리직톤의 초상』은 미리 그 결론을 앞서서 말해주고 있는 셈이다. 이승우가 시도하는 신화화의 모티프는 기독교의 폭력성에 대한 의문이다. 그는 그것을『에리직톤의 초상』에서 정 교수라는 인물의 강의를 통해 내놓고 있으며, 뒤를 이어서 여러 다양한 인물들과 다양한 사건을 통해 변주시킨다. 소설 속 정 교수의 강의 내용은 이렇다.

폭력의 뿌리는 어디에 있는가? 그는 태초의 에덴, 그곳의 뱀을 다시 끄집어 올렸다. 뱀은 하나의 상징이다. 그것은 폭력을 비롯한 모든 악의 근원이요, 악의 본체며, 악의 뿌리이다. 폭력 또한 뱀과 함께 들어왔다. [……] 거칠게 표현하자면, 우리들은 우리의 영혼의 습지 한 쪽에 독성의 혓바닥을 널름거리는 뱀 한 마리씩을 제각기 양육하고 있는 것이다. 그러므로 다른 방법은 있을 수 없다. 우리의 영혼 속에서 이놈의 독사를 찾아내어 죽여버리지 않으면 안된다. 그러나 어떻게? (p. 29)

소설 속 정 교수의 결론은 종교, 즉 기독교를 통한 인간 정신의 개조가 그 방법이었다. 그러나 작가 이승우는 정 교수의 방법론은 모든 문제의 해결을 '수직의 회복'으로 이루려는 데에 있다고 보는데, 수직과 더불어 수평의 삶을 함께 중요시하는 문학의 방법론이 여기서 은밀히, 그러나 끈질기게 제시되는 것이다. 정 교수가 역설하는 종교의 힘을 그 나름의 신화로 받아들이는 작가는 자신의 신화를 소설을 통해 타진한다. 그 타진은 신성이라는 수직과 인간성이라는 수평과의 만남이라는, 다소 작위적인 설정을 통해서 이루어지는 경우가 적지 않다. 가령 이 소설에서도 제1부 2장은 '인간은 신이 아니다'라는 소제목을 걸어놓고 정 교수 딸 혜령과 주인공 화자 병욱의 연애담을 풀어놓는다. 이 사건, 혹은 혜령은 수직과 수평이라는 작가의 도표를 적절하게 보여주는 예표일 수 있다. 가령 혜령에 대해서 주어지고 있는 설명이다.

하지만 추상적인 감각이란 무엇인가. 그것은 자칫 감정에 쓸데없이 말려들어 분별력을 상실하게 만들 위험분자가 아닌가. 그와 같은 위험을 지적(知的) 호기심과 분별력, 그리고 특별히 자신의 신앙으로 완벽하게 엄호하고 있는 여자, 그러니까 감성과 의지라는 이질적인 두 요소를 이율배반적(二律背反的)으로 동시에 거느리고 있는 여자, 그녀가 혜령이었다. (p. 38)

감성과 신앙이라는 두 요소의 대립은 사실상 보통의 사람들에게도 흔히 발견되는 모습이다. 그러나 두 사람의 사랑을 힘들게 하는 다른 요소들은 '수직'으로 표현되는 신앙 지키기가 현실적으로 만만

찮은 일임을 알려준다. 예컨대 신학대학을 졸업한 전도사의 박봉이라든지 신앙을 강조하는 정 교수의 현실주의적 처세라든지, 무엇보다 연애와 신앙을 혼합해서 궤변에 가까운 언설을 늘어놓는 혜령의 태도라든지, 요령부득의 현실이 '수평' 안에서 벌어진다. 더욱이 혜령과 함께 독일로 유학을 떠난 연하의 연인 청년은 이유가 불분명한 열등의식으로 기이한 행각을 보이며, 결국 혜령 혼자 귀국하는 행태 등은 이해하기 힘든 모습이다. 혜령도 그의 애인이었던 형석도 결국 파국을 맞이하지만, 그것이 신에게 불충한 탓인지, 신에 대한 과잉의식의 소산인지는 불분명하다. 확실한 것은 신과의 관계인 수직과 인간들 사이의 사랑과 화평인 수평의 관계가 바람직한 균형과 조화라는 긴장을 유지하지 못하는 데에서 항상 말썽이 계속되고 있다는 점이다. 소제목 '바벨탑의 시민들'은 이것을 입증한다. 그러나 죄인일 수밖에 없는 신화 속 인물 에리직톤을 내세워 행하는, 또 다른 소제목 '에리직톤을 위한 변명'에서의 다음 발언은 이 소설 전체의, 더 나아가 이승우 초기 문학의 출발점을 강력히 암시한다.

따라서 그 시대의 사고와 세계관과 언어로 기록된 모든 신화들은 오늘의 사고와 세계관과 언어로 재해석하지 않으면 안된다. 이는 성서에 대해 볼트만이 주장하는 '비신화화(非神話化)'의 논리와 마찬가지이다. 신화를 벗겨야 한다. [……] 에리직톤은 신들을 멸시하는 저속한 인물이었다고 신화는 기록한다. 그런데 그가 그런 익명을 뒤집어 쓴 것은 무엇 때문인가? [……] 신성한 것에 손을 대는 것은 부정하다는 금기를 범했다는 뜻일 게다.

[······] 신화 뒤에는 언제나 권력이 있다. 아니, 모든 신화는 권력으로부터 나온다. (pp. 213~14)

동시에 이승우는 기독교와 그리스신화에 대한 그 자신의 소견을 밝히면서 신은 신화를 거부하는데, 오히려 인간이 신화를 창조하고, 신화 속에 안주하려 한다고 날카롭게 비판한다. 신은 인간과 함께하는 분이지 신화의 편에 앉아 있는 분은 아니라는 것, 그리하여 이 소설의 소제목은 '이곳에 살기 위하여'와 '인간의 이름으로'로 옮겨간다. 마침내 주인공은 평범한 여성과 평범한 결혼을 하면서 소설이 끝난다. 이 시기 소설가 이승우의 세계관은 다음 문장에 압축되어 있다.

나는 신에 대해서는 말할 수 있는 것이 거의 없지만, 우리가 인간의 인간 됨을 위해 최선을 다해 일하는 것이 그분의 뜻과 만날 수 있는 방법이 된다는 사실만은 믿고 있다. (p. 217)

소설도 신화인가

신화는 신에 대한 인간의 이야기이므로 근본적으로 많은 모순을 안고 있기 마련이다. 그리스신화 전체가 그 같은 모순의 체계이며, 한국의 건국신화도 동화 같은 판타지 세계를 방불케 한다. 이와 비교할 일은 아니라 하더라도, 소설가 이승우 또한 모순의 신화를 자기 스스로 만들려고 한다. 그는 "신은 신화를 거부한다. 신화를 창조하고 신화 속에 안주하는 것은 신이 아니라 오히려 인간"(『에리직톤의 초상』, p. 217)이라고 함으로써 신화의 신성을 부인한다. 이때 그는 그것을 거부하는 주체로 신을 내세움으로써 신과 인간은 신화를 거부한다는 점에서 같은 자리에 있음을 시인한다. 그는 말한다.

> 신은 인간들의 처소에 인간과 함께 행동하기를 좋아하는 분임을 나는 안다. 따라서 인간적인 관심과 방법은 곧바로 신의 관심과 방법이기도 하다는 것을 나는 믿는다. 이것이 그 잘난 우리들의 신에 대하여 내가 아직까지 붙잡고 있는 믿음이다. (p. 217)

이러한 믿음에 근거하여 작가는 인간의 판단과 결정이, 정당성을 지니고 있는 것이라면 동시에 신의 판단과 통할 수 있다고 직진한다. 그런 논리로 그는 정치적 억압을 제거하기 위해 사용된 폭력은 정당하다고 믿는다. 신은 하늘에 좌정하고 있는 분이 아니며, 따라서 신을 신화화한다면 오히려 "음탕한 외설"(p. 217)이라고까지 주장한다. 이러한 주장은 실존적 유신론자들의 일반적 견해로서 상당수 지식인의 동조 위에 있는 것이 사실이다. 그러나 이 견해야말로 거대한 모순과 함께한다. 무엇보다 신이 인간이고, 인간이 신이라는 단순한 결론으로의 유도에 무방비할 수밖에 없다는 점이다. 신화를 거부하면서도 인간에 의한 신화의 구축과 그 시도를 끊임없이 행하게 된다는 점도 문제다. 이승우의 소설은, 그러나 바로 이 딜레마를 긍정적을 껴안고 씨름한다. 모순은 오히려 창작의 에너지가 된다.

신을 거부하면서도 신화를 쓰고 싶어 하는 인간의 마음이 지닌 모순은 사실 모순이 아니다. 그것은 인간이 신이 되고자 하는, 어찌 보면 단순하고 순수한 심리의 반영이다. 문제는 신을 거부하면서도 왜 신이 되고 싶어 하는가 하는 욕망의 내용이다. 그 내용에는 인간이 신을 거부하는 것이 아니라 인간에 만족하지 못하는, 그러니까 오히려 인간을 거부하는 교묘한 자기부정이 자리 잡고 있다는 것이다. 이승우의 초기 소설(그 시기를 그의 삼십대가 끝나는 1990년대까지로 본다면)에는 이러한 자기부정이 신에 대한 거부와 긍정이라는 양면의 모습을 반복하면서 거듭 드러나고 있다. 죄 많은 인간의 자리에 머물러 있을 수만은 없다는 자책, 그런데도 결국 인간은 무능과 한의 모습을 벗어날 수 없다는 자탄, 신으로 위장된 위선의 탈을 벗겨야 하겠다는 자긍 등등이 그를 괴롭힌다. 소설집 『구평목씨의 바퀴벌레』와 『일식에 대하여』에서는 이 같은 열정과 혼란으로 가득 찬 삼십대 젊은 소설가의 중단편들이 의미 있는 열기를 뿜고 있다. 몇몇 작품들의 현장에 들어가보자.

첫 작품집 『구평목씨의 바퀴벌레』 중 동명의 단편 「구평목씨의 바퀴벌레」는 바퀴벌레에게 몸도 마음도 압도당한 구평목이라는 잡지사 기자의 수난의 일상을 그리고 있다. 그는 대학 시절 시위 주동자로 몰려 영어 생활을 한 경험이 있으며 그 격리된 장소에서 바퀴벌레에 쫓겨보았다. 그 뒤로도 그는 미행당하는 공포를 느끼는데 작가는 그것을 "야만적인 피해망상의 폭력"(p. 166)이라고 기술한다. 바퀴벌레가 바로 그 폭력의 상징임은 말할 나위가 없다. 이때부터 이미 이승우의 소설은 짙은 알레고리의 분위기를 띠고 있었으며, 그것은 자괴감과 자탄을 은폐하고자 하는, 그러면서도 폭력에 대한 고발을 늦추지 않는 소설적 노력의 시작이었음이 주목된다. 이때 폭력을 제거해줄 것으로 기대되는 신은 그러면 어디에 있는가. 같은 책에 수록된 또 다른 단편 「신들의 질투」는 이와 관련해서 흥미 있는 내용을 보여준다.

「신들의 질투」에는 신이라는, 눈에 보이지 않는 추상이 드러나지 않는다. 어떤 특정 종교와 관련된 예배당이나 사찰도 언급되지 않는다. 이승우가 이따금 즐겨 인용하는 그리스신화에서의 신도 나타나지 않는다. 소설은 평범한 샐러리맨의 직장 생활을 다루고 있는, 그야말로 평범한 삶의 일상을 그리는, 추상 아닌 구상(具象)의 현장이다. 사태는 인달중이라는 인물이 느닷없이 제작부장이라는 자리로 벼락 승진하는 데에서 비롯된다. 그 승진은 회사 내 분규로 인하여 뜻하지 않게 그에게 주어진 것으로서 상관인 전임 부장의 희생을 가져온다. 뿐만 아니라 사내 직원들 간의 위계질서가 흐트러지는 결과로 이어져서 인달중은 몹시 불편한 처지에 처한다. 이때 복잡한 그의 내면은 소설 속에서 다음과 같이 그려진다.

나는 욕망하지 않았다. 그러나 나는 어찌어찌하여 어떤 욕망의 대상에 포섭되었고, 그리하여 누군가의 욕망을 좌절시켰다. [……] 이럴 때 나의 '욕망하지 않음', 나의 부작위(不作為)가 그 '누군가'의 불행 앞에서 나의 행운을 부끄럽지 않게 노출할 수 있도록 해 줄 것인가? (「신들의 질투」, 『구평목씨의 바퀴벌레』, p. 219)

요컨대 주인공 인달중은 자신의 잘못이 없음에도 불구하고 자신의 존재로 말미암아 누군가의 이익이 훼손되는 것을 참기 힘들어하는 것이다. 말하자면 양심의 문제인데, 이 소설에서는 그것이 "헝클어진 콤플렉스"(p. 222)라는 이름으로 불린다. 최형국이라는 다른 사원에 의해 지칭된 그 낱말은, 주인공 인 부장의 소심한 성격을 비난하는 용어로 쓰인 것이다. 최형국은 인달중을 질투하였다. 이런 사람은 어느 사회, 어느 조직이나 있기 마련인데, 이 작품에서 이승우는 그것을 '신들의 질투'라는 프레임으로 환원시킨다. 뜻하지 않은 행운을 누리게 된 그리스신화 속의 신을 최형국 사원을 통해 소개하면서, 행운이 몰릴 때 공포를 느끼게 되며, 그 결과 신들의 질투로 오히려 파멸된다는 것을 보여준다. 행운을 지키기 위해서는 짐짓 작은 손해를 자초하는 행위가 필요하다고 최형국은 인달중을 협박한다. 결국 이 소설에서 인달중은 부장 승진한 지 얼마 되지도 않아서 퇴사의 불운을 맞는다. 그리스신화의 프레임이 적중한 것이다. 이러한 상황은 과연 필연이었을까, 우연이었을까 되묻게 되는 작품이다. 그러나 문제는 그 적중 여부가 아니라, 있을 수 있는 사회 현실에 왜 굳이 신화를 동원하였을까 하는 작가의 작의다. 소설 기법상으로는 알레고리 소설이라고 할 수 있는데 이승우가 굳이 이 방법을 택하면서 "신들의 질투"라고 제목을 붙인 까닭은 무엇일까. 신을 거부하면서도 신화를 쓰고 싶어 하는 인간의 모순된 마음에 덧붙여, 이승우는 오히려 신화를 재현함으로써 신에 가까이 가고 싶어 한 것은 아닐까. 사람들의 질투는 신의 질투라는 원형 프레임을 반복하는 것이라는 작가의 생각이 아마도 잠복해 있을지도 모른다.

두번째 소설집 『일식에 대하여』에서도 비슷한 문제의식은 조금씩 다른 주제를 통하여 지속하고 발전된다. 첫번째 수록작 「일식에 대하여」는 이승우의 견고한 중심 모티프를 이루는 부자간의 애증, 아버지 미스터리를 내놓고 있다. 그리고 마침내 사랑이라는 거대 주제의 눈썹을 내민다. 살펴보자.

뒤에 『生의 이면』을 통해 전면적인 모티프로 등장하는 아버지는 「일식에 대하여」에서 두 명의 아버지가 수평으로 등장하는 구조를 취하고 있다. 첫번째 아버지는 소설 화자인 '나'의 아버지다. 그는 화자인 '나'가 길흥이라는 시골로 내려와서 다방 여종업원에게 무심결에 발설한 그 아버지다. 그는 '나'에 의해서 이렇게 묘사된다.

　아버지는 나를 옭아매는 족쇄이고, 나의 가장 더러운 환부라고 나는 생각했다. 나는 족쇄를 풀어버려야 했고, 환부를 도려내어 버려야 했다. 그 일을 위해서라면, 지옥에 뛰어드는 일이 아니라면 어떤 일이든 할 수 있을 것 같았다. [……] 나는 이를 악물며 소리쳤다.
　"정말 지긋지긋해요."
　지긋지긋한 아버지.
　한때 아버지는 장래가 촉망되는 고시생이었다.
(「일식에 대하여」, 『일식에 대하여』, p. 16~17)[9]

---

9) 이하 인용 시 작품명과 쪽수만 밝힌다.

다시 사랑, 그리고 구원

1950년대부터 1970년대까지, 즉 20세기 중반의 한국 사회, 특히 농어촌 사회는 궁핍에서의 탈출을 청년들의 '고시 합격'에서 찾는 것이 지배적인 길이었다. 이렇다 할 자본과 기술을 갖지 못한 상황에서의 출구는 관료로의 입신이었고 이로써 호구와 함께 출세의 길도 보장되었다. 반면 고시의 준비와 실패는 그 길이 막히는 것은 물론, 이따금 응시자의 인격 파탄과 가정의 몰락까지 가져오는 도박과도 같은 전근대적인 행태와 연결되었다. 이 소설에서도 소설 화자의 아버지는 예외 없이 그 주인공의 자리에 앉아 있는데, 이런 아버지는 이승우 소설 곳곳에 나와 있다. 그는 억압과 폭력을 휘두름으로써 소설에서의 역할을 매우 적극적으로 수행하며 아들 또한 반항의 에너지를 다양하게 발산함으로써 인간의 애증이 나아가는 길을 열어주고, 사랑의 본질을 캐내려고 하는 작가의 열의에 기여한다. 한편, 소설 화자인 '나'는 아버지를 떠나 은행 시골 출장소로의 근무를 자원하고 그가 거기서 겪게 될 사건의 중요한 참관인이 된다.

그가 참관한 사건, 혹은 사연은 이렇다. 소설 화자인 '나'는 길흥이라는 시골구석에서 별장에 유폐되어 있다시피 한 노인을 보게 된다. 그 노인은 화자의 아버지와 마찬가지로 정신이 나간 형편인데, 위하식이라는 이름의 정계의 유력자가 그 아들이다. 노인은 온 마을이 울릴 정도로 악을 쓰기 일쑤인데, 아들 하식을 찾는 것이다. 기이한 그 상황에서 '나'가 알게 된 것은 노인이 두 아들 중 머리가 좋은 둘째 아들 대신 큰아들을 두 번이나 군대에 보냈고, 큰아들은 군에서 죽었다는 사실이다. 따라서 형의 이름인 '위하식'을 동생이 대신 사용하고 있는 셈인 것이다. 기괴한 그 집안을 통하여 밝혀지고 있는 사정은, 역시 고시에 집착하여(작은아들은 고시 두 가지에 합격하였다) 가정이 파괴되고 있는 모습이다. 아버지는 물론 아들도 — 비록 사회적으로 출세하고 있는 경우라 하더라도 — 함께 파멸의 그림자 안에 있다. 「일식에 대하여」는 바로 그렇듯 부자를 중심으로 한 가정에 드리운 어둠을 보여준다. 소설에서 이 부분은 이렇게 조명된다.

하늘은 더 어두워져서 해가 지고 난 저녁 같았다. "일식이에요. 오늘이 이십사일이지요? 맞아요. 이십 몇 년 만에 일식이 나타날 거라고 했어요. 오늘이오" 하고 승미가 갑자기 습격해온 어둠을 해석했다. (「일식에 대하여」, p. 75)

승미는 소설 화자의 애인으로, 아들인 '나'는 정신이 온전치 못한 아버지와 함께하는 가정의 불구성을 자탄하여 그녀를 피하지만 그녀는 '나'를 찾아 길흥까지 내려온다. 뿐만 아니라 초면의, 정신 나간 노인네가 쏟아놓은 배설물들을 치우는 헌신적인 모습을 보여준다. 리얼리티가 다소 약해 보이는 이러한 장면은 사람과 사람의 사랑을 말하고 싶다는 작가의 속 깊은 배려를 보여준다. 이승우 문학 전체의 문맥 안에서 나중에 함께 검토해볼 문제이다. 이와 함께 아버지와 아들의 관계에 대한 작가의 다음과 같은 지문이 시사하는 바가 주목된다.

아버지들은 닮았다. 아버지들은 수치스럽고 끔직하고 거추장스럽다. [……] 아버지는, 아들에게는 죽은 시간이 벗어 던진 허물에 불과하다. [……] 보기 흉하고 거추장스럽지만 혹은 자신의 피부 – 자신의 삶의 일부여서 함부로 제거하거나 도려내거나 할 수 없다. 나와 상관없다고 할 수 없다. 그것이 아버지들이 끔찍한 이유다. 아버지로부터 벗어날 수 없다 [……] 아들은 어김없이 패배하고 언제나 진다. 아들이기 때문이다. 아버지는 그런 존재다. (「일식에 대하여」, p. 78)

아버지와 아들이라는 관계의 숙명은 프로이트 이후 많은 문학작품 내지 인문학의 추동적 정서로서 작용해왔다. 그럴 수 있었던 것은, 아버지라는 생래적 권위가 아들에게는 압박으로 느껴져왔기 때문에 발생하고, 그 저항의 힘은 단순한 반발이 아닌 창조의 힘으로서 기능하는 경우가 허다하였기 때문이다. 그러나 이승우는 아들 쪽에서의 긍정적 힘이라는 측면 못지않게 아버지 쪽에서 일어나는 힘에 대한 관심이 높다. 아버지는 대체 무엇을 하고 있는가. 고시 공부를 하고, 실패하고 그것이 정신이상으로 연결되어 광기 어린 분위기를 띠는…… 그것은 다른 가족, 예컨대 어머니와 자식에게는 엄연히 폭력이 된다. 문제는 이 폭력에 대하여 작가가 쉽게, 아주 단순하게 비난하고 저항하지 못한다는 점이다. 아버지에게 살의까지 느끼면서도 그에게 필경 순종하는 모순을 그는 받아들인다. 아버지는 삶의 일부여서 함부로 제거하거나 도려낼 수 없다는 것이다. 그리하여 아들은 어김없이 패배하고 진다. 작가 이승우는 이 관계를 일종의 알레고리로 만들어가면서 종교적인 프레임으로 나아간다. 가령 다음과 같은 성경 구절을 참고해보자.

여호와를 경외하는 것이 지식의 근본이거늘 미련한 자는 지혜와 훈계를 멸시하느니라./내 아들아 네 아비의 훈계를 들으며 네 어미의 법을 떠나지 말라./이는 네 머리의 아름다운 관이요. 네 목의 금 사슬이니라.[10]

여호와, 즉 하나님의 잠언인데 그 실제 실천으로는 세상 부모의 말에 순종하는 것이 강조된다. 이상하지 않은가. 하나님과 부모가 평행의 관계로 함께 놓여 있고 동행한다는 것은 일종의 알레고리라고 하지 않을 수 없다. 따라서 부모, 즉 아버지에게 순종하는 일은 하나님께 순종하는 것과 같으며 못마땅하더라도 그 길을 걸음으로써 아름다운 관과 금사슬을 얻게 된다.

그러나 이렇게 고분고분 순종만 한다면 오죽 좋으랴. 그는 목회자도 아니고 신학자도 아니다. 그러나 그는 순종하고 싶어 하는 소설가이다. 갈등으로부터 「일식에 대하여」가 나왔고 죄 많은 노인의 더러운 몸과 배설물을 닦아내는 승미라는 여인의 탄생을 보았다. 그리고 마침내 소설 「고산 지대」를 통해서 여기에 정면으로 도전하는 감동을 빚어낸다.

단편 「고산 지대」에는 일반 사회에서 소위 보수니 진보니 하는, 교계 내부에서도 이른바 '제사장 의식'과 '예언자 의식'으로 나뉘어져

---

10) 「잠언」 1장 7~8절.

있는 양극의 신앙관이 리얼하게 그려진다. 가령 양자의 대립을 보여주는 신학대학생들의 모습은 이렇다.

> 몽크 김은 찬익과 대극점에 서 있었다. [……] 한쪽은 현실의 거침 속으로 '거침없이' 뛰어들려 하고, 다른 한쪽은 성소의 신비 속에 더 '신비적으로' 빠져들기를 원했다. 한쪽은 신앙의 정치화에, 다른 한쪽은 정치적 무관심에 빠져 있었다. 한쪽은 다른 쪽을 향해 '하나님 없는 세상'에서 살고 있다고 비난했으며, 다른 한쪽은 상대방을 향해 '세상 없는 하나님'만을 숭배한다고 내몰았다. [……] 언제부터인지 학교 전체가 묘하게 두 갈래로 갈라져 있었다. (「고산 지대」 p. 91)

신비주의로 비난받는 쪽은 세상의 소요를 못 들은 척하고 십자가 메고 가파른 언덕을 오르는 수난절 의식을 행한다. '골고다에의 길' 행사다. 그러나 현실 참여를 부르짖는 쪽에서는 이들을 "그 잘난 경건과 신비주의"(p. 88)라고 매도한다. 그러던 어느 날 교정에서는 불의와 부정에 대항하는 집회가 열리고 현실 참여 쪽 리더가 경찰에 구타당하는 일이 일어났다. 이때 사건이 발생했다. 외로운 고행을 계속하던 몽크 김이 등에서 십자가를 내려놓고 피를 흘리고 있던 교우를 대신 업고서 교문을 향해 내려갔다. '예언자 의식' '제사장 의식'도 모두 하나가 된 순간이었다. 그 광경이다.

모든 것이 정지된 시간 위로 '그'가 '그'를 등에 업고 아래쪽을 향해 비틀거리며 내려가고 있었다. 그것이 유일한 움직임이었다. 그 움직임에 따라 등 뒤에 누운 '그'의 지체 어디선가 흘러나온 검붉은 피가 '그'를 적시고 있었다. 그들은 거의 한몸처럼 보였다. (「고산 지대」, p. 102)

이후의 학교 교정에는 수난 찬송가를 부르는 합창 소리가 들려오고, 곧바로 그 소리로 교정은 가득해진다. 대립의 두 목소리가 하나로 승화되는 이 순간은 어쩌면 종교 안에서만 가능할 수 있는 감격의 모멘텀이리라. 정반대되는 이질적 대립을 화해시키는 요소가 무엇이었을까. 문득 추측되는 것은 경찰의 강압적 제압과 이에 대한 물리적 반항을 일으키는 센티멘털리즘 기반의 정의감이다. 이러한 해석은, 두 쪽의 화해가 즉흥적, 일시적일 수밖에 없다는 한계를 넘어서지 못한다. 다음으로는, 그렇다면 몽크 김으로 하여금 참선에 가까운 정적인 에너지가 지니고 있는 영성의 현실적인 힘이다. 그것이 불교에서의 참선이든, 기독교에서의 금식 기도이든 세상과 절연하고 일정 기간 수도의 형태로 이어지는 훈련이 낳는 영성에 대하여서는 정신적 집중을 넘어서는 초월적 힘이 있는 것으로 받아들여져왔다. 그러나 그 현실적 힘으로의 현장에 대한 보고는 충분치 않았고, 오히려 그들만의 신비주의로 백안시되곤 했다. 따라서 「고산 지대」에서의 화해는 제사장 역할을 지나치다고 할 정도로 충실히 행한 몽크 김의 영성과 영력(靈力)이 현실에서도 힘을 발휘한 범례로서의 의미를 갖는다. 그 의미는 하나님에의 순종이 못마땅하더라도 그 길을 걸음으로써 아름다운 관과 금사슬을 얻게 된다는 믿음을 확인하는 것이 된다. 다시 말해서 '그'가 '그'를 등에 업은 행위는 무심코 즉흥적으로, 감상적으로 이루어진 일이 아니라 예수를 닮으려고 하는 오랜 고난의 기도가 성취해낸 사랑의 승리라고 할 수 있다. 아버지가, 하나님이 끔찍하다고 하더라도 그에게 순종하지 않을 수 없는 이승우의 모순은 여기에 그 까닭이 있다. 하나님은, 아버지는 때로 왜 폭력적인 존재일까. 의구심을 가지면서도 그것을 인정하고 따를 수밖에 없기 때문에 그에게 있어서 모순은 모순이 아니다. 모순처럼 보이는 공간을 채우는 승미, 그리고 몽크 김은 그것을 '사랑'으로 덮고 있지 않은가.

　이승우는 그리하여 인식하고, 소설을 쓴다. 사랑으로 목숨을 덮어버리는 자들을 바라보면서, 소설을 쓴다. 이 세 사람 사이의 이야기를 소설로 쓴다. 그것은 팩트이어야 하지만, 팩트가 아니기 때문에 소설로 쓴다. 그것은 새로운 신화일 수밖에 없다. 과연 세 사람은 한 사람이 될 수 있을까. 과연 '사랑'은 가능할까. 그것은 '구원'이라는 이름으로 불릴 만한가. 이승우의 신화는 무거운 그 짐을 기꺼이 지려고 한다.

2부

욕망과 불안의 사랑

1.

세상과 소설

세상의 부패, 타락, 단절

1990년대에 이승우는 여섯 권의 장편소설과 네 권의 소설집을 출간했다. 인생의 가장 활발한 청년기라고 할 수 있는 삼십대의 그로서는 결코 다작이라고 할 수 없는 작품량인데, 이는 서른 권이 넘는 지금까지의 생산 실적에 비교해볼 때 그렇다. 그러나 그는 이 시기에 중요한 문학적 실험과 경험을 겪는다. 가령 『내 안에 또 누가 있나』의 경우 일기체의 화자를 내세우면서 '편집자'까지 소설 속으로 끌어들이는 이중의 격자 소설 실험을 감행하는데, 결론부터 말한다면 이것은 부패한 이 세상, 특히 성적으로 타락한 세상으로부터 받는 피해의식과 욕망이라는 모순의 심리적 정황을 은폐하기 위한 절묘한 구조적 실험이다. 소설 화자인 '나', 즉 '임혁'의 일기로 구성되어 있는 소설 속의 주인공은 사형수인 손철희라는 남성, 그리고 타락한 세상의 표상인 사교계의 이면을 장악하고 있는 여성 민초희다. 세상은 이 두 사람의 행각에 의해 실타래가 풀리듯 펼쳐지고 있는데, 그 세상은 비유컨대 쥐새끼들이 우글거리는 감방과도 같다.

쥐새끼들이 우글거리는 감방이라는 비유는, 그러나 소설 첫머리를 사실적으로 장식하고 있을 뿐 결코 비유로 그려지고 있지는 않다. 이러한 서사 기법은 이 소설 전체에 해당하는바, 그 사실 여부가 미심쩍은, 그러나 도저히 환상이나 공상 속의 현실이라고 할 수 없는 장면, 장면 전체를 구성함으로써 오히려 알레고리 소설이라는 평가에 근접한다. 확실히 이 소설은 알레고리적 성격을 강하게 띠고 있다. 결론을 앞당겨 분석해본다면, 다음과 같은 사항들이 이와 관련해서 주목된다. 첫째, 강한 범죄소설로서의 성격이다. '신천지 설계협의회'라는, 실체를 알 수 없는 비밀 조직이 범죄의 배후처럼 등장하지만, 이 소설에는 알 수 없는 범행과 알 수 없는 범인의 추적과 검거 등을 둘러싼 추리소설적 구성이 존재하지 않는다. 그렇기는커녕 이 세상 자체가 범죄로 가득 찬 악의 소굴임이 쥐 떼의 범람을 통하여 처음부터 규정되어 있고 살인범 사형수의 등장으로 범죄소설로서의 모습을 전면에 드러낸다. 범죄소설은, 그것이 흥미 위주의 대중소설을 표방하지 않는다면, 대체로 알레고리적이다. 주어져 있는 관념과 현실을 넘어서 풍자와 교훈을 나타내는 문학의 방법이 알레고리라면, 그것의 기능은 거대한 암시다. 거기에는 평범한 현실도 그 현실 이상의 뜻을 지닐 수 있고, 여러 상징들이 보다 추상적인 관념을 조작해낼 수 있다. 예컨대 이 소설 모두에 등장하는 쥐 떼는 그것들이 썩은 인간들의 상징임이 분명하게 그려져 있다. 이어서 손철희라는 사형수와 민초희라는 엽기적인 여인의 등장도 '쥐새끼들'로 상징

되는 부패한 인간 군상과 연결되고 있음이 손쉽게 밝혀진다. 이런 의미에서 이 소설은 인물과 사건의 발전을 통한 새로운 인물이나 의미의 생성, 성립이라는 귀납적 구조를 갖지 않는다. 오히려 독과 악이라는 명제가 미리 주어지고 그것이 어떤 현실 속에서 입증되고 있는가 하는 환원론적인 구조로 되어 있다. 독으로 가득 찬 세상에서 인간은 악할 수밖에 없다는 논리가 범죄소설을 통한 환원론의 세계다. 사형수 손철희는 자신의 범죄를 끔찍스럽게 자랑스러워하지 않는가 (p. 22). 변할 수 없는 이 세상의 독성은 소설 곳곳에서 가감 없이 드러난다. 일기의 주인공이자 화자인 임혁의 글이다.

> 내가 보기에 모든 사람의 삶은 똑같다. 이 세상의 모든 것이 기성품이다. [……] 우리가 태어나기 전에 이미 기성 제품을 만들어 놓고 있었다. 우리는 그 가운데 어느 하나를 골라 입고 사는 것에 불과하다. (『내 안에 또 누가 있나』, pp. 25~26)[1]

> 무엇보다도 나는, 진정으로 이 세상 누구도 좋아하지 않기 때문이다. [……] 그들의 자유는 '우리 안의' 자유이다. 새들이 자유롭다고? 아무 단서 없이 절대적으로 그런 건 아니다. 이 세상의 모든 자유는 '~안의' 자유이다. 숙명 안의 자유. 그러므로 숙명이 없으면 자유도 없다. (pp. 46~47)

---

[1] 이하 인용 시 쪽수만 밝힌다.

세상은 이미 악과 독으로 정해져 있고, 사람들은 그 속에서 그냥 살아간다. 이것을 숙명이라고 한다. 때로 사람들은 그곳에서 벗어나고 싶어 하고 탈출의 자유를 꿈꾼다. 그러나 그것은 불가능하다. 어느 정도 가능하다고 믿는다면 아주 제한된, 숙명 안에서의 자유일 뿐이다. 때로 거기서 벗어난 새로운 모습처럼 보이는 경우라 하더라도 그 모습은 '낯선 나'(p. 78)일 뿐이다. 변화와 형성으로 열린 내가 아니라, 그저 다른 나일 따름이다.

다음으로 이 소설의 구성에 있어서 깔아놓고 있는 상징성이 주목된다. '쥐새끼들'은 그 첫번째 상징이며, 그 쥐 떼를 제거하는 작업, 즉 인간 사회의 법규 안에서는 범죄로 치부되는 일에 동원되고 있는 논리와 기구의 상징성이 등장한다. 대표적인 것이 화살이다.

범행 현장에서는 이번에도 30센티 크기의 화살이 발견되었습니다. 화살은 숨진 변호사의 심장에 박혀 있었습니다. [……] 이번에 다시 사고 현장에서 화살이 발견됨으로써 최근 다섯 달 사이 이와 유사한 사건은 모두 다섯 건으로 늘어났습니다. (p. 30)

작자는 무엇 때문에 화살을 남기는 것일까. 나는 조금 기분이 유쾌해진다. 세상에 이런 작자가 있어서, 이런 일들이 일어난다는 사실이 반갑게 여겨진다. [……] 벌써 다섯 번째, 두 번은 방화였고, 한 번은 살인, 그리고 이번 걸 포함하여 두 번이 교통사고, 이자는 얼마나 뛰어난 유머 감각을 소유하고 있는 자인가. 나는 생각한다. 이자는 사람을 해치는 데 목적이 있는 것이 아니다. [……] 단지 화살을 남기는 것이

다. (p. 31)

상징은 가장 소박한 단계에서는 하나의 어휘를 통한 다른 어휘, 혹은 상황을 풍성하게, 혹은 색다르게 설명하는 기능을 갖는다. 그러나 하나의 상징이 소설의 모티프 기능으로 확장되기도 하는데, 이 경우 대체로 그 소설은 알레고리 역할을 한다.『내 안에 또 누가 있나』에서 화살은 범죄의 현장에 반드시 나타나면서 그 범죄가 단순 범죄 아닌, 오히려 공의로운 어떤 의인의 작업임을 암시하는 상징으로 쓰인다.

　　화살은 죽어 누운 사람의 심장 부분에 꽂혀 있다. 화살 끝이 지금도 파르르파르르 떨고 있는 것만 같다. 제 흥분에 겨워 몸을 파르르 떠는 화살. 그 그림은 나의 숨을 헉 하고 멈추게 한다. 화살은 어디서 날아왔을까. 화살은 왜 거기 있을까. [……] 나는 그 화살의 존재를 자주 오랫동안 묵상했고, 범행 현장에 그것을 남긴 미지의 인물을 향해 알 수 없는 질투를 쏘아대곤 했다. (p. 52)

소설은 범인이 미지의 인물이라고 하고 있지만 그를 추적하거나 수사기관을 동원하지는 않는다. 형사나 탐정과 같은 체포조의 활동에는 전혀 관심이 없고, 소설 화자는 오히려 범인을 질투한다. 추리소설과 알레고리 소설이 갈라서는 지점이 거기에 있다. 독자는 생각한다. 아, 이 범행에는 뭔가 의로운 구석이 있구나. 화살이 그 상징일지도 모른다. 화살은 수많은 여성과 성관계를 한 자를 그린 한 그림

위에도 박혀 있다. 이 소설이 지닌 결정적인 알레고리로서의 성격은 화자 자신이 자기를 이단시하는 장면과 사형수 또한 자신을 외계인으로 주장하는 등 일반적인 현실로서의 리얼리티를 짐짓 배반하고 있는 구성을 통해서 뚜렷하게 부각된다. 화자와 사형수가 그려내고 있는 그 현장과 모습을 살펴보자. 먼저 화자인 임혁이다.

나의 이웃들은 나를 자기들과 전혀 다른 무슨 별종쯤으로 취급한다. 하긴 어느 정도는 그들이 옳다. 그들은 나와 다르고 나는 그들과 다르다. [……] 내가 오전에 만나고 돌아온 사형수 손철희의 표현을 빌려 말하자면, 나는 쥐새끼가 아니다. 손철희가 자신을 쥐새끼가 아니라고 인식하는 것처럼 나 역시 그렇게 인식한다. 어쩌면, 쥐새끼들의 세상에서 나는 너무 쥐새끼가 아니다. (p. 141)

사형수 손철희의 경우는 더욱 황당하다.

처음부터 이런 식이다. 그를 과대망상증에 사로잡힌 자로 단정할 때, 이 문장들에서 읽을 수 있는 객관적인 사실은 한 가지밖에 없다. —그는 사생아다. [……] 그의 어머니가 외계인과 성교를 가져 그를 낳았다는 말과 그가 사생아였다는 말은 같은 말이 아니다. (p. 150)

또 한 사람 민초희는 임혁에게 행하는 어불성설의 행패와 기이한 범죄 행각에서 그의 성정과 행태가 밝혀진다. 그녀는, 글을 써달라는 핑계 아닌 협박으로 임혁과 거금의 계약을 하고서 장안의 유력 인사들이 벌이는 난장 파티에 그를 강제 입회시킨다. 비밀리에 이루어진 이런 상황과 계약은 임혁에게나 유력 인사들에게나 성격은 다를지 언정 위협적인 현상일 수밖에 없고 민초희는 이 상황을 조종하는 우두머리가 된다. 아파트 주민들로부터 소외되고 민초희에 의해 정신적, 육체적으로 부림을 당하는 임혁의 모습은 이렇게 묘사된다.

나는 나도 모르게 저절로 긴장되는 걸 느낀다. 도처에 적들이 널려 있고, 사방에서 사나운 눈빛들이 나를 노리고 있다. 나는 적들의 땅에 잘못 떨어진 이방인이다. [……] 이방인이야말로 그들 토박이의 내재된 공격성을 발휘할 표적이다. (p. 185)

그 순간에 나의 몸…… 몸에 속한 욕망은 다른, 그보다 더 큰 어떤 욕망인가에 봉사했다. [……] 그것은 은밀한 경험이고 수치스런 기억이다. 그 치욕과 수치가 나를 황폐하게 한다. [……] 하지만 치욕의 얼굴 안쪽에 도발적인 유혹이 도사리고 있다는 걸 나는 안다. [……] 나는 유혹 때문에 빨려 들고, 치욕 때문에 붙잡힌다. 그것이 내가 민초희에게 부역할 수밖에 없는 참된 이유이다. [……] 그녀는 나의 수치를 소유함으로써 나를 소유했다. (p. 192)

이웃들과의 관계에서 이방인으로 떨어져버린 모습, 거액을 받고서 타락하고 부패한 여인에게 종속되다시피 한 모습들을 각각 보여줌으로써 화자인 임혁이 처한 전면적 딜레마와 위기가 노정된다. 그 암담한, 대책 없는 상황은 이렇다.

나는 혼란스럽다. 나는 내 몸 위에서 나의 욕망을 끌어올리는 미지의 여자와 싸우면서 침대를 갉아대는 쥐들과도 싸워야 한다. 이 싸움은 전적으로 나에게 불리하다. 나는 묶여 있다. 나는 꼼짝할 수가 없다. 어쩌면 쥐들과 여자는 한패인지 모른다. (p. 155)

악몽 속의 임혁이다. 그는 강요된 성적 욕망이라는 기이한 자폐적 현실과 쥐 떼로 상징된 부패한 자들을 쓸어버려야겠다는 공의로운 욕망의 압박을 동시에 받고 있다. 손철희, 그리고 범죄 현장의 화살에서 느끼는 친밀감은 이 딜레마를 말해준다.

딜레마의 극복은 현실에서 존재하지 않는다. 손철희처럼 쥐새끼라고 생각하는 사람들을 처치한다고 해서 그 극복은 이루어지지 않는다. 민초희처럼 그 자신이 부패와 타락에 끼어들어 그들의 아킬레스건을 붙잡고 있다고 해서 더더욱 그 일은 이루어지지 않는다. 여기서 작가의 시선은 그가 소설가라는 사실을 환기시키는 쪽으로 나아간다. 임혁, 그는 원래 누구인가. 본디 글 쓰는 자가 아니던가.

세상 속에서 글쓰기

부패한 세상 속의 언어는 그 또한 부패해 있어서 그 언어로 세상을 비판하는 데 한계가 있다는 생각은 뤼시앵 골드만Lucien Goldmann의 탁월한 지론이다.[2] 그러면 어떻게 하는가. 여기서부터 다양한 문학의 이론과 방법은 나름의 타당성을 갖고 세상 비판의 여러 가지 길을 나선다.

세상이 부패했다는 사실은 이승우의 소설을 통하지 않더라도 만인에게 공지되어 있다. 그럼에도 불구하고 이 소설은 매우 그로테스크하게 그 사실을 거듭거듭 전하고 있다. 여기서 그로테스크하다는 뜻은 손철희라는 사형수, 그리고 민초희라는 기괴한 폭력배 여인을 통해서 행사되고 있는 기이한 폭력을 의미한다. 이들은 사람을 죽이는가 하면, 폭력과 섹스 앞에 무릎을 꿇게 하는 반사회적 범죄의 주인공들인데, 괴이하게도 부패한 사회를 척결해가는 협객처럼 그려진다. 세상이 부패했으니 이들을 응징하는 모습을 보여주는 사형수와 협기(俠妓)가 차라리 정당하다는 것인가. 작가는 마치 그 정당성의 논리가 옳다는 듯, 사형수의 주장을 옮겨놓는다.

악을 제거하기 위한 악은 악이 아니다. 인체에 침투한 독을 제거하기 위해서 독을 투입하는 원리를 상기하기 바란다. [……] 마찬가지로 악을 퇴치하기 위해 악을 쓰는 것도 가능하다. [……] 후회가 있다면, 더 많은 쥐새끼를 처치하지 못한 것이다. (pp. 199~200)

손철희는 자신의 아버지도 죽이면서 그가 가장 먼저 죽었어야 할 사람이라고 태연히 말한다. 그런가 하면 민초희는 기이한 계약을 통해 임혁을 함정에 빠뜨리고 타락한 상류층을 장악하는 일에 그를 교

---

2) 프랑스의 문학사회학자 뤼시앵 골드만은 "소설은 타락한 세계에서 진정한 가치를 추구하는 타락한 과정"이라는 명언을 남겼다. 타락이란 주인공과 세계 사이의 가없는 단절이다.

묘하게 써먹는다. 임혁을 위협하며 그녀는 주장한다.

"당신이 잘못을 시인한다면 이제 당신은 벌을 받을 준비를 해야 해
요. 잘못을 범한 자가 벌을 받는다는 건 만고에 불변한 정의예요. 벌의
형식과 강도는 정치적·사회적·문화적·관습적 또는 종교적 정황에 따
라 다소간 차이를 보여 오긴 했지만, 죄에 벌이 따른다는 원칙은 어느
시대 어느 문화권을 막론하고 양보된 적이 없어요. [……] 알겠어요?
나는 당신이 벌을 받기를 원해요." (p. 129)

공의로운 사회와 인간을 갈망하는 듯한 그녀가 임혁에게 벌로써
요구한 것은, 그러나 무릎을 꿇고 그녀의 발가락들을 빨라는, 또 다
른 기행 – 범죄로의 지시였다. 요컨대 민초희와 손철희는 부패한 인
간들의 상징인 '쥐새끼들'을 씻어버린다는 명목 아래 도리어 엽기적
인 범죄를 자행하고 있는 것이다. 그렇다면 이승우는 이들의 범죄가
의적이라도 된다고 편들고 있는 것일까. 아니면 어처구니없는 난센
스라고 조롱, 비판하고 있는 것일까. 골드만의 지론대로 진정한 가치
를 추구하는 타락한 과정인가. 소설『내 안에 또 누가 있나』의 핵심
은 인간 누구나 욕망과 정의감이라는 서로 다른 양극성의 대립으로
구성되어 있다는 것을 말하려고 하는 데에 있지 않다. 이 소설에서
주의 깊게 살펴보아야 할 요체는 글쓰기의 문제다. 소설이 임혁이라
는 인물의 일기로 이루어졌다는 기본적인 구성부터 도서출판 '시민
들'의 책 출판하기가 소설 전체의 모티프로 이루어졌다는 점을 환기
하자. 소설은 사형수 손철희도, 기행녀(奇行女) 민초희도 모두 임혁

으로 하여금 자기들의 이야기를 글로 써서 출판해달라고 요구하는 내용 아닌가. 그들은 왜 그토록 글로 씌어지기를, 책으로 출판되기를 열망하고 있는가.

나는 글을 쓴다. 내가 쓰는 글은 그의 글이다. 여기서 글을 쓴다는 것은 물리적 사실을 기록한다는 뜻이 아니다. 그가 사생아였다는 사실을 밝히는 것이 아주 의미 없지는 않겠지만, 그것만이라면 충분히 만족스러울 수 없을 것이다. 사실이 담고 있는, 또는 사실을 둘러싸고 있는, 또는 사실 너머에 감춰져 있는 고유한 생각을 표출하기 위해 — 예컨대 그가 외계인의 자식이라는 발언 등을 통해서 — 글은 씌어진다. 글은 화석이 아니라 상징이다. 글은 데드 마스크가 아니라 살아 있는 표정이다. 그래서 나는 그가 진술한 내용을 다치지 않고 원고에 옮겨 쓰려는 것이다. (pp. 150~51)

글쓰기의 의미를, 소설 화자 임혁이 사형수 손철희와의 관계를 통하여 구체적인 현실 속에서 기술하고 있다. 글쓰기가 문학의 중심 기제로 정착한 기본 상황에 대해서는 이미 숱한 개념 정의가 시도된 바 있거니와,[3] 여기서는 그것이 사형수의 자전적 기록이라는 면에서 각별한 의미가 있다. 임혁이 기술하고 있는 의미는 두 가지 점에서 특

---

3) "문학은 언어를 매체로 하여 현실을 반영하고 표현하는 인간 정신의 한 양상이다. [……] 그러나 인간을 인간답게 특정지어주고 있는 고귀한 권리에 속하는 언어를 매체로 하고 있다는 점에서 문학은 다시 그의 독특한 자부심을 갖는다." 김현·김주연 편저, 「이 책을 내면서」, 『문학이란 무엇인가』, 문학과지성사, 1988, p. 1 참조.

히 주목된다. 무엇보다 그는 글쓰기의 목적을 "사실이 담고 있는, 또는 사실을 둘러싸고 있는, 또는 사실 너머에 감춰져 있는 고유한 생각을 표출하기 위해"라고 분명히 밝힌다. "담고 있는" "둘러싸고 있는" "너머에 감춰져 있는 고유한 생각"이라는 표현은 사실의 정직성을 말한다. 어떤 사실이나 사건이 발생하였을 때 그 진실은 오직 글쓰기에 의해서 그대로 전해진다는 것이다. 그러나 이때 중요한 것은 "담고" 있는 것뿐 아니라 "둘러싸고 있는" 환경까지도 담아야 한다는 것이며, 더 나아가 "너머에 감춰져 있는", 즉 글 쓰는 사람의 안목까지도 요구하는데, 이 부분은 엄정한 객관성과 더불어 날카로운 주관성을 포함한다. 그리하여 "글은 화석이 아니라 상징"이라고 말할 때의 주관성, "내용을 다치지 않고 [……] 옮겨 쓰려는" 객관성의 동시적 포괄은 자연스럽게 문학적 위상으로의 높이와 의미를 연상시킨다. 이 의미를 더욱 쉽게 풀이한다면, 사형수의 생각과 행동에 대한 동의, 부동의를 넘어서 그의 생각이 지닌 긍정적인 면과 행동의 부정적인 면을 함께 아우르는 문학적인 기술과 배려(예컨대 그를 외계인의 자식으로 자평시키고 있다든지)는 오직 글쓰기에 의해서만 가능하기 때문이다.

그렇게 단순화해 버리는 순간, 그의 남다름은 물거품이 되어 날아가 버린다. 그것은 그의 존재를 무화시키는 짓에 다름아니다. 그의 어머니가 외계인과 성교를 가져 그를 낳았다는 말과 그가 사생아였다는 말은 같은 말이 아니다. 두 개의 문장 사이에는 산맥이 걸쳐져 있다. [……] 산맥 이쪽과 저쪽은 말이 다르고 문화가 다르고 사상이 다르

다. [……] 왜냐하면 그렇게 하는 순간 그의 실체가 해체되어 버릴 것이기 때문이다. (p. 150)

요컨대 소설 화자는 손철희가 사생아 아닌 '외계인의 자식'인 편을 고수한다. 사실 여부와 상관없이 그렇게 받아쓰고 포기함으로써 글쓰기의 소중함이 살아나고, 문학성이라고 말할 정도의 의미가 발생한다. 범행 현장에 화살을 배치하는 범인의 뜻을, 그 상징을 문학화하는 임혁의 배려이기도 한 것이다. 그러므로 주제는 글쓰기가 된다.

민초희의 경우도 근본적으로는 마찬가지다. 글쓰기가 약속된 상황 속에서도 그녀는 움직이지 않는다.

민초희는 도대체 자기 이야기를 하지 않는다. 민초희는 어떤 형식의 무슨 글을 책으로 묶을 것인지에 대해서조차 말하지 않는다. (p. 159)

그러나 기이하게도 임혁과 민초희는 글쓰기를 매개로 하여 만났고, 계약하였고, 임혁은 민초희로부터 치욕을 당한다.

"일의 성격에 따라 다르긴 하겠지만 꽤 많은 액수를 생각해야 할 겁니다. 집필료에다 출판비용에다……"
"우리, 알기 쉽게 이야기합시다. 내가 알고자 하는 것은 모두 합해서 어느 정도냐는 겁니다." (p. 61)

자기 이야기를 하지 않으면서도 자신과 관계된 전모를 책으로 내

어줄 것을, 그것도 엄청난 돈을 지불하면서 의뢰한다는 것은 역설적으로 글쓰기가 그만큼 가치가 있다는 뜻 아니겠는가.

글쓰기의 가치는 민초희에게 있어서 문학적인 것 이외의 것으로도 주어진다. 그녀는 말한다. "진실은 은밀한 거지요. 봐요. 저것이 인간의 본색이에요."(p. 221) 춤을 추고 노래 부르며 관능적인 제스처로 온갖 도색적인 놀이를 하고 있는, 이른바 유력 인사들의 모습을 가리키면서 임혁을 향해 그녀는 속삭인다.

당신이 보고 느낀 바를 기록하세요. 그것이 당신이 할 일이에요. [……] 활자로 기록하는 것은 임혁, 당신의 사명이에요. 물론 당신은 아직 지극히 작은 부분만을 보았어요. [……] 나는 당신이 보고 듣고 느낀 바를 사실대로 숨김없이 기록하기를 바래요. 그리하여 당신의 기록에 의해 나의 삶이 되도록 완벽하게 복원되기를. (pp. 221~22)

도색 놀이에 유력 인사들을 끌어들이고 그것을 기록하고 이를 함정 삼아 그들에 대한 지배력을 확보하겠다는 것이 그녀의 일차적인 기록 목표이다. 그러나 여기에서 더 나아가 그녀는 독특한 이론을 펼친다.

모든 사람의 삶은 다 특별해요. 적어도 남길 가치는 충분히 있어요. 그렇게 생각하지 않나요? 사람들이 자기 이야기를 활자화하고 싶은 것처럼 나도 내 이야기를 기록으로 남기고 싶은 거지요. 나는 특별하거든요. 그것이 허물이 되나요? (pp. 222~23)

장편소설 『내 안에 또 누가 있나』는 임혁에 의한 민초희의 살해 장면과 성(聖)에 대한 인식의 출발 장면을 결론부에 보여주면서 끝나지만, 가장 중요한 핵심은 글쓰기의 의미라는 사실을 남겨놓는다.

2.
욕망과 성

성과 세상

성에 대한 이승우의 관심은 은밀하게 잠복되어 있다가 차츰 노골적, 직접적으로 표면화되어간다. 마치 세상(이때 '세상'은 세속적인 삶Weltlichkeit 전반을 대변하는 대표적인 표상처럼 부각된다)과, 그 세상을 벗어나야 할, 아예 가까이 하지도 말아야 할 적대적 세계로 치부하는 기독교 근본주의 이원론의 한 상징 구도를 연상시키는 대립 비슷한 것이 거기에 있다. 그러니까 이승우 문학의 영원한 주제인 사랑은 성에서부터 시작되고 있다고 할 수 있고, 마찬가지로 그의 초월적 영성 추구는 이 세상에 대한 의문과 인식으로부터 발원하고 있다고 할 수 있다. 그 인식의 과정이 그의 소설 연대기와 일치하고 있는 것은 아니지만 이미 초기 장편소설 『내 안에 또 누가 있나』, 초기 소설집 『목련공원』, 그리고 시기적으로 전환점을 이루는 소설집 『나는 아주 오래 살 것이다』에서 강하게 나타나고 있다는 점이 주목된다.

나는 나의 이웃들이 싫다. 그들 가운데 나를 닮은 사람은 아무도 없다. 물론 나 역시 그들을 닮지 않았다. 그들은 한통속이 되어 나를 내쫓으려고 한다. 왜 그럴까. [……] 나는 그야말로 조용히 살아왔다. [……] 그 순간에 나는 비로소 깨달았다. 민초희의 발가락을 뺄 때, 그녀의 발에 걸어채일 때, 그러면서 어린아이처럼 엉엉 울 때, 울면서 그녀의 다리를 붙들 때, 내 육체의 안쪽에서 솟구치던 강렬한 기운, 그 감동의 정체가 다름아닌 성욕이었음을, 그것만은 아니었겠지만, 그 순간에는 성욕이 유독 도드라져 보였다. (『내 안에 또 누가 있나』, pp. 140~42)

소설 화자인 '나'는 임혁이라는 주인공의 일기를 풀어나가고 있는, 말하자면 일종의 격자 소설을 쓰고 있다. 그는 출판사의 의뢰에 따라서 글쓰기를 대행해주는 사람으로, 여기서는 사형수의 수기, 그리고 정체가 불분명한 민초희라는 젊은 여성의 의뢰물을 받아서 그 일을 하고 있다. 두 사람의 상황은 극단적으로 비범한데, 특히 민초희는 타락한 세상의 표상으로서 역할을 충실히 하고 있다. 위의 예문은 그녀가 출판 대행업자인 화자를 모욕적으로 학대하는 장면인데 그것이 화자의 시점에서 역으로 묘사된다. 우리의 관점에서 여기서 중요한 것은 '나'와 '이웃'과의 불화이다. 왜 불화인가. 조용히 살고 있는 그를 이웃들이 내쫓으려고 하기 때문이다. 그들은 그가 마음에 들지 않는다는 이유로 괴롭힌다. 이러한 내용은 '이웃'을 '세상'으로 일반화할 때, 그대로 적중한다. 세상은 늘 그를, 개인을 괴롭히는 것이다. 이때 그 세상은 개인에 대한 집단의 폭력이 되지만, 동시에 생존에 얽매여 있는 '세속'이며, 넘어서야 할 타락 그 자체이다. 그렇다면 외로운 개인인 그는 한통속이 된 이 집단적 이웃을 어떻게 넘어설 수 있는가.

유감스럽게도 이 장면에서의 해답은 '성욕'뿐이다. "민초희의 발가락을 빨 때, 그녀의 발에 걸어채일 때, 그러면서 어린아이처럼 엉엉 울 때, 울면서 그녀의 다리를 붙들 때" 그에게 솟구쳤던 것은 뜻밖에도 성욕이었다. 이러한 장면에 부딪쳤을 때, 대부분의 독자 반응은 '뜻밖'일 것이다. 압력과 학대에 대한 반응이 왜 '육체의 안쪽'에 있는 성욕인가. 당연히 그 반응은 분노와 저항이어야 하지 않겠는가. 이승우의 성은 이처럼 타락한, 폭력적인 세상과 긴밀하게 맺어져 있다는 점에서 중요하고, 이 부분의 세밀한 분석을 통해서 성과 사랑의 운명적인 관계가 드러나게 된다. 인용문에서 특히 주목되는 부분은 성욕이 "육체의 안쪽에서 솟구"쳤다는 점이며, 작가가 그것을 "감동"이라고 묘사했다는 사실이다. 이에 대해서는 '성과 욕망'이라는 장(章)을 별도로 세밀하게 살펴볼 필요가 있다.

여기서 초점은 성이 이 세상 현실의 한복판에 편재해 있다는 사실이다. 이 점은 어지럽게 타락한 세상을 통해 영성을 자각하고 갈구하는 작가의식이 싹트듯이, 성을 타락한 세상 전체의 표상으로 느낄 수밖에 없는 작가의 전의식(前意識, Vorbewußtsein)을 말해준다. 그러니까 그 자신의 성적 욕망, 그리고 성적 현실로 온통 질펀해진 세상은 묘하게도 대립의 구도로 펼쳐지고 있다. 말하자면 그는 성으로 범람하다시피 하고 있는 이 세상에 적대감을 느끼면서도 거기에 굴복하고 있는 자신을 보면서 성욕을 발견한다. 세상의 성에 자신의 성욕으로 맞서는 거대한 모순이다. 그러나 이때 자신의 성욕은 패배한다.

> 한쪽 벽을 장식한 거대한 거울이 나를 삼켰다. 그것은 나의 몸을 삼키고 눈물을 삼키고 나의 정액을 삼켰다. 나는 허리를 새우등처럼 휘며 머리를 쳐들었다가 쿵, 하고 떨어뜨렸다. 그 순간에 내 가슴에서 날카로운 수천 개의 바늘들이 일제히 일어섰다. 나는 가슴을 비틀고 몸을 비틀었다. 카펫 위를 뒹굴었다……
> 나는 내 육체의 내부가 썩어 가고 있다는 사실을 인정한다. 내 안에는 쓸 만한 것이라고는 없다. 나는 아프다. 나는 오래지 않아 죽을 것이다. 나는 하루하루 독을 마시며 산다. 독은 대기 가운데 있고, 내 안에도 있다. (『내 안에 또 누가 있나』, p. 143)

기껏해야 자위에 지나지 않는 그의 성욕은 성의 화신처럼 보이는 민초희의 방 거울에 의해 삼켜지고 머리를 쳐들어보았자 쿵 하고 떨어질 뿐이다. 그대로 죽을 수 없는 그의 몸과 성욕은 가슴에서 수천 개의 바늘들을 일으키지만 "카펫 위를 뒹굴"뿐이다. 카펫 위를 당당하게 걸어가는 승자와 그 위에 쓰러져 뒹구는 패자의 대립이 선명하게 여기서 드러난다. 마침내 그는 자신의 몸이 썩어가고 있다는 사실을 인정하는데, 그 직접적 원인은 '독'이다. 독은 무엇인가. 대기 가운데 있고 그 자신의 몸 안에도 있는 것으로 표현되는 독은 썩은 현실 속의 썩은 성 아니겠는가.

소설 화자인 '나'는 필경 그의 몸에서 솟구치던 강렬한 기운이자 감동이었던 성욕이 그 신선한 에너지를 잃고 타락한 세상 속으로 흡수되어버렸다는 사실을 인정한다. 물론 인정한다,고 했지만 세상의 성과 나의 성욕 사이의 싸움이 그리 간단한 것은 아니다. 이때 '인정한다'는 말은 '인정하지 않는다'는 말의 반어일 수 있다. 작가가 세상에 그대로 패배할 수야 없지 않겠는가.

나는 혼란스럽다. 나는 내 몸 위에서 나의 욕망을 끌어올리는 미지의 여자와 싸우면서 침대를 갉아대는 쥐들과도 싸워야 한다. [……] 어쩌면 쥐들과 여자는 한패인지 모른다. (『내 안에 또 누가 있나』, p. 155)

자신의 육체 안에서 내발적으로 솟구친 성욕은 생명의 에너지이자 감동이지만, 돈과 정치 타락한 세상의 제도, 관습 따위의 노예가 된 성은 죽음의 음침한 사물이다. 거기에는 힘 대신 폭력만이 난무한다. '나'는 이 둘 사이에 끼어서 신음한다. 살아야 하기에 폭력인 성과 그것을 지배하는 현실과 싸워야 한다. 성욕을 자극하려고 하는 가짜 성욕의 여자, 그리고 더러운 현실의 잡다한 상징인 쥐 떼가 적인데, 자칫 달라 보이는 이 두 세력은 그를 나락으로 몰아가는 하나의 압력이라고 할 수 있다. 타락한 세상과 동일시되는 성의 모습은 단편 「목련공원」에서도 처참하게 그려진다. 성욕이 자신을 각성시키고 훈련시키는 규범적 에너지의 자리에서 벗어나 무분별한 욕망의 에고가 되어버릴 때, 그러한 에고들로 범람하는 사회는 영성과 등을 진 악령의 세상이 된다.

나는 그 위에 얼굴을 묻었고, 그녀는 여느 때보다 뜨겁게 달아올라 몸부림을 쳤다. 그 흥분의 절정에서 이 세상 것들이 죽음에게 먹히고 있다는 느낌이 당연한 것처럼 들었다. 그것이 그녀와의 마지막 정사였다. [······] 그녀는 쾌락이고 또 환멸이었다. 흥분이고 또 고통이었다. 그녀는 마약 같은 존재였다. [······]

결혼식장은 난장판이 되어 있었다. 색색의 꽃들이 잔디밭 위에 뒹굴고, 식탁 위에 차려진 음식들이 함부로 엎어져 있었다. [······] 그리고 나는 머리를 짧게 자른 남자가 총구를 이쪽저쪽으로 휘둘러대며 어떤 여자를 끌고 가는 장면을 보았다. 나는 그 여자를 쉽게 알아보았다.

(「목련공원」, 『목련공원』, pp. 40~45)

성의 타락은 타락한 세상을 만들고, 타락한 세상은 성을 타락시킨다. 이때 타락은 제도와 이념 같은 것과 결부된 이른바 세상의 합리성과 연결된다. 가령 인간을 생물적인 관점에서 바라보고 해석한 자연주의에 의하면 성욕은 자연스러운 본능일 뿐 어떠한 이념이나 제도에 의해서도 제지되지 않는다. 이러한 생각의 발전이 이른바 모더니즘을 가져오고 욕망의 세계 전반이 예술적인 합리화의 성채 안으로 들어오게 된다. 타락이 문화적인 옷을 입기 시작한 것이다. 특히 자본주의가 천민자본주의로 흐르면서 더 이상의 문학적 변호는 그 정당성이 약화된다. '계몽'의 어리석은 얼굴이다. 마침내 이런 소설 장면도 나온다.

나는 심호흡을 하고 문을 활짝 열었다. 그리고 재빨리 몸을 돌려 뛰어 들어가려다가 두 발짝도 뛰지 못하고 우뚝 멈춰 섰다. 내가 본 것은 벌거벗은 한 남자와 한 여자였다. 여자는 뚱뚱했고 키가 기형적으로 작았다. 여자는 남자 아래서 그 뚱뚱한 몸을 격렬하게 흔들며 소리를 내지르고 있었고, 남자는 여자의 몸 위에서 여자의 흔들림에 따라 같이 흔들리며 무슨 책인가를 읽고 있었다. 신음 소리 사이사이 계속해, 계속해…… 하고 내지르는 여자의 거친 목소리를 들을 수 있었다. 책을 읽는 남자의 목소리는, 그렇게 생각해서 그런지 꼭 우는 것처럼 들렸다. (「육화의 과정」, 『나는 아주 오래 살 것이다』, pp. 156~57)

변태나 기행(奇行)으로 보이는 성행위 장면이다. 놀라운 것은 이 장면을 목격하고 있는 소설 화자는 소설가이며 뚱뚱한 여자는 대부업자이다. 함께 있는, 그리하여 책을 읽는 남자는 누구인가. 짐작건대 그도 역시 소설가일 것이다. 그렇다면 소설가 남자들은 그녀에게 몸을 팔면서 — 그것도 책까지 읽어주면서 — 돈을 빌리는 것이다. 글쎄, 이런 현실이 실제로 있을까. 문제는 실재 여부와 상관없이 작가 이승우는 돈과 매춘, 그리고 문학을 동일한 카테고리로 끌고 들어왔다. 그만큼 현실의 타락이 심각하다는 것이 그의 인식 아니겠는가. 여기에는 개인의 내면에서 솟구치는 역동적인 힘으로서의 신선한 성은 이미 존재하지 않는다. 그럼에도 불구하고, 세상 현실에 대한 가열한 묘사는 그 극복의 힘에 대한 모종의 갈구를 예비한다. 아마도 이원론을 깔고 있는 기독교적 세계관의 무의식적 발로일지도 모른다.

성과 욕망

성과 욕망과의 관계는 근대 이후 인문학의 가장 뜨거운 이슈일 것이다. 그 전열의 선두에 서 있는 지그문트 프로이트의 학설은, 그에 관한 숱한 논란에도 불구하고 이미 한 세기를 넘어온 탁월한 가설이 되었다. 무엇보다 무의식에서 시작된 욕망론이 그것이다. 그는 꿈, 무의식 등의 개념과 함께 성적 욕망의 원천으로 리비도 개념을 개발하여 19세기까지 형이상학의 기본을 이루어온 이성 – 의식의 지평에 엄청난 도전을 가하였다. 인간학은 가히 프로이트 이전과 이후로 구분된다고 하여도 지나친 말이 아닐 정도인데, 그 파동은 프로이트에 대한 마르크시즘이나 언어학 중심의 분석철학적 비판과 부딪히면서도 지속되고 있다. 가령 바로 뒤 세대의 자크 라캉에 의해서 확장 심화되고 있는 현실은 이 문제의 만만찮은 개연성을 증거한다.[1] 프로이트의 무의식 발견이 획기적이었다면 라캉의 욕망론 또한 한 시대를 긋는 현상이었다고 할 수 있을 것이다. 그러나 이 두 학설을 이승우에게 환원론적으로 적용하는 행위는 이 글의 목적도 아니고 그 지향과도 무관하다. 그럼에도 이승우를 괴롭히고 있는, 혹은 그를 분발

---

1) 욕망은 라캉에 의해서 본격적인 철학, 혹은 이론의 대상이 된다. 어떤 대상에 대한 갈구를 의미하는 다소 막연한 심리 행위로 여겨졌던 욕망은 대상을 향한 운동이 아니라 '이를 추구하는 쾌락(주이상스Jouissance, 고통스러운 쾌락)만을 위하여 무한히 추구되는 움직임으로 생각되어야 한다'고 역설된다. 그러므로 주이상스라는 현상은 생물학적 욕구의 만족이 아닌, 영원히 만족되지 않는 욕망 추구의 역설적 만족이 되는 셈이다. 욕망 자체에는 이를 만족시키는 대상이 결여되어 있다. 딜런 에번스, 「칸트주의 윤리학에서 심리 체험까지」, 『라캉 정신분석의 핵심 개념들』(대니 노부스 엮음, 문심정연 옮김, 문학과지성사, 2013, pp. 23~24) 참고.

시키고 있는 성의 문제는 다분히 그에게 내재해 있는 욕망과 깊은 관계에 있는 것이 사실이다. 이승우 소설에서 그 영향 관계는 매우 어둡게 작용한다. 먼저 앞서 "내 육체의 안쪽에서 솟구치던 강렬한 기운"으로 묘사되었던 '성욕'을 다시 한번 주목해보자. 성욕이란 성적 욕망 아닌가. 그의 욕망이 바로 그 성으로부터 비롯되고 있다는 도저한 증거가 그 묘사다. 이 증거는 이승우에 있어서 긍정적/부정적 양면성을 지니는데, 중요한 것은 어떤 면으로든 그것이 그를 '일으키고' 있다는 점이다. 다시 인용해보겠다.

> 그 감동의 정체가 다름아닌 성욕이었음을. 그것만은 아니었겠지만, 그 순간에는 성욕이 유독 도드라져 보였다. (『내 안에 또 누가 있나』, p. 142)

성욕에서 발단된 욕망은 이 소설에서의 두 타락한 인물, 즉 사형수와 민초희로 대변되는 자들이 타락한 세상을 고발하는 힘으로 작용한다. 성의 부정성과 타락한 세상을 쓸어버릴 수 있는 힘으로 그 에너지가 동원되는 것이다. 그 힘은 '독'이라는 힘이다. 독의 성질과 구조는 이렇다.

> 나는 하루하루 독을 마시며 산다. 독은 대기 가운데 있고, 내 안에도 있다. 독은 대기 가운데서 내 속으로 들어오고, 내 안으로 들어와 부글부글 끓으며 더 많은 독을 양식해 낸다. [……] 나의 내부는 독을 생산하는 거대한 공장이고, 이 세상은 그 독이 유통되는 거대한 시장이다.

(『내 안에 또 누가 있나』, p. 143)

욕망이 생산해낸 성은 다시 타락한 성, 즉 독을 생산해내고 그 구
조는 순환된다. 처음에 힘의 발단이 된 성욕은 기운이고 감동이었지
만 그 힘은 세상 속에서 독이 되어버린다. 그러나 다행스럽게도 그의
욕망은 어느 한 여인에 대한 탐닉(그것이 타락의 제거이든 사랑으로의
매몰이든)에 머무르지 않고 뻗어 나간다. 이 점에 있어서 그의 욕망
은 주체적이며, 그런 의미에서 라캉의 해석이 닿아도 어색할 것은 없
어 보인다.[2] 물론 이승우의 이러한 서술은 이 소설에서 욕망의 대책
없는 회로를 말하고 있으며, 그러한 인간 현실의 구원은 이 작가의
문학 세계 전체가 지향하고 있는 사랑의 본질을 겨누고 있다. 흥미로
운 것은, 라캉에 있어서도 욕망과 주이상스는 이른바 '큰 타자'를 향
하고 있다는 점이다. 심지어 "라캉의 주이상스는 희생되어야 할 쓸
모없는 잉여"라는 비판도 나온다.[3] 감동이었고 기운이었던 성적 욕
망이 독이 되는 과정과 성격에 대해서는 다음과 같은 놀라운 지적이
눈을 끈다.

일반적으로 말하면, 우리 문명은 본능 위에 세워진다. 개개인은 자
산의 일정 부분을 양도했다. [……] 각 사람이 단념한 한 조각의 본능

---

2) 주이상스와 욕망과의 관계는 생리적 측면을 넘어 윤리적 측면까지 탐구되는, 다소 복잡한
국면과 만나게 된다. 한 가지 분명한 것은 주이상스가 욕망을 지속시킨다는 사실인데 이와
관련하여 딜런 에번스는 "만족의 부재 속에서 계속 욕망하도록 하는 것이 욕망을 위한 욕
망하기의 향락 때문"이라고 말한다. 딜런 에번스, 같은 쪽.
3) 같은 책, p. 31.

적 만족은 신에게 희생물로 바쳐진다.[4]

조금 앞서간 것 같다. 여기서는 라캉의 '욕망' 대신 프로이트의 '본능'이 나타나고 있지만, 본능이든 욕망이든 그것을 넘어서는 지점에 대한 인식에 두 정신분석가는 무엇인가를 함께하고 있고, 이 글 역시 작가 이승우가 욕망을 통해서 바라보는 사랑의 높낮이 뛰기를 따라가고 있는 것이다. 여하튼 성은 욕망을 유발시키고 욕망은 성을 생산한다는 구조는, 적어도 이승우 소설의 전환기에 관한 한 그럴싸하게 해당된다. 그러나 10편 안팎의 전/후반기를 각각 세밀하게 분석해 본다면 전반기의 경우 흥미로운 현상을 만날 수 있다. 즉 전반기, 그러니까 『에리직톤의 초상』에서 『生의 이면』을 거쳐 『식물들의 사생활』에 이르는 시기는 다시 조금 다른 상황을 보여준다는 사실이 발견된다.

성과 욕망의 회로에 있어서 이승우는 먼저 욕망을 만난다. 욕망이 성을 무의식적으로 혹은 의식적으로 일으킨다. 이 순서는 중요한 것 같지 않으면서도, 중요하다. 그의 욕망은 일단 대상을 가지는 욕망인데, 그 성질은 라캉적인 이론으로 보아서도 흥미로운 면이 있다.[5] 한편 그에게 발동하는 사춘기적 욕망은 이승우 문학의 시작이므로 별로 이상하지 않다. 이는 『生의 이면』에 잘 밝혀져 있다.

---

4) 지그문트 프로이트, 「문명화된 성적 모럴」, 같은 책, p. 31에서 재인용.
5) 에번스는 주체가 욕망하기를 즐긴다면 주이상스는 욕망을 지속시킨다고 말하면서, 욕망은 주이상스의 결핍에서 비롯된다고 이어서 말한다. 그 순서에 주목하자. 같은 책, p. 24 참고.

그 시절, 나는 아주 간절하게 동지를 찾고 있었다. 그 욕망은, 모든 다른 욕망이 그러한 것처럼, 결핍에서 말미암은 욕망이었다. 결핍이 큰 만큼 욕망도 컸지만, 동시에 그만큼 두렵기도 한 욕망이었다. [……] 나는 아무와도 마음을 주고받으며 사귀지 못했다. 누구에게서도 동질성을 발견할 수가 없었기 때문이었다. [……] 그들은 나와 같은 세계에 살고 있는 사람들이 아니었으므로. 내가 원하는 것은 나와 같은 세계에 살고 있는 사람을 만나는 일이었다. (『生의 이면』, pp. 123~25)

이 욕망은 널리 알려져 있듯이 에밀 싱클레어의 소외와 방황에서 나오는 바로 그 욕망이며, 막스 데미안에 의해서 지양, 해소되는 욕망이다.[6] 그러나 이승우의 이 욕망은 조금 다르다. 이 욕망은 성과 연결된다.

그리고 그 때문에, 혹은 그럼에도 불구하고, 나는 질감이 매우 깊고 끈적끈적한 외로움에 시달리곤 했다. 그 외로움은 동형의 형질을 가진 누군가를 갈구하는 내 욕망의 이면에, 또는 그 변두리에 몸을 웅크리고 있었다. 방 안의 어둠 속에 몸을 감추고 있을 때 불쑥 쳐들어온 그 외로움에서는 이상하게 성욕의 냄새가 났다. 감상이 아니라 육체가 외로움을 타고 있다고 느꼈을 때의 그 난감함을[7] 나는 잊지 못한다. 감

---

6) 헤르만 헤세의 『데미안』에 나타난 전형적인 사춘기 욕망이다.
7) 이때의 난감함은 감성적인 욕망으로만 말할 수 없는 부끄러움의 표징인데, 그 느낌은 라캉의 주이상스 개념에 포함된 '고통스러움'과도 연결된다. 거기에는 쾌락의 윤리성이 내포되

상은 언제든지 사치스러울 수 있다. 감상으로라면 얼마든지 외로울 수 있다. 그러나 육체는 징그럽다. 육체적 외로움은 슬프고 욕스럽다. 그것은 성인의 외로움이었고, 그것이 내 몸에서 발산되고 있었기 때문에 나는 나에게 끔찍했다. (『生의 이면』, p. 126)

이 인용문은 비단 이승우의 전반기 소설, 그리고 욕망과 성이라는 이슈에 있어서뿐 아니라 이승우 문학 전반을 이해함에 있어서 요체가 되는 긴요한 부분이다. 이 부분은 그의 욕망이 외로움에서 비롯되고 있음을 말하면서 그것이 감성적 외로움에 더하여 육체적 외로움, 즉 성욕을 동반하고 있음을 고백한다. 이 상황을 작가는 "난감하다"고 표현하는데 그야말로 라캉의 말대로 '고통스러운 쾌락'이 아닐 수 없다. 욕망이 성을 불러온 것이다.

난감한 상태를 잘 설명해주는 대목이 그 뒤로도 계속된다.

다감하고 부드러운 것들은 나를 떨게 한다. 나는 부드러움과 다감함 같은, 이를테면 여성적인 것을 감당할 자신이 없다. [……] 고백하건대 여성적인 것이야말로 나의 가장 큰 결핍이다. 그리고 큰 결핍은 큰 욕망의 산실이며 큰 욕망은 큰 두려움의 미끼다. 내 또래의 여자아이들에 대한 나의 이율배반적 정서에 반영되어 있는 대로, 결핍 때문에 욕망하면서도 그 욕망이 이루어져 내 속에 결핍이 채워질까 봐 또 두려워한다. (『生의 이면』, p. 132)

며 결국 죄의식의 문제를 가져온다.

이 인용은 라캉에 대한 에번스의 지적과 설명을 복사한 듯한, 라캉의 재현이다. 먼저 욕망이 성욕을 촉발시켰다는 것이 이승우의 입장이라고 했는데, 그 욕망은 또한 결핍에서 비롯되었다고 소설의 주인공은 술회한다. 주인공 박부길의 말대로 그 상황은 이율배반적이다. 라캉의 핵심 개념을 분석하고 있는 저술에서 이 상황은 이렇게 설명되는데 양자의 인식이 거의 동일하다는 점이 놀랍다.

가령 불안에 관한 세미나에서 라캉이 "욕망은 주이상스에의 의지로 현상한다"라고 말할 때, 이는 주이상스를 욕망이 목표로 하는 종착지로 가정하는 듯하다. 이제는 왜 욕망이 그것이 바라는 주이상스를 결코 얻을 수 없는가, 왜 주이상스에의 의지는 언제나 "그 자체의 한계, 그 자체의 구속과 맞닥뜨려 실패하는 의지"인가가 문제다.[8]

주이상스를 성, 혹은 성욕으로 대체한다면, 라캉과 이승우는 함께 걷는 분석가 혹은 이론가로 규정해도 무방해 보인다. 라캉이 설명하는 불안은 주이상스가 느끼는 그 자체의 한계, 구속 때문인데, 이승우식으로 말하자면 결핍이 채워질까 봐 느끼는 두려움이다. 두 사람 모두 욕망하면서도 욕망이 채워질 것을 불안해한다. 욕망의 지속을 욕망하는 것이다. 그 이유로 여성적인 것의 결핍, 즉 떨림을 이승우는 창작의 산실로 삼고 있고, 라캉은 "가질 수 없는 것만을 욕망할 수

---

8) 같은 쪽.

있기 때문에"[9] 주체는 욕망을 지속시킨다.

"결핍 때문에 욕망하면서도 그 욕망이 이루어져 내 속에 결핍이 채워질까 봐 또 두려워한다"는 소설 주인공 박부길의 고백은 물론 작가 이승우의 문학적 진술이다. 욕망이 성을 유발했고 그 성은 다시 욕망을 재생산하는 일종의 회로는 여기서 범주의 확장, 혹은 차원의 상승을 가져온다. 말을 바꾸면, 욕망은 성뿐만 아니라 그 성이 의미하는 내포와 외연을 두루 넓히고 심화시켜나간다는 것이다. 이때 주목되어야 할 대목이 앞의 인용문에 나오는 '두려움'이다. 이 두려움은 라캉의 불안과도 상통하는 개념인데, 그것은 욕망이 실현될까 봐 생겨나는 두려움이며, 그 욕망은 여기서 '미실현' 혹은 '실현 통과' 덕분에 그 문학적 성과를 얻게 된다. 한편 성의 내포와 외연은 이승우에게 있어서 '아버지'와 '집'이다(이 문제는 이 글의 중반부와 연결되면서 후반부를 이끌게 된다).

아버지와 집

아버지는, 거의 모든 문학작품에서 그렇듯이 이승우 문학에서도 그 원천을 이루는 핵심 모티프로서 그 상황을 일일이 열거하는 일이 불필요할 정도로 편재해 있다. 여기서는 그러므로 초기작에서 몇 군데, 그리고 중기작이라고 할 수 있는 작품에서 몇 곳을 집중적으로

---

9) 같은 쪽.

살펴보는 것으로 그 일을 마쳐도 좋을 듯하다.

"도망요? 누구한테서요?"

"아버지."

이런, 이 생판 모르는 다방 여종업원에게 내가 지금 무슨 말을 지껄이고 있는 것인가. 겉으로 내보이는 포즈와는 달리 나는 지금 외로운 것일까. 그래서? 그녀는 깔깔대며 웃었다.

"아버지요? 내 가출 동기랑 비슷할 것 같네요. [……]"

(「일식에 대하여」, 『일식에 대하여』, p. 14)

아주 초기, 1989년에 발표된 이 소설은 이렇게 시작된다. 흡사 억압의 근원으로 묘사되는 아버지는 중편 「일식에 대하여」에서뿐 아니라 많은 그의 소설들에서 주인공의 불행을 초래한 원조로서 기능하고 있다. 그 아버지들은 대부분 '머리 좋은, 장래가 촉망되는 고시 준비생'이라는 공통점과 함께 필경 '머리가 돌아버리는' 인생 실패자라는 공통점을 또한 함께 갖고 있다. 이 소설에서는 소설 화자의 아버지 이외의 아버지를 피해서 내려간 시골 벽지에서 만나는 또 다른 이야기 속의 아버지가 나온다. 그 아버지는 아들에게 엽기적 고통을 안겨주고, 그 일로 인한 죄의식 가운데 여생이 파멸해가는 노인이 되어 있다. 대체 이 아버지들은 작가 이승우에게서 어떤 역할을 하는 것일까.

아버지들은 닮았다. 아버지들은 수치스럽고 끔찍하고 거추장스럽다. 아버지는 폐쇄된 시간의 성에 유폐되어 있거나 그 시간의 수갑에 묶여 부끄럽게 목숨을 연명하고 있다. 아버지는 아들에게는 죽은 시간이 벗어던진 허물에 불과하다. [……] 아버지로부터 벗어날 수는 없다. [……] 아들은 어김없이 패배하고 언제나 진다. 아들이기 때문이다. 아버지는 그런 존재다…… (「일식에 대하여」, 『일식에 대하여』, p. 14)

아들에게는 아무 힘도 없는 허물에 불과할 뿐인데도 거기서 벗어날 수는 없는 존재. 프로이트식의 오이디푸스 콤플렉스를 적용하지 않더라도, 이 허약한 공식은, 그러나 의외로 이승우에게 있어서 그 영향력이 막강하다. 무엇보다 많은 작품들에 출몰하는 그 정량(定量)적 등장의 힘을 무시할 수 없다. 여기저기 나타나는 아버지들은 좌절된 욕망의 화신처럼 아들의 다리를 붙잡는다. 그리하여 아들은 자신의 성취를 환상 가운데에서 이루려고 진력하는데, 성 혹은 성욕은 이때 매개의 힘을 발휘하곤 한다. 『生의 이면』에서의 박부길이 대표적이다. 그의 아버지는 대체 어떤 사람이며 그와의 관계는 어떠했는가.

"허물은 아버지의 정신 질환에 있었던 겁니다. 아버지는 실제로 무극사에 들어가 고시 공부를 했었는데, 우연인지 결혼을 하고 나서 곧바로 정신이 이상해졌던가 봅니다. 이상스럽게도 어머니만 보면 종잡을 수 없이 난폭해졌던 모양이에요. [……] 그리고 어머니가 그 집안에서 추방당한 까닭이기도 했고요. [……]"
흙을 퍼서 관 위에 뿌리라는 주문을 받고 나서 그는 조금 멈칫거렸을 것이다. 사람들은 뻥 둘러서서 그가 행동하기만을 주시하고 있었다. 그 야릇한 눈길들 속에서 그는 무엇인가를 깨달았다. [……] 자신이, 적어도 그 순간, 거기 모인 사람들에 의해서, 매우 특별한 존재로 구별되고 있다는 인식이 그것이었다. [……] 너는 우리가 아니다. 우리는 네가 아니다……. 살아가면서 그가 종종 경험하곤 했던, 세계로부터 이탈되어 나가는 듯한 걷잡을 길 없는 소외감이 그때 처음으로 그를 찾아왔다. (『生의 이면』, p. 73)

신혼의 젊은 청년이 아내와의 접촉에서 정신 질환이 촉발된다는 상황은 그것이 성적인 것과 연관되고 있음을 암시한다. 그, 즉 박부길의 아버지는 고시 공부라는 유폐된 현실에서 아내와 떨어져 사는 강퍅한 삶에 의해 피폐해지고 마침내 스스로 목숨을 끊는다. 박부길은 이러한 아버지의 삶(죽음까지도)을 원죄처럼 짊어지고 있지만 그것은 부끄러움이자 동시에 삶의 동력이 되기도 한다. 이 소설에서 어린 박부길이 아버지의 죽음, 어머니의 출가를 겪으면서 당면하게 된 엄중한 현실은 무엇이었을까. 그것은 집의 문제다.

그는, 자신에게는 돌아갈 집이 없다는 생각을 했다. 물론 그 생각은 그때 처음 떠오른 것이 아니었다. [……] 집은 그런 곳이어선 안될 것이다. 아니, 그런 곳일 수가 없을 것이다. [……] 목적지에 이르러서 그는 발걸음을 멈추었다. 무덤 앞이었다. 그는 조금도 무섭지 않았다. 그는 조금도 망설이지 않았다. 그는 가방 속에서 책과 노트를 꺼내어 무덤 앞에 두고 호주머니에서 성냥을 꺼내었다. (『生의 이면』, p. 77)

집은 가족이 사는 생활공간이다. 이 공간은 가족의 수와 상관없이, 비록 한 사람이라 하더라도 하루의 노동을 끝내고 휴식하고 수면하는 공간이기도 하며, 그러므로 꼭 필요한 삶의 터전이다. 그러나 바로 이 집이 그에게는 없는 것이다. 여기서 그는 비록 어린 소년이라 하더라도 이러한 집을 찾을 생각을 하는 대신에 그곳으로부터의 탈출을 오히려 꾀한다. 없는 집을 버리는 것이다. 집은 안락과 화평의 공간이 아닌, 수치의 공간, 벗어나고 싶은 시간들이 머물렀던 곳이기 때문이다. 이는 집에 대한 복수이다. 집을 버리고 떠나는 탈출이야말로 강력한 동력 아니겠는가. 부끄러운 아버지라는 존재가 그 역할을 하고 있다. 무덤에 불을 지르고 그는 떠난다.

　"그러면 이제 안녕, 내 치욕의 시간들이여. 다시는 너에게로 돌아가지 않으리."(『生의 이면』, p. 80)

집은 그 이후 따뜻한 보금자리가 아니라 돌아갈 수 없고, 돌아가기 싫은 역천(逆天)의 자리가 된다. 집은 가정의 슬기로운 리더로서의 아버지, 민주적 권위의 가장이 있는 곳이 아니라, 변태와 엽기의 형상으로 부각된 기이한 억압의 남성 주인공이 군림, 서식하고 있는 어두운 음지가 된다. 실제로 그의 소설들 곳곳에서 집들은 그렇게 그려진다. 「사람들은 자기 집에 무엇이 있는지도 모른다」「하늘에는 집이 없다」「집의 내부」등 집을 제목으로 한 여러 단편들을 수록하고 있는 소설집 『사람들은 자기 집에 무엇이 있는지도 모른다』는 이러한 상황을 여실하게 그리고 있다.

「집의 내부」의 집은 도심에서 다소 떨어진 곳에 있는 이층 양옥집인데 악취가 진동하는 것으로 매입자 여성에 의해 호소된다. 물론 소설의 주제 자체가 집은 아니지만, 집은 어쨌든 유령의 집으로 묘사된다. 벽에서 악취가 난다고 부동산에 신고되고 실제로 부동산이 달려갔을 때, 바로 그 여성 자신이 시신으로 발견된다…… 이런 이야기 속에서 집은 부패와 부정의 매개가 된다. 또 다른 집은 또 다른 모습으로 전통적인 가정의 집 모습에서 크게 벗어나 있다. 예컨대 이렇다.

채 빠져나오지 못한 어두운 꿈 속에서 그녀는 너무나 익숙한 골목을 수없이 되풀이 돌며 집을 찾고 있었다. 골목은 오랫동안 지니고 다닌 낡은 지갑처럼 익숙했지만, 그러나 그 골목의 어디에서도 자기 집을 찾을 수가 없었다. 그녀는 무슨 계시처럼 불쑥 아들에게 가봐야 한다는 생각을 했고, 뒤이어서 정말로 집으로부터 너무나 멀리 와 있는 건지 모른다는 생각을 했다. (「멀고먼 관계」, 『사람들은 자기 집에 무엇이 있는지도 모른다』, pp. 167~68)

주인공 '그녀'는 평범한 주부이며 회사원이다. 맞벌이라면 일반적으로 회사에 나가는 일이 힘들고 괴롭기 일쑤인데 이 여성의 경우 대체로 그와 반대다. 일이 없는 휴일에도 회사에 나간다. 편안해야 할 집이 자신의 생각과 감정, 요컨대 자기 자신과 일치하는 공간이 아니기 때문이다. 그녀에게는 차라리 공휴일의 회사가 좋다. 혼자만의 시간을 마음껏 즐길 수 있다. 가장 가까운 곳이어야 할 집은 가장 먼 낯선 곳이 된다.

이렇듯 이승우의 소설에는 '집'이 도처에 나오는데 막상 그 '집'은 없다. 어쩌면 집은 잃어버린 에덴이며 그의 소설은 집 찾기, 실낙원의 르포인지도 모른다. 특히 중기 소설이라고 할 수 있는 2000~2010년 대의 소설 대부분은 이에 합당한 스토리를 갖고 있다. 2008년의 작 품 「타인의 집」은 이러한 명제를 정리라도 하듯 제목 자체를 아예 '타인의 집'으로 못 박고 있다. 이 소설의 주인공 남성은 어느 날 자기 집으로 들어가지 못하고 추방된다. 아파트의 잠금장치는 바뀌고 낯 선 남자가 "너의 집이 아니"(p. 79)라고 인터폰을 통해 통고한다. 아 닌 밤중에 홍두깨 같은 일이 벌어진 것인데, 사실인즉 실권을 갖고 있었던 장인에 의해 집이 압수된 것이다. 길바닥 신세가 된 남자는 옛 애인이 비워준 아파트에 임시로 입주하게 되는데, 그녀와 그 집 또한 정체를 알 수 없는 불명의 장소와 인간으로 그려진다. 투명 인 간, 투명한 집─이는 이 시대의 우화일 것인가.

"집으로부터 너무나 멀리 와 있는 건지 모른다는 생각"으로부터 이승우의 문학은 비롯되고 있는지 모른다. 그의 소설 곳곳에 설정되 어 있는 집, 집…… 그러나 그 집은 살려고 들어가면 악취가 나고 그 나마 그곳에서마저 쫓겨난다. 그런가 하면 스스로 굴레라는 생각에 사로잡혀 뛰쳐나오기도 한다. 그야말로 '사람들은 자기 집에 무엇이 있는지도 모르고' 살고 있는 어리석은 죄인들이다. 그 안에 살고 있 는 사람들이 함께 마음으로 짓지 않은 집은 굴레일 뿐, 참다운 삶은 거기서부터 벗어남으로써 오히려 시작된다는 메시지를 작가는 던지고 있다.

전도사는 해가 질 무렵에 아파트에 나타났다. 그는 이사를 했다. [……] 그 우산 집에서의 숙면은 그에게 매우 특이한 기분을 선물했다. 무거운 외투를 벗어던진 것 같다고 해야 할까. 마음이 더할 수 없이 가뿐했다. 더 이상 망설이고 싶지 않았다. 그는 길 건너편 언덕바지에 단칸방을 얻어 살고 있었다. [……] 아내를 설득시킨 것은 남편이 그 여자의 움막에서 꾸었던 꿈이었다. [……] 누군가의 어머니일 거다, 그 사람. 나의 어머닐 수도 있다. (「하늘에는 집이 없다」, 『사람들은 자기 집에 무엇이 있는지도 모른다』, pp. 244~45)

한 중년 여인이 아파트 단지 안에 우산 셋을 펼쳐놓고는 집이랍시고 산다. 당연히 주민들의 동의를 받지 않은 무허가이며, 그 때문에 주민들의 반발을 일으키고 결국 그 여인은 경찰에 넘겨진다. 정신이 좀 이상한 듯한 여인을 다루고 있는 그 모습은 집에 대한 우리의 일상과 경험의 삶을 되돌아보게 하면서, 교회적인 구제의 차원에서 소설 속 전도사가 마련해준 방과는 다른 '집'의 의미를 보여준다. 집이란 대체 무엇인가. 그 여인이 우산으로 자신을 가리는 정도의 집에서 천의무봉의 삶을 살고 있다면 거기가 바로 집이 아니겠는가 하는 메시지일지도 모른다. 이승우에게 집에 대한 부정적 관념은 근본적으로 집은 아버지라는 전의식(前意識)과 깊게 닿아 있다. 집에서 떠나고 아버지에게서 떠남으로 그의 소설은 움직인다. 욕망의 출발이다. 그러나, 그러나 그는 아버지에게로 돌아간다. 이 거대한 회로를 작가 이승우는 사랑이라는 이름으로 돌린다. 자, 결국 돌아갈 것인가.

> 내 몸은 평평한 바위 위에 하늘을 바라보며 눕혀졌다. 아마도 아버
> 지가 누운 채 자신의 육신을 말렸던 그 바위일 거라고, 가물가물한 의
> 식 속에서 나는 겨우 생각했다. 석양이 바다 위에 피륙처럼 덮이고
> 있었다. 바다에서 불어온 바람이 얼굴을 어루만지며 지나갔다. 아버
> 지…… 내 입에서 바람소리 같은 목소리가 새어나왔다. (「풍장 정남진
> 행 2」, 『오래된 일기』, p. 243)

이 소설에서의 아버지는 원천적인 결핍으로서의 아버지다. 그는
아버지를 모른다. 어린 시절 가난하던 가운데 '계집질'로 가정을 버
린 아버지는 어떤 연민과 필요의 대상이 아니었다. 가난한 떠돌이 생
활을 하며 성장한 그는 강한 욕망의 경험도 없는, 어떤 의미에서는
식물적인 삶을 살아왔다고 할 수 있는데, 뜻밖에도 아버지에 의해 버
려진 어머니가 아버지를 찾는다는 부탁을 받는다. "너무 벅찬 상대
였던 아버지와 고향"을 찾았을 때, 그는 아버지가 묻혔다고 알려진
마을 앞 섬에서 몸과 마음이 무너져 내린다. "아버지……"라는 그의
목소리는 그러므로 아무 의미 없는 본능적 반응일 것이다. 이처럼 아
버지가 힘과 의미를 잃을 때, 거기서 이승우 소설의 욕망과 자아는
비로소 작동한다. 아브라함은 '본토 친척 아비 집을 떠나라'는 여호
와의 말씀에 순종함으로써 이 세상을 섭렵하게 되지 않았는가.[10]

---

10) 「창세기」 12장 1절은 많은 해석을 낳고 있다. "여호와께서 아브람에게 이르시되 너는 너의
고향과 친척과 아버지의 집을 떠나 내가 네게 보여줄 땅으로 가라". 하나님이 아브람(아브

죄의식, 그리고 불안

아버지가 남겨주고 간 것은 모욕감, 수치심 같은 감정이었고 그것은 그에게 폭력을 포함한 폭력적 성향을 심어주었다. 그러나 그 성향이 직접적으로 나타난 경우는 드물고,[11] 대개의 경우 심한 불안감으로 드러나는데 그것 또한 심한 죄의식의 소산이라는 점이 주목된다. 아버지의 잘못이 왜 아들에게 죄의식을 심어주었는가. 그로 인한 불안감은 소설 전편에 편재해 있다. 그러나 아버지로부터의 직접적인 영향 대신, 보다 광범위한 곳으로부터 그 원인은 비롯되고 있는 것으로 밝혀진다. 가장 근원적인 요인으로 서술되고 있는 한 대목이다.

성(聖)과 속(俗)에 대한 거의 결벽에 가까운 구별, 그리고 그에 대한

라함 이전의 이름)을 부르시고 자손과 기업, 복의 근원이 되리라는 축복을 약속하신다. 이는 세상적인 축복과 함께 이스라엘의 조상이 되며 그의 후손인 메시아로 인해 만민이 구원을 받으리라는 것을 예언한다. 그러나 아메리카 개척사에서 볼 수 있듯이 부를 위해 모험적인 출발을 기약하는 해석으로 다소 왜곡되기도 하는데, 여기서는 아버지로부터 떠나지 않을 수 없는 작가의 내면적 도약으로 읽힌다.

11) 폭력적인 장면은 두 군데에서 가열한 모습으로 그려져 있다. 한 군데는 애인의 행적을 질투하여 돌발적인 폭력을 행사한 다소 어처구니없는 장면이다. "[……] 그녀는 말을 다 끝맺지 못했던 것이다. / 그녀는 잠깐 몸의 중심을 잡으려고 휘청거리더니 이내 몸을 비스듬하게 틀면서 계단 밑으로 굴러떨어졌다. [……] 그들은 거의 짐승의 울부짖음에 가까운 남자의 괴성을 들었고, 그의 오른손이 허공을 가르며 그녀의 뺨을 사정없이 갈기는 모습을 보았다." (『生의 이면』, p. 255).

다른 한 군데는 훨씬 근본적인 부분이라고 할 수 있는데, 그것은 작가의 첫 작품 『에리직톤의 초상』이 '아담의 폭력, 카인의 폭력'으로 시작된다는 사실을 음미해주기 바란다. 여기서 폭력은 인류의 역사와 그 기원을 같이하고 있다는 주장이 간접적으로 피력되는데, 기독교와의 관련성은 이 책 1부 「3. 신화 만들기」의 '기독교 신화설과 폭력'(pp. 73~74)에서 언급된 바 있다. 더 자세한 점은 이 글 전체의 주제와 상관된다.

그 나름의 선험적인 편견이, 어쩔 수 없이 세속에 노출된 채 살아야 하는 그에게 자주 죄의식을 부추겼을까. 그랬을지도 모른다. (「고산 지대」, 『일식에 대하여』, p .81)

성과 속에 대한 편견—작가는 그것을 '선험적 편견'이라고 말하고 있는데, 과연 '선험적'일까. '선험적'이라고 불리고 있는 경우에도 일반적으로 그것은 개인적(가족 혹은 집단 포함)인 경험이거나 어린 시절의 교육을 통한 주입일 경우가 많고, 이승우에 있어서 특히 분석의 대상이 될 필요가 있다. 무엇보다 기억되어야 할 것은 이승우의 모든 주인공들은 끊임없이 아버지를 떠나지만 결코 아버지로부터 벗어나지 못하고 있다는 사실이다. 그런 의미에서 그들은 어느 누구도 아브라함이 아니다.

아버지는 나를 옭아매는 족쇄이고 나의 가장 더러운 환부라고 나는 생각했다. 나는 족쇄를 풀어버려야 했고, 환부를 도려내어버려야 했다. 그 일을 위해서라면, 지옥에 뛰어드는 일이 아니라면 어떤 일이든 할 수 있을 것 같았다. (「일식에 대하여」, 『일식에 대하여』, p. 16)

아버지로부터 벗어날 수는 없다. 때때로 아주 잠깐, 혼신의 힘을 다해 그를 가릴 수 있을 뿐이다. 아들은 어김없이 패배하고 언제나 진다. 아들이기 때문이다. 아버지는 그런 존재다. (「일식에 대하여」, 『일식에 대하여』, p. 78)

같은 작품집에 실려 있는 소설이 보여주고 있는, 아버지에 대한 이러한 상반된 생각은 작가가 이 문제에 얼마나 깊이 매몰되어 갈등에 빠져 있는지 말해준다. 결론은 아버지로부터 벗어나지 못한다는 것이다. 몸은 비록 그로부터 멀리 떠나 있고, 심지어 아버지가 이미 이 세상 사람이 아니라 하더라도 그렇다. 그렇다면 둘을 얽매어놓고 있는 질긴 끈은 무엇일까. 성(聖)을 지향하면서도 오히려 속(俗)에서 헤매는 아버지의 모습, 그 모습이 바로 그 끈이 아니었을까. 그러나 주인공들의 아버지가 영적인 성을 추구하였다는 증거는 소설 전체에서 아무 데도 없다. 아버지들이 추구한 것은 기껏해야 고시 합격을 통한 출세와 사회적 지위였고, 그것은 오히려 철저히 속물적인 속의 모습이었다. 그럼에도 실제로 삶의 현장에서 능동적인 생활인의 모습으로 등장하는 일이 없었던 아버지들의 몰락은 고시 실패와 병적인 은둔 내지 성적인 피폐(가령 의처증 따위)에서 연유하고 있다고 해야 옳을 것이다. 그렇다면 주인공 아들들의 '선험적 편견'은 어디서 왔을까. 여기에는 그야말로 작가의 어떤 선험성이 존재하고 있는 것으로 보인다.

죄의식은 성스럽게 살아야 한다는 의식에도 불구하고 그렇게 살지 못한다는 자각에서 생겨난다. 두 가지 조건 아래 생성된다는 것이다. 우선 많은 사람들은 성스럽게 살아야 한다는 의식이 희미하다. 그러므로 자신이 그렇게 사느냐 못 사느냐 하는 문제에 무심하다. 별로 죄의식이 없는 삶을 살고 있다는 것이다. 그러나 이승우 소설에서의 죄의식은 아버지의 잘못을 아들 자신이 물려받고자 하는 과잉된 측면과 매우 긴밀하게 연결된다. 아들 주인공들은 대부분 아무 잘못이 없지 않은가. 게다가 성스러워야 한다고 직간접적으로 교육된 바도 없지 않은가. 그러므로 그들의 죄의식은 아버지의 죄를 대속하려는 무의식의 노출이라고도 할 수 있다.

그러나 작가는 예수가 아니고, 타인의 죄를— 비록 그가 아버지라 하더라도—대속할 수 없다. 불안감은 여기서 스멀스멀 자연스럽게 생겨난다. 대속할 수 없는데 죄의식으로 가득 차 있다? 불안하지 않을 수 있겠는가. 소설은 그 불안감이 낳은 산물이다.

무엇보다 이승우의 처녀작이라고 할 수 있는 『에리직톤의 초상』 1990년판 작가의 말에서 작가는 그 작품이, 더 나아가 자신의 창작 생활의 바탕이 불안임을 고백한다.

삶이 자꾸만 손가락 사이로 빠져 달아나는 것 같은 기분, 그것은 절망이나 허무도 아니었다. [……] 나의 삶을 의미있게 만들어 줄 중심의 견고함을 그리워하고 있었지만, 그러한 그리움은 번번이 무기력을 확인시키기만 했다. [……]
결과적으로 나는, 이 책의 1부에서 개체적이고 실존적인 사고와 신 중심의 세계인식, 그리고 추상적이고 폐쇄된 신념체계에 기울어진 한 젊은 신학도의 의식을 드러내 보이고 [……] (「10년 동안 되물은 질문」, 『에리직톤의 초상』, 작가의 말)

불안은 실존주의의 가장 두드러진 증세다. 불안이 실존주의를 낳고, 실존주의가 불안을 세기적 현상으로 확대시켜온 것이 20세기를 관통한 사상이다. 왜 불안한가. 확실한 것이 없으니까 불안한 것이다. 실존주의를 배태한 현상학은 대상과의 만남에서 의식이 발생한다고 했는데, 그 만남은 늘 가변적이고 유동적이며, 일회적이다.[12] 요컨대 믿을 수가 없다. 대상도 믿을 수 없고, 관계도 믿을 수 없으며, 무엇보다 어떤 인식이든 그 결과를 믿을 수 없기 때문에 불안하고 실존적일 수밖에 없다는 것이다. 이승우가 '개체적이며 실존적'이라고 했을 때의 정신적 상황이 여기에 바로 딱 들어맞는다. 불안은 역설적으로 이후 그의 소설을 지탱해나가는 힘이 된다. 그러나 그의 작품이 실존주의적으로 나아가는 것은 아니다. 오히려 그의 말대로 "중심의 견고함을 그리워하는" 문학으로 다양한 양상을 보여주기 시작한다.

1990년 『에리직톤의 초상』 이후 『일식에 대하여』(이 책은 1989년에 나왔으나 그 이전에 발표된 중단편들의 모음집이다) 『生의 이면』 『내 안에 또 누가 있나』 『사랑의 전설』 『목련공원』 등을 거쳐 2000년에 간행된 장편 『식물들의 사생활』까지의 초기 소설들을 지배하고 있는 근본 모티프들은 사실상 견고함을 향한 이러한 그리움, 즉 실존적 불안임을 감출 길이 없다. 초기에 그 불안은 바깥 현실로부터 불어닥친다. 『에리직톤의 초상』에서의 현실은 권위주의 정권과 젊은이들 사이의 대결이 초래하는 불안이다. 예컨대 이렇다.

---

12) 현상학에서 실존주의에 이르는 20세기 전반부의 철학은 인간(성)을 배제한 의식이 만나는 대상과의 관계에서 진실을 추구하고자 한다. 이른바 '의식의 지향성'이다. 의식과 대상과의 관계는 그때그때의 지향성에 따라서 결정됨으로써 가변적이며 유동적이다. 메를로퐁티, 『지각의 현상학』, 류의근 옮김, 문학과지성사, 2002, pp. 13~30 참조.

어떤 확신이라든가 희망을 품기에는, 더우기 어떤 설계를 세우기에는 우리들의 현실이 지나치게 불확실하고, 우리들의 미래는 더 할 수 없이 불투명하지 아니한가. 그러한 불확실과 불투명이 어느 만큼은 존재의 본질에 속하는 것임을 모르는 바 아니지만, 거기에 덧붙여 되어질 일에 대한 전망을 한층 불가능하게 만드는 나쁜 구조가 있음도 인정하는 것이 [……] (『에리직톤의 초상』, p. 232)

현실, 특히 정치 현실의 불투명과 불확실을 말하는 이 어조 속에는 그 앞뒤로 불안이 짙게 드리워 있다. 불투명과 불확실은 그 자체가 불안의 자식이기도 하며, 그것들이 불안을 증폭시키기도 한다. '이 땅에 살기 위하여'(소제목) 그것들은 필요한 생존의 방식이 된다. 그것 또한 실존주의다. 현실의 불안정성은 정치 쪽에서만 오는 것은 아니어서 비행기 추락 사고 같은 끔찍한 사건도 우리의 현실이었고, 이 일도 어김없이 이승우 작가의 초기 작품에 반영된다. 『일식에 대하여』에 수록된 단편 「부재중(不在中)」은 불안이 인간을 어떻게 마멸시켜가는지 극명하게 보여준다. 비행기 사고로 가족을 잃은 불안에 휘말린 한 사람이 배에서 강물로 빠져 실종되어도 쉽게 발견되지 않고, '부재중'이라는 전화 목소리로만 존재하는 현실의 메커니즘이 섬뜩한 소설이다. 초기 이승우의 불안은 이렇듯 곳곳에서 그를 엄습한다.

그러나 이승우는 초기 소설부터 구원의 문제에 집착하면서 바깥 현실과 내면의 갈등이 불안하게 연결되고 있음을 정면으로 드러내었다. 『에리직톤의 초상』에는 폭력적인 현실 안에서 벌어지는 사회정의와 초월적인 극복의 문제, 신문기자와 목사 사이의 선택의 문제, 경건 추구의 여인과 소박한 실제적인 여성 사이의 문제, 무엇보다 종교와 폭력 사이의 문제 등이 불안하게 흔들린다. 해결되지 않은 그 문제들은 다시 불안 증폭의 동기로 작용한다.

예수는 폭력과 희생을 한 몸으로 껴안는다. 더 이상 희생과 폭력은 구별되지 않는다. 구원의 완성이라고 기독교의 교리는 말한다. 옳다. 그것은 '그'의 구원의 완성이다. 구원은, 이처럼 두 가지 모습을 하고 있다. 하나는 희생이고, 다른 하나는 이해하기 어렵겠지만, 폭력이다. 그리고 그 둘은 한 몸이다. (『에리직톤의 초상』, p. 237)

이승우 문학의 최종 지향점이자, 이 글의 목적지이기도 한 구원의 문제가 희생과 폭력이라는 상반된 현실의 기반 위에서 이루어지고 있다면, 그것은 그 자체로 불안하다. 이승우는 처음부터 이 불안이 자신의 문학의 출발점임을 선포하였고 이후 여러 소설들을 통하여 그 성취를 논증하고자 하였다. 불안은 한 작가를 괴롭히지만 그 괴롭힘과 더불어 훌륭한 소설이 탄생한다는 것을 그는 동시에 보여주었다. 내면의 죄의식과 연관된 불안은 작가의 자전적 분위기를 담은 장편 『生의 이면』『내 안에 또 누가 있나』 같은 작품들이 주목을 받으면서 더욱 심화되었는데, 그럼으로써 죄의식 문제가 가감 없이 대두된다. 『生의 이면』에서의 불안은 어린 시절을 점령하다시피 하고 있는 금기와 두려움인데, 결국 그것은 아버지 때문임이 밝혀지고, 아버지는 이후 거의 모든 소설의 근원 모티프Urmotiv로 드러난다.

그러나 그곳 출입은 그에게 허용되지 않았다. 어른들은 그가 뒤란으로 돌어가는 것을 막았다. [……] 당시로서는 이해할 수 없을 정도로 엄하게 꾸짖으며 금령을 범한 어린 그를 체벌했다. [……] 그 방에는 물론 사람이 있다. [……] 그는 방 안의 남자가 무서웠다. (『生의 이면』, pp. 24~26)

『生의 이면』 이후 성인이 되어 세상에 나온 주인공들은 완전히 이 근원 모티프에 장악되어 소설을 구성해나간다. 그 세계는 따라서 타락한 세상이며, 자기 스스로도 그 세상에 오염된 타락한 존재라는 의식에 쉽게 휩싸인다. 물론 그러한 자의식은 성결의 반작용을 가져오면서 '내 안에 또 누가 있는' 것 같은 이중성과 자주 만나지만, 어쨌든 세상, 곧 타락이라는 인식을 심어준다. 청소년기적 자전의 소설이 끝난 후 나온 첫 장편 『내 안에 또 누가 있나』에서 작가 이승우가 고백한 '작가의 말'은 꽤 충격적이다.

작품을 구상할 무렵 나는 의심이 가득 섞인 눈으로 이 세계를 바라보고 있었다. 속도를 내며 달리지 않으면 안 되는 저 〈스피드〉라는 영화의 버스와 같은, 우리 사회의 맹목적이고 탐욕스럽고 무절제한 질주에 대해 기분이 몹시 언짢았고, 자연 신경이 날카로워져 있었다. (『내 안에 또 누가 있나』, 작가의 말)

그리하여 결국 1990년대에 씌어진 작품 중 세 권의 소설 『내 안에

138

또 누가 있나』『사랑의 전설』『목련공원』은 타락한 세상을 그리는 우화로서 가득하다. 성인이 되어 바라본, 그 자신이 들어간 세상 속에서의 작가의식은 도스토옙스키나 카프카적 불안을 넘어서는 예민한 것이었으며 조지 오웰의 그로테스크한 세계를 방불케 하기도 한다. 특히『내 안에 누가 또 있나』와『목련공원』은 그가 세상에 나와서 만난 '세상'을 타락 자체로 규정하고 있는 이원론의 출발을 명백히 해준다. 말하자면 '세상'은 타락이고 악이라는 것이다. 그러므로 '세상'이 아닌, '세상'보다는 적어도 고상하고 신성한 어떤 것의 존재가 자연스럽게 상정된다. 그것이 무엇인지 이 시기에 분명한 이름으로 불리고 있지는 않지만, 타락과 악이 있는 한 그 반대의 세계도 자연스럽게 존재하고 추구된다. 그 과정은 앞의 두 작품에서 무섭게, 집요하게 그려진다. 두 작품들에서의 중요한 대목을 순서대로 인용한다.『목련공원』에서의 뒤 두 부분은 작가 이승우의 무의식 깊은 곳, 혹은 전의식(前意識)으로부터 숭고를 향한 의식을 이끌어내고 있는 형상이다.

그런데 왜 내 가슴은 불안하게 흔들릴까. 그런데 왜 내 정신은 양옥 지붕 위에 세워진 망가진 텔레비전 안테나처럼 비틀거릴까. [……] 가슴에서 반란이 시작되려 하고 있다. 뾰족한 바늘 끝들이 서서히 일어서려는 조짐을 보이기 시작한다. [……] 30초 간격으로 한 개씩 바늘들이 일어서는 것 같다. 나는 불안하다. [……] 나는 꿈을 꾸고 있는 것인가. [……] 이 일들이 현실 속에서 벌어지고 있단 말인가. (『내 안에 또 누가 있나』, pp. 218~20)

아니, 세상이 아내에게 속했다고 해야 할까? 하지만 이제 그는 아내의 사랑이나 사랑 없음이 아니라, 아내를 견딜 수 없는 지경에 이르고 말았다. 아내는 세상에 속한 여자였다. 아내는 세상을 숭배했고 세상은 아내를 편애했다. 그녀는 모든 싸움에서 언제나 승리자였다. (「마음속의 지도」, 『목련공원』, p. 132)

얼마나 끌려갔을까. 나는 탈진했다. 온몸의 혈관들이 혼란스럽게 뒤엉키고 신경들이 끊어지는 것 같은 지경에 이르렀을 때에야 행렬이 멈췄다. 그러나 나의 몸은 여전히 네 명의 건장한, 머리가 짧은 남자들에게 붙들린 채였다. 여기가 어딜까? 여기가 목적지일까? [……] 여기는 어디이고 나는 왜 여기 있는 것일까? [……] 어느 순간에 문득 벼랑 끝에 서 있다는 느낌이 왔다. 발끝에서 이마에 이르는 서늘한 감촉이 벼랑의 가파름을 짐작케 했다. 온몸의 근육들이 오그라들었다. (「갇힌 길」, 『목련공원』, pp. 245~46)

나의 몸은 한참 동안 떨어져 내려갔습니다. 그 시간이 평생처럼 길게 느껴졌습니다. 내가 그렇게 높은 곳으로 올라갔었다는 사실이 믿어지지 않을 정도였습니다. 아닙니다. 높이 올라갔던 것이 아니라 그만큼 깊은 곳을 향해 곤두박질쳐 내리고 있었던 것입니다. 지옥처럼 깊고 어두운 구멍이 입을 벌리고 있었습니다. 나의 몸은 그 입 속으로 빨려 들어가고 있는 중이었습니다. (「당신에게 가는 길」, 『목련공원』, p. 308)

「갇힌 길」은 흡사 카프카의 『성(城)』처럼 마을로 들어가는 길이 차단당한 상태에서 헛된 노력을 거듭한다. 『성』의 측량 기사가 부름을 받고 왔음에도 성에 들어가지 못하듯이 「갇힌 길」의 주인공 역시 친구 P의 초대를 받았지만 마을에 들어가지 못한다. 이 소설의 주인공은 카프카의 K보다 훨씬 처참한 꼴을 당한다. 그는 마을을 떠날 것을 경고받았다가 끝끝내 그 경고를 거부하고 마을 재판에서 처형을 선고받는다. 앞의 세번째 인용문은 그 처형 선고 이후의 상황이다. 아마 마지막 장면은 환상적, 우화적으로 처리되고 있는 것이리라. 그러나 소설의 진짜 끝 장면은 마치 죽음 이후의 천국행을 연상시키는 아름다움으로 매듭지어진다. 이승우 문학 전체를 상징하는 장면인데, 『목련공원』 마지막 작품 「당신에게 가는 길」과 함께 그의 초기 문학이 이미 이 같은 타락/악, 승화/승천의 도식을 예비하고 있었다고 생각된다. 그리하여 「당신에게 가는 길」에서 주인공 화자는 부르짖는다.

나는 당신을 찾아야만 했습니다. 당신을 찾지 않으면 더 이상 목숨을 부지할 수 없을 것 같은 최악의 상태에 빠져 있었습니다. 당신은 마지막 남은 나의 가능성입니다. [……] 당신은 알고 있었던가요? 당신이 아니라 당신에 대한 추구가 나를 살게 했습니다. [……] 나의 몸은 구름처럼 가벼워져서 그 순간부터 한없이 오랫동안 공중을 떠다녔습니다. 구름 같은 것이 내 몸을 받아준 것이 아니라 내가 구름이 되어버린 것입니다. (「당신에게 가는 길」, 『목련공원』, pp. 279~309)

근원 모티프가 된 불안은 『내 안에 또 누가 있나』에서 뚜렷하게 드러난다. 강제로 납치된 기이한 세상에서 주인공 화자는 극도로 타락된 사회를 경험하는데, 그 경험이야말로 불안감 속에서 이루어지고 엄청난 정체성의 혼란을 느낀다. 이때의 혼란과 불안이야말로 죄의식의 소산이다. 죄의식 때문에 그는 "혐오스런 벌레처럼 긴다". "지금, 이곳에서 나는 내 속에서 나온 오물 덩어리들을 뭉개며 벌레처럼 기는 자"가 된다. "출구는 너무 멀고, 몸은 너무 무겁다"(p. 227). 죄의식이란 그가 처한 현실이 잘못되었고, 그리하여 거기서 벗어나야 하겠다는 생각이다. '내 안에 또 누가 있나'라는 자의식은 죄의식의 다른 표현이며 이러한 불안 의식 가운데 『사랑의 전설』 『목련공원』 『식물들의 사생활』이 진행된다.

불안은 장편 『사랑의 전설』을 불안한 연애소설로 만든다. 연애소설의 정형이 있는 것은 아니지만, 소설 내부에서 고백되듯이 낭만적인 기획으로 시도된 이 소설은 여성 주인공에게 첫사랑 애인이 등장하고, 따라서 남자 애인은 질투와 모멸감으로 군에 입대하고, 여자와 두 남자 주인공은 연락이 두절되어 오해가 생기는 등 전형적인 불안의식 가운데 소설이 형성되는데, 그다음에 간행된 『목련공원』과 함께 성과 사랑의 문제가 다소 성급하게 짜여진 감을 준다. 작가 자신의 창작에 대한 강박 불안감이 없지 않았던 것으로 보인다. 죄의식과 불안에 관해서는 작가의 직접적인 언급도 적지 않으며 단편 「샘섬」에서 비교적 분명한 진술이 나타난다.

그런데 기대와는 달리 기독교 신자가 된 후로 노인의 죄책감이 더욱 심해진 것 같았다고, 어찌된 노릇인지는 모르겠다고 가게 주인은 말했다. 나는 그 영문을 어렴풋하게나마 짐작할 수 있을 것 같았다. 내가 이해하는 한 기독교는 죄에 대해 매우 민감한 종교이다. 사람에게 죄, 혹은 죄의식이 있기 때문에 기독교가 있다고 해도 틀린 말이 아닐 정도로 기독교와 죄는 친밀하다. [……] 죄가 믿음을 부르는 것은 사실이지만, 거꾸로 그 믿음이 죄의식을 불러일으키는 것도 사실인 것 같다. 죄로부터 자유로워지려는 사람은 먼저 죄를 의식하는 사람이어야 하는 이치이다. (「샘 섬」, 『목련공원』, p. 99)

얼핏 기독교와 죄의식의 관계에 대한 작가의 직접적인 진술은 소설 속 주인공들의 죄의식이나 불안과는 직접적인 관계가 별로 없거나 미약해 보인다. 그도 그럴 것이 앞의 진술 이전에 기독교에 대한 자신의 입장을 그는 천명한 일이 없기 때문이다. 그러나 대체 그가 왜 죄의식을 갖게 되었는가 하는 부분을 깊이 천착해볼 때, 공황장애나 심신 쇠약이라고 할 정도의 아버지의 행태에 대해 그가 극도의 불안감을 갖고 있으며 그것이 죄의식으로 연결되고 있음이 발견된다. 아버지의 잘못에 대해 아들이 죄의식을 갖는다? 예수는 온 인류를 대신해서 죄의식을 가졌고, 십자가 사건을 통해 대속의 구원 사역을 했지만, 이 일은 인류사에서 전무후무한, 유일한 이적으로 기록된다. 그런데 예수 아닌 보통의 사람이 마치 예수처럼 죄의식을 갖고 구원 사역 비슷한 일을 한다면, 그는 예수와는 다른, 그러나 '특별한' 어떤 사람이다──그는 소설가다. 그는 문학을 통해서 이 일을 하려고 한다. 불안과 죄의식은 그러므로 그의 자산이다. 이러한 서사 구조와 의미의 지향성을 가진 것이 이승우 문학으로 읽힐 수 있으며 그러한 관점에서 전환기를 포함한 후기 소설들에 대한 분석도 가능해 보인다.

3.

성(性)과 성(聖)의 혼유(混宥)

의도된 혼유, 혹은 변형

앞선 글에서 설명한 과정을 거쳐 나온 작품이 장편 『식물들의 사생활』이다. 이 장편소설은 성적 에너지와 욕망이 사랑으로 승화되어 가는 역동적인 힘을 보여주는 역작으로서, 이승우 문학의 거대한 명제인 사랑의 모든 과정이 그 본질과 변화를 가감 없이 드러낸다. 특히 이 소설에서는 인간 욕망의 분출로서의 사랑이 영원한 헌신으로서의 사랑으로 변형·고양(高揚)되는 상징으로 나무가 설정되는 특이한 상황이 전개되면서 이승우 사랑학의 미래를 예감케 한다. 나무의 의미는 이렇게 설명된다.

삼십오 년이 지난 후 그 두 사람이 저 야자나무 아래에서 재회를 했다면 믿겠어요? [……] 그 모습은 아름답고 감동스러웠어요. [……] 그것은 그들이 시간으로부터 보호되는 공간에 있었기 때문이었어요.

시간은 그들을 간섭하고 규정하고 구속해요. 야자나무는 그들의 염원과 사랑이 변신한 것이었어요. 그들은 [……] 그들만의 성소에 들어와 있었던 거예요. (『식물들의 사생활』, p. 229)

소설에는 우현, 기현이라는 형제 청년과 그들의 부모가 등장한다. 우현을 사랑하는 그의 애인 순미도 나오는데, 그녀는 또 기현이 사랑하는 대상이 되기도 한다. 순미는 우현을 사랑하고 기현은 순미를 사랑하는 것이다. 그런가 하면 그들의 어머니에게는 결혼 전 사랑하는 남자가 있었는데, 어느 날 그 남자는 해외로 사라진다. 어머니는 그 남자의 아이 우현을 낳고, 지금의 남편과 결혼한다. 우현은 군에서 사고로 다리를 잃고 순미를 기피한다. 그러나 순미는 그를 찾는다. 기현은 자신도 그녀를 좋아하지만 형과 그녀를 맺어주려고 노력한다. 하나의 더 큰 사랑 안으로 들어서는 것이다. 한편 병든 노인으로 나타난 옛 애인에 대한 어머니의 헌신적인 큰 사랑이 이어지면서, 남녀 간의 에로스적 사랑 이상의 사랑이 그려진다. 말하자면 관능적 사랑의 승화가 시도된다.

이승우가 여기서 열어 보여주는 그 길은 나무에 있다. 나무는 두 곳에서 나타나 결정적인 역할을 한다. 우현이 순미를 거부하고 기현을 포함한 가족을 피하여 휠체어를 이끌고 천신만고 끝에 도달한 숲이 그 첫째 역할을 한다. 거기서 우현은 소나무와 때죽나무를 안고 쓰러진다. 소나무를 칭칭 감고 있는 때죽나무의 모습에서 나무들의 사랑을 발견한 우현은 그 나무들에게 자신의 사랑을 빙의시킨다. 두 번째 상징은 남쪽 지방 남천이라는 곳에 솟아 있는 키 큰 야자나무다. 그곳에는 젊은 시절 자신이 지어놓은 작은 집에 기거하는 어머니의 늙고 병든 애인이 있다. 어머니는 그를 찾아간다. 앞의 인용은 재회의 장면이다.

야자나무는 이렇듯 사랑의 성소, 욕망이 승화된 장소가 된다. 그 변신의 과정과 양태는 때죽나무와 소나무, 즉 우현의 경우도 마찬가지다. 어머니와 옛 애인, 그 아들 우현과 순미, 흡사 두 트랙으로 전개되는 욕망 – 사랑 – 변신의 구조는 동일하다. 주목해야 할 것은 변신의 마지막 자리가 '성소'로 불리고 있는데 과연 거기가 마지막일까 하는 점이다. 가령 다음 대목은 이와 관련하여 중요하게 음미될 필요가 있다.

벼랑 위에는 하늘을 떠받치고 있는, 하늘만 아니라 시간까지도 떠받치고 있는, 애초부터 그 자리에 서 있었던 것 같은 야자나무가 한 그루 있다. (『식물들의 사생활』, p. 274)[1]

야자나무가 하늘을 떠받치고 있다는 묘사가 거듭 등장하면서 그 의미가 예사롭지 않게 생성된다. 그리하여 마침내 어머니의 입을 통하여 남편, 즉 기현의 아버지가 하나님이 보낸 사람이라는 고백이 나오면서, 이 모든 사랑의 둥근 원형이 보다 높은 질서의 힘으로 수행되고 있음이 암시된다. 이러한 암시는 이승우의 후반기 문학이 품고 있는 사랑의 탐구라는 명제가 종교의 영역에까지 접근하면서 의미

---

1) 이하 인용 시 쪽수만 밝힌다.

있는 성취를 이룰 것임을 예감케 한다. 이들의 사랑은 고난을 감내하는 헌신 가운데 더 큰 사랑의 가능성을 연다.

날이 밝으면 나는 형을 데리고 남천에 갈 것이다. 남천에는 순미가 있다. 그녀는 내가 사랑하는 여자이다. 아버지가 어머니를 사랑하는 것처럼 나는 그녀를 사랑한다. 그러나 그녀는 형을 사랑한다. 어머니가 그 사람을 사랑하는 것처럼 그녀는 형을 사랑한다. 그러나, 그렇다고 해서 어머니가 아버지를 사랑하지 않는 것이라고 말할 수 없는 것처럼 순미가 나를 사랑하지 않는 것이라고 말할 수도 없다. (p. 273)

형을 사랑하는 순미, 순미를 사랑하는 나, 그 사람을 사랑하는 어머니, 어머니를 사랑하는 그 사람과 아버지, 이들의 사랑은 인간적인 시점으로 볼 때에 복수(複數)의 사랑이다. 이들의 사랑은 지상의 결실을 거두기에 힘든 애틋함으로 인하여 나무가 됨으로써 그 욕망을 변신시킨다. 그러나 이 모든 사연을 알면서도 그 전체를 껴안고 도와주는 동생인 나, 즉 기현과 아버지의 사랑은 나무 그 이상의 사랑으로서 소설에서도 아직 이름이 없다. 전환기를 이루는 이 소설 이후의 작품들은 어쩌면 그 이름 붙이기일지도 모른다. 이 큰 사랑을 감당할 능력이 인간에게 있을까. 현실과 환상이 섞여가면서 전개되는 이 소설은 사랑에 대한 폭넓은 울림을 주는 하나의 우화라고 할 수 있다. 우화 속의 변신은 새로운 고양(高揚)의 가능성이다.

성(性)과 성(聖)의 대립 구도는 흔히 설정되는 패러다임이다. 그것은 마치 선악의 구도처럼 동서양을 막론한 이분법의 원형이기도 하다. 그런 의미에서 이 구도는 새삼스러울 것이 없고 이승우 문학의 고유한 독창성과 연관 짓는 일이 불필요할 것으로 생각될지도 모른다. 그러나 사실 성(性)과 성(聖)의 대립은 문학적·철학적인 차원에서 인식론적인 탐구의 대상이 된 적은 거의 없으며, 특히 한국문학의 경우 그러하다. 무엇보다 성(性)은, 대체로 관능적인 소비의 차원에서 묘사와 즐김의 대상으로서만 기능해온 면이 강하다. 즉 성애의 대상으로서만 취급되어오지 않았나 하는 판단이다.

일방적이며 인상적인 수용의 대상으로서만 받아들여져온 것은 성(聖)의 경우도 마찬가지일 것이다. 성(聖)은 대체로 '거룩한' 어떤 것으로 여겨졌지만, 바로 그 '거룩'이 무엇인지에 대한 탐구, 특히 일반을 향한 열린 해석의 자리는 별로 없었던 것이 사실이다. 그러나 성(性)과 성(聖)이 과연 대립적이기만 한 것인가 하는 문제는 충분히 인문학적 명제일 수 있으며, '관계'를 지향하는 문학에 있어서 그것은 탐구의 긴요한 요체가 된다. 인간의 사랑, 신의 사랑을 모두 동일한 범주에 내려놓고 그 실상을 연구하고 싶어 하는 이승우의 문학이 여기에 들어온다면, 매우 자연스러워 보인다.

이승우 문학은 그 출발의 자리에 성(이하 性)이 있다. 초기작 『에리직톤의 초상』에서 신과 인간과의 관계에 대해 사변을 행하면서, 성과 사랑에 대해서도 관념적인 쟁점이 제시된다. 말하자면 문학을 통한 성에 대한 작가의 세계관이 총론적으로 피력된다. 성에 대한 실제적 접촉과 감각적 인식의 획득은 자전소설 『生의 이면』을 통해 그 다음에 이루어지는데, 이때 그의 문학이 성이라는 발화체, 혹은 성이라는 늪과 얼마나 깊이 연관될 것인지 예감케 한다. 이승우의 성 속에 내재해 있는 성의 실체는 과연 언제 어떤 모습으로 숨겨져 있었고, 또 고개를 들게 되었을까, 하는 문제는 그 이후 계속 의미 있게 탐색된다.

때로는 여자들이 내게로 다가오기도 했다. [……] 아주 짧은 시간의 대화 후에 곧장 싫증을 느낀 나는 나를 밤의 중지도로 불러낸 곤혹스러운 몸의 외로움을 저주하고는 했다. [……] 그럴 때면 생각은 한 가지로 몰렸다. 그들은 나의 상대가 아니다. 나의 상대는 따로 있다. 나는 단순한 말동무나 길동무가 아니라 정신의 동반자, 영혼의 동지를 기다리고 있다. 나보다 나이 든 여자와의 사랑을 숙명적인 것으로 예감하곤 하는 때가 바로 그런 순간이었다. 그렇다. 그 예감은 그렇게 내 속에서 오랜 세월 동안 숙성되어온 것이었다. (『生의 이면』, pp. 129~32)

열여덟 살의 외로움, 그 외로움은 여기서 고향과 부모를 떠난 생존의 외로움으로 먼저 던져져 있지만 사춘기 남자의 자연스러운 성적 외로움과 겹쳐진다. 그러나 이승우의 사춘기에서 청년기에 이르는 성에는 기이하게도 거의 대부분 영혼의 구원에 대한 갈구가 병행하는 특징을 갖는데, 그 현상은 선천적이라고 보아도 무방할 정도다. 『生의 이면』에서 그 현상은 나이 든 여성과의 사랑을 예감하는 형태로 나타난다. 그 형태 안에서 그는 성과 영혼이 동시에 구원받을 수 있다고 생각하는 것이다. 그러나 과연 이러한 성정은 선천적인 것일까. 그렇게만 볼 수 없는, 그의 고백이 나와 있다. "그 예감은 내 속에서 오랜 세월 동안 숙성되어온 것"이라고 하지 않는가. '숙성'이라고 하면 일반적으로 아직 제 기능을 낼 수 없는 원료가 세월과 더불어, 혹은 다른 재료와 더불어 시간이 쌓여가면서 한 단계 높은 수준에서 새 기능을 발휘하게 되는 성숙의 상황을 일컫는다. 주인공은 여기서 성과 영혼이 함께 가는 구원의 순간이 '숙성'되었다고 말함으로써 무엇보다 시간 속에서 익혀지고 달구어진 주체의 연단을 토로한다. 그것은 주인공 아버지의 잘못과 죄를 자신이 지겠다는 무의식적인 속죄의 발로이며, 그 과정에서의 힘든 고통을 성과 영혼의 어떤 복합적 운명체에 의지하겠다는 고백이다. 이 과정은 『식물들의 사생활』에서 나무를 하나의 운명체적 상징으로 발견하기까지 거듭되고 때로 어려운 시행착오를 겪는다. 마침내 어떤 것과 만나기까지─가령 이런 것들이다.

혹시 그는 8층에서 산소에 굶주린 불길이 그를 기다리고 있는 걸 알고 있었던 게 아닐까? 거의 본능적으로 그는 불의 냄새를 맡은 것이 아닐까? 갑작스런 불의 유혹을 거역하기가 어려웠던 것이 아닐까? 그래서 그는 애인이 기다리고 있는 7층 대신 8층으로 자기 몸을 밀어넣은 것이 아닐까? 애인이 아니라 불길이 더 유혹적이지 않았을까? 그러니까 그는 그 불길 속으로, 자발적으로 걸어 들어간 것이 아닐까? 아니, 아니……. (「Y의 경우」, 『목련공원』, p. 278)[2]

---

2) 이하 인용 시 작품명과 쪽수만 밝힌다.

불안의 지속—집, 아버지

몸과 정신이 거의 탈진 상태에 이르렀을 때, 나는 불현듯 내 마음속에서 일어나고 있는 어떤 불꽃과 마주쳤습니다. 그 불꽃은 희미했지만 선명했습니다. 나는 의식이 빠져나간 멍청한 눈으로 그 희미한 불꽃을 주목해 보았습니다. 그것은 놀랍게도 당신이었습니다. 나의 더럽고 악취나는 발을 감싸는 당신의 길고 검은 머리카락이었습니다. 허공에 들린 당신의 공기처럼 가벼운 몸이었습니다. 사랑해요, 하고 말할 때 아주 조금 벌어지던 당신의 입, 그 입가에 수선화처럼 번지던 엷은 미소였습니다. [……] 황무지에 꽃이 필 줄 몰랐습니다. 그런데 당신이 찾아왔습니다. 매혹적인 불꽃이 되어 나의 황무지를 방문했습니다. (「당신에게 가는 길」, p. 294)

성과 사랑에 대한 질문을 사건들을 중심으로 집중적으로 천착하고 있는 소설집 『목련공원』에는 성애 사건을 거의 폭력적으로 다루고 있는 작품 「목련공원」 이외에도 의미심장한 두 편의 소설이 실려 있다. 「Y의 경우」와 「당신에게 가는 길」이 그것들이다. 이 두 작품들은 전혀 다른 내용의 사건을 다루면서도 동일한 명제를 지향하는 듯한 전개를 보여준다. 전자의 경우 그것은 '불길'이며 후자에게는 '불꽃'이다. 불길과 불꽃, 이것들이 이들 작품에서 의미하는 바는 과연 무엇일까.

전자, 즉 소설 「Y의 경우」의 내용은 남녀 간의 사랑이다. 그러나 그 사랑은 성을 매개로 한 숨겨진 사랑이다. 남자는 일정한 직장도 가정도 없는 이혼남 소설가이며, 여자는 유부녀다. 말하자면 좌절한 중년 남성과 그의 일탈에 동조하고 있는 여성 사이의 관계인데 이를 사랑이라고 부를 수 있을까. 이 애매한 관계를 작가는 '불길'로 덮어버린다. 그들이 만나는 호텔에 화재 사건이 벌어지고 남자가 사라졌다는 구도인데, 이 작품에서 주인공 남성은 불길 속으로 자발적으로 걸어 들어갔다는 암시를 남김으로써 성의 파멸적 운명을 부정적으로 그려낸다. 그러나 '불길'과 달리 그다음 작품에서의 '불꽃'은 환한 영향력으로 타올라 주목을 끈다.

「당신에게 가는 길」에서 불꽃은 주인공 남성에게 헌신적으로 다가온, 발을 씻겨주고, 오물늪에 빠진 그를 법을 어겨가면서까지 씻겨주는 '당신'의 현신(顯身)으로 존재한다. 이 소설에서 '당신'은 남성에게 더러운 발을 씻겨주고 온갖 사랑을 베풀지만 남성은 "사랑, 좋아하네" 하면서 뿌리친다. 그가 저주받아 얼굴에 뱀의 문신이 새겨지고, 이제는 그쪽에서 '당신'인 E를 찾으려고 하지만 '당신'은 잡히지 않고 알 수 없는 나락으로 떨어진다. 다분히 종교적 우화의 분위기를 띤 소설이지만, 성이 결여된 사랑이라는 점에서 앞의 작품 「Y의 경우」와 대비된다. 성(性)과 성(聖)의 혼재가 숙성되어가는 과정을 보여주는 작품들이라고 할 수 있다. 성은 이 경우 섹스 아닌 헌신으로 올라선다.

그리하여 결국 성화(聖化)의 길은 속죄의 길뿐임을 교시하는 작품을 작가는 내놓는데, 그 소설이 「샘 섬」이다. 중편이라고 할 수 있는 이 소설은 사건의 발생과 경과, 그리고 상당한 시간이 흐른 뒤에 추적되는 그 결과와 의미가 깊은 울림으로 다가온다. 그리고 무엇보다 의미를 상세히 음미할 필요가 있다. 죄와 기독교와의 관계에 대한 작품 속 직접적인 진술은 이미 앞서 인용한 바 있는데 이 문제가 왜 소환되었는지 이 소설의 내용을 통해서 확인할 수 있다. 소설 화자에 의해 제시되는 주인공은 이제 노인이 된 인물이다.

> 노인이 월산리에 나타난 것은 샘섬에 가기 위해서였다. 그러면 그는 왜 거길 가려고 했을까? 그는 무슨 약인가를 먹는다고 했다. [······] 그가 노인이고 환자라는 것. 그것이 그의 행동의 동기를 어떤 식으로든 이루고 있으리라는 추정은 어렵지 않게 할 수 있었다. [······] 늙고 병든 그의 몸과 마음을 지배하고 있는 것은 그러면 무어란 말인가? 보다 깊고 더 엄격한 동기가 있으리라고 추측하는 것이 자연스럽지 않은가. 그것은 기억의 영역에 붙박여 있는 어떤 심리적 인자일 것이다. (「샘섬」, pp. 96~97)

이 소설의 공간은 6·25전쟁 시절의 남쪽 바닷가 마을, 그리고 그 앞에 있는 샘섬이라는 섬이다. 이 섬에서 어느 날 밤 산에서 내려온 사람들에 의해 30여 명의 젊은이들이 살해되는 참극이 일어났다. 이때 마을로 먹을 것을 가지러 왔던 두 사람이 죽음을 피하게 되었는데, 앞의 인용에 나오는 노인이 그중 한 사람이었다. 게다가 노인은 참극 가운데 발생했던 간통 사건의 용의자이기도 했는데, 이 일들은 밖으로 알려지지 않은 터였다. 소설은 화자들과 더불어 진행되며 죄의식에 시달리는 노인의 고통과 죽음을 알려주면서 속죄의 길을 암시한다. 많은 인명의 희생에 연루된 죄의식, 그리고 젊은 과부와의 간통 사건과 그녀의 죽음에 대한 통절한 속죄의 대가로 샘섬의 동굴 안에서 그가 스스로 죽어가는 장면은 죄와 속죄, 그리고 거기에 개입된 성의 문제를 분리될 수 없는 복합적인 것으로 포착하고 있다.

노인은 샘섬에 가서 죽겠다고 했다. 그 안타까운 소망은 어디서 온 것일까? 그렇게 하면 샘섬이 다시 살아나기라도 할 거라고 생각한 것일까? [……] 노인은 몇 차례에 걸쳐 샘섬을 원래대로 만들려고 애를 썼다. 그는 맑고 시원한 물이 솟고 나무와 풀들이 자라는 샘섬을 보려고 했다. 그는 왜 그렇게 샘섬을 원래대로 푸르게 만드는 데 집착했을까? 아마도 그는, 윤두의 짐작대로, 샘섬을 자기의 영혼과 동일시했던 것 같다. 샘섬의 회복은 곧 그의 영혼의 회복이었을 것이다. 그리고 그것은 그 섬에 떠돌고 있는 억울한 원혼들의 한을 풀어주고 그들의 용서를 얻어내는 일이기도 했을 것이다.(「샘 섬」, p. 113)

이 문제는 살인, 그리고 간통과 같은 죄의 회복이 과연 가능할 것이며, 가능하다면 어떤 식으로 이루어질 수 있을 것인지를 묻는 침통한 질문이며, 문학의 오랜 숙제이다. 괴테가 물었고 도스토옙스키가 매달렸으며 카뮈가 괴로워했던가.[3] 「샘 섬」의 노인은 그가 간통의

---

3) 이들 작가 이외에도 모든 문학은 사실상 이 문제에 매달리는 것을 숙명으로 한다. 도스토옙스키의 소설 『죄와 벌』의 제목이 단적으로 이를 증명한다. "그러나 나는 보리라, 피살자가 부활하여 살해자를 껴안는 것을." 절규하는 작가의 음성에서 해결되기 힘든 고통이 감지된다. 발터 옌스·한스 큉, 『문학과 종교』, 김주연 옮김, 문학과지성사, 2019, p. 354.
여기서 옌스는 또 알베르 카뮈의 실존과 신앙이 배치되는 것이 아님도 역설한다. 요컨대 '죄'로 드러나고 있는 인간의 실존이 구원받을 수 있는 종교적 가능성에 대한 질문은 치열하며, 「샘 섬」은 우리 현대문학에서도 이 문제를 깊이 있게 제기한 수작이다.

직접적인 당사자로 밝혀지고 있는 것과는 달리 샘섬에서 발생한 학살 사건에 어떻게 연루되었는지는 직접적으로 설명되지 않고 있다. 그럼에도 그는 샘섬 사건에 대해서 아주 깊이 고통스러워한다. 사건 이후 샘섬의 물이 마르고 나무도 죽어가는 현실이 모두 자신의 죄업으로 말미암은 것이라는 자책 때문에 샘섬을 원래대로 푸르게 만드는 일에 집착한다. 그 일이 자신의 영혼을 회복하는 일이라는 깊은 자의식은 결국 육신의 죽음조차 넘어섰던 것이다. 물론 젊은 날 자신의 육체적 욕망으로 인한 한 여성의 억울한 죽음에 대한 속죄의 고통도 『구약성서』의 다윗 사건4)과 결부되면서 그의 죽음을 재촉한 원인으로 밝혀진다. 요컨대 노인의 젊은 날 죄과는 그 자체로 충분한데, 그 속죄의 길을 작가는 노인 스스로의 죽음을 통해 마련하고 있다는 사실이다. 아니다! 노인의 자살이 문제를 해결한 것이 아니다. 작가는 말한다.

그의 영혼이 자유를 누린다는 것은 그들의 용서를 전제로만 가능한 일이었을 테니까. [……] 그는 용서받지 못했고 죄책감은 깊어갔고 그의 영혼은 회복될 수 없었다. 샘섬이 그런 것처럼 그의 영혼은 더욱 황폐해져 갔다. 그렇게 세월이 흘러갔다. 깊고 질긴 죄의식이 그의 평생을 따라다녔다. [……] 그것은 자기 목숨을 제물로 바치는 일이었다. 자기 몸을 바쳐 제사를 지내는 일, 그렇게 해서 그는, 시대와 원혼들의

---

4) 이스라엘 왕 다윗이 부하 장군 우리아의 아내 밧세바를 범하고 우리아를 위험한 전장에 내보내어 죽게 한 사건. 다윗은 이를 참회하고 고통스러워했다. 『구약성서』의 「사무엘 하」 11장 전편 참조.

용서를 끌어내고 샘섬에 다시 물이 솟게 하려고 했다. (「샘 섬」, p. 113)

「샘 섬」을 담고 있는 『목련공원』 이후 이승우의 문학은 한동안 혼선에 빠진 듯이 보인다. 『사람들은 자기 집에 무엇이 있는지도 모른다』 『나는 아주 오래 살 것이다』와 같은 두 권의 소설집이 이러한 현상을 극명하게 드러내는데, 이 작품들에서는 얼핏 엽기적인 광경을 보여주면서 성(性)과 성(聖)이 제 궤도에 오르지 못할 때에 일어날 수 있는 일탈의 모습들이 펼쳐진다. 일탈은 사람들이 집을 갖지 못하거나, 집이 있어도 그 집이 괴기하고 파괴적으로 나타나거나, 집을 거부하고 떠돌거나 하는 무주거(無住居)의 불안한 현상으로 그려진다. 요컨대 집이 없는 것이다. 이 집 없음의 문제는 앞서 아버지의 부재 내지 결핍이라는 문제와 결부되어 살펴졌는데, 여기서는 다시 정착하지 못하는 성(性)의 문제와 연관되어 관찰된다. 그것은 불안의 문제다.

사람들은 집이 없으면 불안하다. 그러나 불안하기에 집이 없을 수 있다. 그렇다면 성과의 관련성은? 성(性)을 떠나서 성(聖)으로의 지향을 실천하지 못할 때 집은 흔들린다. 그 좋은 보기가 「하루」「멀고 먼 관계」「하늘에는 집이 없다」(소설집 『사람들은 자기 집에 무엇이 있는지도 모른다』 수록)와 같은 소설들이다. 「하루」에는 알 수 없는 노인 남성에 의해 집이 무단 점거되고, 그에 의해 유린·오염된다는 엽기적인 내용이 등장한다. 남편의 작은아버지라고 참칭하는 남성은 역시 알지 못하는 인물들의 도움을 받으면서 집 안으로 들이닥치는데, 이때 집의 주인이자 가장 되는 남편과는 연락이 두절된다. 그의 침입 당시 반강제로 문을 열어준 아내는 불가피하게 집을 비우게 되고 노인 남성은 제멋대로 집을 휘젓고 다니는데 똥과 같은 오물은 물론, 집안 여기저기 정액을 흘리고 다닌다는 점에서 통제되지 않는 성(性)의 더러운 타락상이 여과 없이 노출된다. 그것은 집 잃은 성(性)의 부패와 악이라고 이름 지어 틀릴 것이 없는 모습이다. 말을 바꾸면 성(聖)으로 향하지 못하는 성(性)의 추락상이다. 앞서 살펴보았듯이 단편 「멀고먼 관계」의 주인공 여성은 아무도 출근하지 않는 회사 창립 기념일에 회사에 출근한다. 순전히 집에서 보내는 시간이 불편했기 때문이다. 혼자 있는 사무실은 내면에 웅크리고 있던 무언가가 기지개를 켜는 데에 유혹적이었다. 저절로 흥분이 되었고, 그리하여 최면에 걸린 듯 옷을 모두 벗는다. 그러나 그 상황이 지나간 이후, 집이 있되 집을 잃은 모습을 소설은 처연하게 묘사하고 있지 않은가(「멀고 먼 관계」, 『사람들은 자기 집에 무엇이 있는지도 모른다』, pp. 167~68).

3부

사랑, 내려오다

1.

성과 사랑

성과 사랑의 분리

자, 그렇다면 성(性)과 사랑은 이승우에게서 다정하게 이웃해 있는가. 아니다. 성과 사랑은 이승우에 있어서 멀리 떨어져 있고, 이것이 그의 비극이자 소설의 주제가 된다. 성에서 욕망이 가동되고, 이 욕망은 다시 성적 욕망이 되어서 그의 글쓰기를 추동한다. 그러나 주이상스라는 말이 의미하듯이 그 성과 욕망은 괴롭다. 사실 이승우에게 있어서 그 고통스러운 쾌락은, 말의 온전한 의미에서의 쾌락이 되지 못한다. 그는 성욕의 현장 가운데 늘 죄책감을 가진다. 거칠게 요약하면, 이승우의 소설은 죄책감의 산물로서, 그것은 성보다 더 넓은 의미의 사랑을 그가 생래적으로 지향하고 있다는 말이 된다. 말하자면 성을 육체적으로 껴안고 있는 이승우는 바로 그 때문에 사랑을 자각하는데, 그것은 욕망의 자연스러운 발화로서의 사랑이 아닌, 성적 욕망을 감추지 못하고 드러내었다는 자책이 유발하고 있는 결과로서의, 그러니까 일종의 귀책으로서의 사랑을 인식하는 것이다. 그의 소설 작업 전반기의 끝 무렵이라고 할 수 있는 1996년에 씌어진 장편 『사랑의 전설』에 나오는 다음 대사의 의미가 함축적이다.

"그래요, 규진 씨는 사랑하기를 두려워하고 있어요. 아니면 새로운 사랑을 두려워하고 있다고 해야 하겠죠. [……]"
"빗나갔어요. 나는 사랑을 부정하고 있는게 아니라 결혼 또는 동거 상태를 부정하고 있는 거예요."
"유감스럽게도 나에게는 그것이 분리되지 않아요. 사랑은 하되 결혼은 하지 않는다는 건가요?"
"아니, 그렇게 결론 내리지는 말아요. [……]"(『사랑의 전설』, p. 50)

사랑에 대한 이승우의 집중은 집착이라고 할 정도로 끈질기고 뜨겁다. 당연히 그것은 이승우 문학의 주제가 된다. 그러나 사랑은 복잡하고, 따라서 그의 주제도 당연히 심층적인 깊이를 가지며, 달콤하면서도 난해한 분위기로 가득 차 있다. 그 분위기는 경쾌하면서도 어둡고, 관능적이면서도 초월적이다. 요컨대 이중적이다. 모순이라고 부를 수 있는 거대한 양면성에의 도전이라고 할 만한 이 주제는 형이상적 초월성에 대한 접근을 즐기는 이 작가로서는 궁극에 이르는 길이라고 할 수 있는데, 이승우의 세계 전반에 대한 탐구에 앞서 모순의 사랑 그 자체에 대한 분석 일반이 소환될 필요가 있다.

자, 사랑은 왜 모순인가. 사전적 의미에서 먼저 그 배경을 살펴보자.[1] 사랑은 널리 인정되듯이 근본적으로 이기적인 면과 이타적인 면의 양면성을 지니고 있는데, 바로 문학이 이 양면성을 속성으로 하면서 그 주위를 맴돌고 있다. 그러나 현대 한국문학의 경우 이 문제를 본격적인 주제로 한 작가나 작품은 드물다. 이승우의 작품 세계가 주목되는 까닭은 이렇듯 주제의 본격적인 무게감과, 그리고 제대로 다루어지지 못해온 희소성에 기인한다고 할 수 있다. 사랑의 이기적인 속성과 관련해서는 인간성의 추구, 혹은 욕망의 측면에서 근대 이후의 문학이 전반적으로 이와 연관되어 있으므로 비교적 활발하게 다루어져왔다고 할 수 있다. 그러나 사랑의 이타성 문제는 문학이 계몽주의와 자연주의, 그리하여 넓은 의미의 모더니즘과 연결되면서 그 범주에서 자연스럽게 멀어지게 되었고 차라리 종교의 영역에 가까운 것으로 치부되는 경향으로 넘어갔다고 할 수 있다. 그러나 이타성 문제는 그 출발이 지식에 대한 사랑, 즉 철학Philosophi이라는 점을 상기해볼 때 문학과의 연관은 운명적이라고 할 만하다. 그리스어로 Philia란 우정 아닌가. 지식에 대한 우정이 철학이고 '우정'이 발전

---

1) 기독교에서 흔히 헤세드Chesed라는 히브리어의 번역으로 쓰이는데 하나님이 그의 백성들에 대한 '언약에 기원한 하나님의 불변의 사랑'(「신명기」 7장 12절, 「미가」 7장 20절)을 의미한다. 사전적인 의미로서는 두 가지, '한국민족문학대백과사전'과 '위키백과'를 참고할 수 있다. 전자에 의하면 사랑은 "사람이나 존재를 아끼고 위하여 정성과 힘을 다하는 마음"이다. "사랑은 가장 따뜻한, 가장 바람직한 인간관계"이며, "또한 그러한 관계를 맺고 지켜가고자 하는 마음이자 마음의 움직임"이라고 설명하는데, 이 설명은 매우 포괄적이다. 사랑과 같은 전통적인 정서에 대한 설명은 일반적으로 동양적인 것과 서양적인 것(그리스적인 것과 기독교적인 것을 함께 아우르는)으로 구별될 수 있는데 '한국민족문화대백과사전' 쪽은 양자를 포괄하면서도 다분히 동양적인 접근을 보여준다. 반면에 '위키백과' 설명은 서양적인 것을 포함하면서 보다 구체적이다. 가령 사랑의 종류를 여섯 가지로 분류하면서 고대 그리스적인 것을 소개한다든지 생물학적 관점까지 보여주는 점 등이 훨씬 상세하다고 할 수 있다. 특히 이타적 사랑과 소유로서의 사랑의 분류는 사랑의 모순적 구조와 관습, 전통을 사전적으로 규정하고 있다는 점에서 구별된다.

하면 '헌신'이고, 그 연장선상에 '희생'이 있지 않은가. 이기성과 이타성은 이처럼 막대기의 양 끝처럼 서로 시작이며 끝이고 상호 의존적이며 상호 발전적이어서, 모순이라는 어휘처럼 상호 적대적이지는 않다. 상호 발전적인 이 모순의 성격은 문학에서 가장 효과적으로 해명이 가능하며, 그 과정 자체가 매우 문학적이다. 그런데도 오늘의 문학에서 이 주제가 작가들에게 절실한 문제로 인식되지 못하고 있는 현실은 매우 안타까운 일이며, 한국문학의 깊이를 위해서도 아쉬운 일이다. 이 문제에 대한 이승우의 도전은 작가 개인을 위해서도 뜻깊을뿐더러 한국문학 전체를 위해서도 바람직한 일로 받아들여질 만하다. 그 모순의 터널을 뚫고 나아가는 작가와의 동행은 그런 의미에서 소중하다.

　　모든 사랑은 자기 사랑이다. 사랑이 타인을 향할 때도 사정은 마찬가지다. 그 경우에 그 사람은 타인을 사랑하는 자기를 사랑하는 것에 지나지 않는다. (「멀고먼 관계」, 『사람들은 자기 집에 무엇이 있는지도 모른다』, p. 152)

　　사랑의 이기성은 사랑의 이타성 때문에 스스로 견디지 못한다. 이 문제의 심각성을 인식한 최근의 한 철학자는 『에로스의 종말』이라는 책자를 통해 포스트 휴먼까지 거론되는 오늘의 사회와 결부해서 그 핵심을 파헤친 바 있다. 성과 사랑은 동행하는가. 서로 파괴하는가. 이승우의 고민은 실로 현대사회의 고민에 직접적으로 맞닿아 있었던 것이다.[2] 이 책의 저자 한병철은 성과 사랑이 맞서서 갈등하지 않는 상황을 오히려 개탄한다. 성과 사랑은 동행한다는 것이다. 양자는 초월하지도 위반하지도 않는, 즉 부정성이 상실되고 있다는 것이다.

모든 삶의 영역이 긍정성을 향해 나아가고 있는 가운데 사랑도 위험을 감수하지 않고 과잉이나 광기에 빠지지 않은 채 즐길 수 있는 소비의 공식에 따라 길들여진다. 모든 부정성, 부정의 감정은 회피된다. 고통과 열정은 안락한 감정과 아무 흔적도 남기지 않는 흥분에 자리를 내준다. 속성 섹스의 시대, 즉흥적 섹스, 긴장 해소를 위한 섹스가 가능한 시대에는 성애 역시 모든 부정성을 상실한다.[3]

이런 의미에서 이승우의 성과 사랑은 그 관계가 반부정적이며, 결국 총체적인 의미에서 비판적이다. 성과 사랑이 별 갈등 없이 성애의 형태로 지속되는 현실에 이승우는 적응하지 못하고 있는 셈이다. 성은 욕망의 발현이며 사랑은 '자기 사랑'이라는 자의식에 그는 철저히 함몰되어 있으므로 성과 사랑은 싸우게 된다. 성은 극복되어야 하는 어떤 것이며, 사랑은 그보다 숭고한 것이리라는 잠재의식 가운데에는 이미 종교적 초월성이 내재해 있는 것이다. 대부분의 소설이 이러

---

2) "따라서 이 책은 진정한 사랑의 최소 조건, 즉 사랑을 위해서는 타자의 발견을 위해 자아를 파괴할 수 있는 용기가 필요하다는 데 대한 철두철미한 논증인 동시에, 전적으로 안락함과 나르시시즘적 만족 외에는 관심이 없는 오늘의 세계에서 에로스의 싹을 짓누르고 있는 온갖 함정과 위협 들을 집중적으로 살펴볼 수 있게 해준다." 알랭 바디우 서문, 「사랑의 재발명」(한병철, 『에로스의 종말』, 김태환 옮김, 문학과지성사, 2015, p. 6).
3) 같은 책, p. 51.

한 의식 아래에 있지만, 대표작 중 하나라고 할 수 있는 『식물들의 사생활』에서 그 양상은 상징의 전형을 이룬다. 부/모와 형/아우로 되어 있는 주인공 가정의 의식 가운데 자리 잡은 그 구도와 전개 과정이 심상치 않은 것이다. 소설에서 성과 사랑의 두 요소를 한마음에 지니고 이 작업을 해내고 있는 대표적인 인물이 바로 주인공 화자인 '나'의 어머니이다.

불구인 큰아들의 성욕을 처리해주기 위해서 그를 업고 사창가를 방문하는 '나'의 어머니는 그 자체로 엽기적인 설정이다. 그러나 그녀는 별 내면의 번민을 보이지 않은 채 그 일을 묵묵히 수행한다. 그 일은 그저 밥 먹고 배설하는 행위처럼 일상적일 뿐이다. 아들의 모습은 참담해 보이지만 어머니의 "걸음걸이는 익숙하고 당당해"(p. 23) 보이기까지 한다. 이러한 행동은 두 아들들에게는 수치스럽고 역겨운 일이었으나 어머니에게는 자연스러운 일이었는데, 그도 그럴 것이 그녀에게 있어서 성은 육체에 속한 것일 뿐, 정신이 얽매이는 것은 지양되어야 할 과제였던 것이다. 두 아들, 특히 화자인 '나'는 마음속에 일어나는 격정, 슬픔, 절망에 그저 속수무책일 따름이다. 어머니는 사창가를 통해 아들의 동물적 성욕을 풀어줌으로써 그를 정신적으로 살려내려고 한다. 이러한 구도에는 성은 육체적으로 지양되어야 할 거친 원자재라는 인식과 함께 그 과정과 결과가 정신적으로 선한 것이어야 한다는 의식이 병존해 있다. 이 의식은 큰아들, 즉 '나'의 형의 의식으로도 감염되어 성이 나무라는 상징으로 지양, 발전하는 모습을 드러낸다.

"매끈한 나무 줄기가 날씬한 여자의 나신을 연상시켜." 형은 취한 것처럼 말했다. 정말 황홀한 것은 흰 꽃이지. 5월이니까 조금 있으면 꽃이 필 거야. 땅을 향해 고개를 숙이고 있는 때죽나무의 흰 꽃들은 은종 같아. 그 아래 서 있으면 딸랑딸랑 종소리가 울리는 것만 같지." [……] 깊은 바다에 떨어지는 것 같은 형의 말은 계속되었다. "그런데 저 매끈하고 날씬한 때죽나무가, 무슨 사연일까, 굵고 우람한 소나무를 휘감고 있거든. 심상치가 않아." [……] 무엇보다 내 눈에 그가 묘사한 그 까무잡잡한 피부의 날씬한 여인을 연상시킨다는 때죽나무가 보이지 않는 것이 문제였다. [……] "내 몸 속의 이 치욕을, 이 슬픔을 어떻게 하면 좋으냐?" 형의 목소리가 때죽나무가 소나무를 휘감고 있을 검은 숲속으로 스며들었다. (『식물들의 사생활』, pp. 47~48)[4]

형은 성욕에 함몰되어 있는 자신의 성을 치욕과 슬픔으로 받아들인다. 그는 돈으로 산 여자와의 관계가 끝난 뒤 숲속으로 곧잘 산책을 하는데, 거기서 때죽나무라는, 꽤 관능적인 모습의 나무를 발견하고 매혹된다. 그가 처음으로 성을 나무라는 식물에 빗대어 승화시키는 장면이다. 나무를 향한 어머니와 형, 혹은 이 가족(나중에는 아버지까지 경건한 반응을 보인다[5])의 열정, 거의 경배라고 불러도 좋을 관심은 그 이후 깊이를 배가시킨다. 소설의 내용상 일련의 사건에 가

---

4) 이하 인용 시 쪽수만 밝힌다.
5) "아버지는 나무에게 사랑과 믿음을 표현하라고 충고했다. 나는 좀 어처구니없는 표정을 짓고 어떻게요? 하고 물었다. '마음속에서 사랑이 우러나와야 한다.' 아버지의 설명이었다. 손으로 부드럽게 속삭이면서 사랑한다고 속삭여봐라, 하고 아버지가 덧붙였다. '식물의 피부는 너의 손을 통해 너의 마음을 지각한다.'"(『식물들의 사생활』, p. 138)

장 덜 개입되어 있는 아버지가 보여주는 나무에 대한 교훈적 진술은 오히려 성으로부터 사랑으로 옮겨가는 직접적인 사다리 같은 역할을 한다. 잠언을 연상시키는 나무의 상징적 언어인데, 그 모습은 상징 이상의 현실감으로서 작용한다. 다소 긴 인용이다.

"식물들은 사람의 마음을 읽는다. 설명할 수는 없지만 식물들은 감각을 뛰어넘는 놀라운 지각 능력을 가지고 있다고 한다. 나무꾼이 다가가면 부들부들 떠는 떡갈나무, 토끼가 다가가면 사색이 되는 홍당무에 대한 기사가 어떤 잡지에 실렸었다. 식물도 감정을 가진 생명이다. [……] 사람과 마찬가지로 식물과 교감하기 위해서도 진실해야 한다." 아버지는 교사처럼 말했다. 나는 진실해지려고, 진실로 그 나무를 사랑한다고 마음먹으려고 애를 썼다. [……] 그날 밤에 나는 아버지가 한 그루의 나무로 변신하는 꿈을 꾸었다, 아버지의 몸에서 뿌리가 나오고 가지가 뻗고 잎이 생겼다. [……] 싱싱한 바다를 배경으로 깎아지른 듯한 절벽 위에 한 그루의 야자나무가 섰다. 나무가 만든 그림자는 지상의 끝을 향해 줄달음쳤다. 그 아래 알몸의 여자와 알몸의 남자가 누웠다. [……] 그리하여 두 사람은 마침내 한 사람이 되었다. 야자나무 이파리가 하나 툭 떨어지더니 그들의 몸을 덮었다. 내 꿈은 거기서 끝났다. 나는 거기서 이불을 걷어차며 꿈 밖으로 뛰쳐나왔다. (pp. 139~41)

사랑이, 남녀 간의 사랑이 한 몸의 형태로 이루어졌는데, 그것은 꿈속에서 나무의 형상으로 만들어진 것이었다. 말하자면 환상 속의 사랑, 나무가 된 사랑이다. 그러나 놀라워라, 이 환상은 환상이 아니다. 소설 속의 현몽, 혹은 현신일지언정 그것은 실재로 나타난다. 아들의 꿈속에서가 아니라 그 아들이 두 눈으로 똑똑히 목격한 현실 속에서 어머니의 실제 행위를 통해서 실현된다. 그 현장은 이렇다.

> 그들의 몸은 대칭을 이루며 한 몸을 만들었다. 그들의 몸은 대칭을 이루며 한 그루의 나무가 되었다. 마치 이제야 완전한 한 몸을 찾은 것처럼 그들의 몸은 자연스럽고 아름답고 신성해 보이기까지 했다. 하늘과 땅, 그리고 바다, 어쩌면 지하 세계까지 관통하고 있을 한 그루의 야생의 나무가 감정과 감각의 체계를 헝클어놓았기 때문일까. (p. 131)

어머니에게는 젊은 날 사랑하는 남자가 있었으나 불가피하게 헤어지게 되었고, '나'의 아버지인 지금의 남편과는 그 이후 결혼하게 되었다. 화자인 아들의 형, 곧 큰아들은 사랑하던 남자의 자식인데, 세월이 흐른 어느 날 어머니의 남자는 병든 몸이 되어 남촌이라는 시골 마을로 스며든다. 거기서 둘은 재회하지만 남자는 곧 병사한다. 그들 사랑의 화신처럼 큰 키로 커 있는 야자나무는 젊은 날 그들이 씨로 심어놓은 것의 열매이다. 그들 사랑의 이야기는 그 자체로는 멜로이지만, 중요한 것은 사랑과 나무와의 상징 관계이다. 사랑은 자연스럽게 성으로 발전하고, 성은 다시 깊은 사랑으로 발전하는데 그 깊이로 인하여 현실의 상응을 얻지 못하고 상징화된다. 여기서 나무가 심어지고 나무가 자란다. 이러한 성장의 도표 안에서 이승우의 성과 사랑은 발전적으로 마주 보는 관계가 된다. 그러나 그 사이에 나무 상징이 있다는 점이 기록되어야 할 것이다.

상징을 통해서라도 성과 사랑이 화평의 모습으로 존재한다는 사실은 이승우의 사랑 – 문학 안에서 매우 긍정적인 평가를 얻을 수 있을 것이다. 그러나 이 소설에서는 양자가 각각 독립적인 요소로서 자체에 대해 탐닉 내지 천착함으로써 상호 불화를 야기하는 과정이 없는, 두 남녀의 헌신적 사랑이 돋보이는 경우이기 때문에 갈등 이후의 화평이라는 측면은 아예 제기되지 않는다. 이런 의미에서는 『에로스의 종말』의 저자가 염려하듯 성애가 부정성을 상실하지 않고 과잉에 빠진 경우라고, 즉 에로스가 여전히 살아 있는 상황이라고, 일반적인 개탄으로부터 면제되어도 좋은 걸까. 『에로스의 종말』이 개탄하는 것은 성에 의해 사랑이, 그리고 사랑에 의해 성이 손쉽게 따라가는 국면일 것이다. 이러한 국면은 사실 새삼스러운 일이 아니다.

성적 욕망은 대부분의 사람들 마음속에서 사랑이라는 관념과 짝을 이루고 있기 때문에 사람들은 육체적으로 서로를 원할 때 서로 사랑하고 있다는 잘못된 결론에 도달하기 쉽다.
사랑은 성적 결합의 소망을 일으킬 수 있다. [……] 성적 매력은 순간적으로 합일의 환상을 일으키지만 사랑이 없는 한, 이러한 '합일'은 낯선 사람들을 이전과 마찬가지로 멀리 떨어져 있게 한다. 때로 이러한 '합일'은 서로 부끄러워하게 하거나 심지어 서로 미워하게 만든다.[6]

---

6) 에리히 프롬, 『사랑의 기술』, 황문수 옮김, 문예출판사, 2019, pp. 85~86.

널리 알려진 『사랑의 기술』에서 프롬이 벌써 말했듯이 성과 사랑은 짝을 이루지만 그 상태가 늘 화평을 이루는 것은 아니다. 성의 합일이 오히려 사랑의 합일을 이루고 있다는 착각을 가져오기 십상이다. 사랑 없는 성은 수치나 증오까지도 유발할 수 있다는 것이 그의 견해인데, 기본적으로 이승우의 생각도 이와 유사하다. 많은 경우 이러한 상황은 그것이 자연스러운 생리이기라도 한 듯 간과된다. 그러나 이승우는 여기서 유발된 수치나 증오를 그대로 지나가지 않는다. 그의 소설은 성과 사랑 사이의 고통스러운 계곡에 머무는 것이다. 프롬은 이때 그 수치와 증오의 이유가 사랑이 환상이었음을 말해주는 증거라고 본다. 그렇지 않다면 두 사람 사이에 발생한 사랑은 타자에게도 적용되고 확산되어야 할 터인데, 그렇기는커녕 두 사람은 타자에게서 분리되는 이기주의로 넘어가며, 이 이기성은 성을 나눈 두 파트너 사이에서도 그대로 폭발한다. 이기주의는 독점욕을 거느리는 배타성을 띠기 마련인데, 배타성이야말로 진정한 사랑과는 반대의 자리에 앉아 있는 혐오이기 때문이다.

이승우가 사랑의 진로와 결실을 나무에게서 찾은 것은 그러므로 충분히 문학적이며, 거의 종교적인 논리의 세계로 들어갔다고 할 수 있을 것이다. 나무로의 빙의는 상징이기에 문학적이라는 평가를 받을 수 있고, 인간주의적 세속의 배타성을 넘어섬으로써 초월의 자리로 나아갔기에 종교적이라는 판단과 만날 수 있다. 이승우의 소설, 특히 사랑을 중심으로 한 추적의 문학이 끈질긴 탐구를 놓지 않음으로써 필경 종교적 질문과 분석의 길로 나아가고 있는 것은 이런 관점에서 피할 수 없는 진로일 것이다. 더욱이 그 주제가 사랑으로 떠오른다면 종교적 이해와 지식이 필요 불가결한 작업이 된다. 이제 소설의 후반부에서 전개되는 성과 사랑의 얽힘의 현장 속으로 더 들어가 보자. 나무가 됨으로써 그들의 욕망은 과연 승화되었는가.

사랑하던 남자가 소나무가 되어 있음을 알게 된 그녀는 숲의 신에게 애원한다. "이 사람처럼 나도 나무가 되게 해주세요. 이 사람 옆에 붙어서 이 사람과 함께 이 숲속에서 살게 해주세요." 연인들에게 우호적인 숲의 신은 그의 부탁을 들어주었던 것처럼 그녀의 부탁을 들어준다. 그녀는 매끄러운 몸을 그대로 유지한 채 나무가 된다. (p. 245)

애인 순미가 변해서 된 나무는 애인 우현이 변해서 된 나무에 달라붙는다. 줄기와 뿌리가 서로 엉키는 두 나무는 나무가 된 뒤에도 욕망과 사랑의 감정이 사라지지 않는 것으로 묘사된다. 오히려 나무가 된 뒤에 욕망과 사랑을 거침없이 드러낸다고 소설은 말한다. 나무가 됨으로써 사람으로 있을 때 이룰 수 없었던 사랑을 마음껏 누린다는 것이다. 큰 욕망과 간절한 사랑이 그들을 나무가 되게 하였다. 이러한 소설 발전은 이미 환상적 동화가 아니라면 종교의 세계에 들어와 있다고 할 수 있다. 또는 이 두 가지가 교류하는 문학의 새로운 장르를 형성하고 평가를 대기해도 좋을는지 모른다. 그러나 이러한 논리의 발전은 아직 성급해 보인다. 무엇보다 나무가 된 뒤에도 얽혀 있는 사랑과 성은 그것들을 포기할 수 없는 욕망의 변형인가 하는 질문이 남아 있기 때문이다. 사람이 나무로 그 모습만 달라졌을 뿐 에너지는 그대로라는 말 아닌가. 『그림동화』와 『이솝 우화』에 나오는 숲한 변태들이 떠오른다.[7] 게다가 성과 사랑의 상관관계는 여기서 여전히 풀리지 않는다. 나무로의 변형 과정을 통해 성과 사랑 양자는 한꺼번에 그대로 동일화되는 양상을 보여줌으로써 이것이 과연 소설적 발전인지 애매해지는 것이다.

변형의 복잡한 과정과 의미를 생각할 때 중기 이후 이승우 소설의 전개 양상이 자못 주목되지 않을 수 없다. 아울러 성과 사랑의 갈등과 싸움을 통하여 욕망을 지우려는 욕망을 큰 틀에서 터득하게 되었다는 점도 함께 주목된다. 라캉을 휘몰아쳤던 이러한 인식의 폭풍은 나무로 존재 초월을 강행하는 욕망과 연결된다.

그가 진정으로 소망한 것은 이 세상에서의 자리 찾기를 포기하고만 자신을 괴로워하지 않을 수 있는 초월의 정신이거나 무감각이었을 거라는 생각은 나를 당혹스럽게 만들었다. 그것은 존재의 변신을 통해서만 가능한 일이 아닌가. 지금의 존재를 버리고 전혀 다른 존재가 되기를 바라는 그의 변신에 대한 꿈은 얼마나 크고 절망적인 욕망인가. 존재를 건너뛰려는 욕망만큼 절망적인 욕망이 어디에 있는가. (pp. 253~54)

---

7) 사람과 동식물 사이의 숱한 변신은 모든 우화와 동화의 기본적인 구조 설정이다.

성적 타락의 아이러니

『식물들의 사생활』 이후 2000년대에 들어서서 이승우는 『사람들은 자기 집에 무엇이 있는지도 모른다』 『나는 아주 오래 살 것이다』 『오래된 일기』 『신중한 사람』 등의 소설집을 내놓은 다음 장편 『사랑의 생애』를 2017년에 상자한다. 다섯 권의 초기작을 일관된 하나의 주제 아래 묶는 일은 여기서 반드시 필요해 보이지 않을 수 있다. 그러나 『식물들의 사생활』에서 고조된 사랑과 성의 문제가 그 뒤로 어떻게 전개되었는지 살펴보는 일은 미상불 중요한 일이 아닐 수 없다. 먼저 『사람들은 자기 집에 무엇이 있는지도 모른다』의 경우 성은 사랑과 분리되어 독자적인 어떤 기능을 갖기 시작하는 모습을 보여준다. 가령 다음 구절이 주목된다.

> 표지가 반쯤 뜯겨져 나간 낡은 화집의 한 페이지에서 「올랭피아」를 보는 순간 나는 그 책을 사야겠다고 마음먹었는데 그것은 그림 속의 여자가 창녀라는 해설 때문이었다. 창녀라는 단어만큼 비밀스럽고 저속하고 욕정을 끓게 하는 단어도 없었다. 나는 틈만 나면 그 그림을 들여다보며 은밀한 상상을 즐겼다. (「첫날」, 『사람들은 자기 집에 무엇이 있는지도 모른다』, p. 97)[8]

그러나 이러한 성의 세계가 아무런 내면의 갈등과 반성 없이 주어

---

8) 이하 인용 시 작품명과 쪽수만 밝힌다.

진 것은 아니다. 앞의 인용문에서의 화자인 '나'는 사춘기 청년이며, 이 소설에서 그 앞에 펼쳐진 현실은 해돋이를 보러 가는 '첫날'의 자동차 안 풍경이다. 차 안에는 부모와 삼촌, 여동생이 있고 나중엔 짐승 잡는 백정까지 가세하면서 분위기가 묘하게 흘러간다. 사춘기 청년에게는 밖으로부터 주어지는 현상이 내면에 직접적인 영향을 미치기 십상이며 여기서도 그러한 일이 발생한다. 말하자면 이런 것이다.

와, 사람들이 함성을 지른 것은 그 순간이었다. 동쪽 하늘에 붉은 기운이 감돌기 시작하고 있었다. 사람들은 여섯번째 해가 떠오르기를 간절하게 바라고 있었고, 작은 조짐도 흥분의 불씨가 되었다. 갑자기 사람들이 춤을 추기 시작했고 우리 식구들도 춤을 추었다. 누이동생은 거의 나체나 다름없는 몸을 유연하게 흔들었다. 우리는 그렇게 혼돈과 광기의 무질서 속에 들어가 있었다. (「첫날」, p. 85)

해돋이를 기다리는 군중들 사이에 일종의 이상 열기가 발생하면서 화자의 식구들을 포함한 모든 사람들이 춤을 추기 시작한 것인데 그 모습은 광란으로 표현될 정도로 무질서했다. 그리고 나체나 다름없었다고 표현될 만한 누이동생의 성적 일탈이 나타난다. 그 일탈은 광기라고 불러 무방할 정도인데, 여기서 작가는 성의 속성 자체가 바로 그 광기를 내포하고 있다는 것을 말하고자 했던 것으로 보인다. 또한 그 광기는 살기와도 상통하는 죽음의 연상association을 지닌다. 이 소설의 경우 그 소설적 연관성이 애매해 보이는 다음 두 장면이 연결되는 고리를 생각할 때 이 같은 연상은 설득력을 지닌다.

(1) 그는 어깨에 걸치고 있던 염소를 바위 위에 얌전히 내려놓고는 한 손으로 염소의 뿔을 누른 채 가방을 열었다. [……] 우리는 그가 시키는 대로 했다. 그의 손에 긴 칼이 들리는가 싶었는데, 온몸을 전류처럼 빠르게 관통하는 아찔한 기운에 못 이겨 잠간 눈을 떴다 감은 사이에 그의 칼은 염소의 늑골 사이로 깊숙이 찔러넣어져 있었다. [……] 짐승의 피는 바위를 적시고 바위 밑으로 떨어지고 바위 밑의 땅으로 스며들었다. 그런데도 그의 옷에는 신기하게도 피 한 방울 묻지 않았다. [……] 그러면 짐승들의 피가 해를 부른다는 말은 무엇의 은유지? 희생 없는 삶은 없다, 인가?[9] 새로운 시작은 누군가의, 무엇인가의 희생을 통해 이루어진다? [……] 와! 사람들이 함성을 지른 것은 그 순간이었다. (「첫날」, pp. 135~36)

(2) 와! 사람들이 함성을 지른 것은 그 순간이었다. 동쪽 하늘에 붉은 기운이 감돌기 시작하고 있었다. [……] 갑자기 사람들이 춤을 추기 시작했다. [……] 괴성을 지르고 박수를 치고 아무 사람에게나 달라붙어 자기 몸을 비볐다. [……] 시간이 갈수록 사람들의 열기는 더거세지고, 점점 광적으로 되어갔다. [……] 사람들의 열기 속에서 나

9) 피와 속죄와의 관계는 기독교를 비롯한 여러 종교들의 의식에 등장한다. 대표적인 것으로 「창세기」 22장 전체에 나오는 번제 의식이 참고될 수 있다. 아브라함에게 외아들 이삭을 바치라고 요구하는 하나님, 결국 그가 예비한 양이 번제로 바쳐지는 대목은 십자가에 속죄 제물이 된 예수 그리스도의 예표로서 상징화된다. 이 사건을 문화사적 관점에서 폭력을 통한 종교의 발생으로 바라보는 시각도 있다. 김현, 『르네 지라르 혹은 폭력의 구조』, 나남, 1987 참고.

온 환각제가 사람들을 환각 속으로 몰아넣고 있는 것이었다. [……] 반듯이 누운 채 공중에 둥둥 뜬 여자는 너덜너덜한 꽃무늬 드레스를 이미 벗어던진, 속옷까지 팽개친 알몸의 누이였다. [……] 그녀의 몸이 어느 순간 짐승들의 피가 흥건히 고인 큰 바위 위에 사뿐히 내려앉는 모습을 보았다. (「첫날」, pp. 136~40)

(1)은 염소 살해 장면과 그 의미에 대한 질문, 그리고 (2)는 여동생의 나신이 흥분한 군중들 앞에서 성적 대상으로 부각되고 있는 장면인데 두 장면은 "와! 사람들이 함성을 지른 것은 그 순간이었다"라는 문장으로 연결되고 있다. 사람들의 함성은 해가 떠오르기 시작하는 기운을 받으며 촉발된 것이지만 사건의 연계라는 측면에서 볼 때 염소의 죽음과 사람들의 광란의 시작이 거의 동시에 발생하고 있다는 점에서 그 의미에 대한 해석이 불가피하다. 작가의 지적대로 짐승의 죽음에 따른 그 피는 정말 "희생 없는 삶은 없다"라는 종교적 메시지인가. 아울러 새로운 시작의 상징은 성적 무아지경에서 정신과 영혼, 육체가 합일을 이루는 순간을 통하여 이루어지는가. 이 소설의 제목이 '첫날'인 것도 이런 관점에서 의미심장하다. 세상의 첫날은 이렇게 시작되었다는 말인가. 성과 사랑은 분리되면서, 성은 훨씬 독자적인 관능의 길로 들어서는데, 그 길이 반드시 인간의 욕정이 아닌 종교적, 신화적 의미와 연결된다는 점에서 시사하는 바가 크다.[10] 성은 그 자체로 인간을 타락시키지만, 그것을 종교처럼 우상화할 때 집단

10) 이스라엘 백성들이 악마시했던 바알 신을 믿는 부류의 종교는 이 같은 음행을 오히려 신성시했다. 「열왕기상」 18장 1~28절, 「사사기」 2장 11~13절 참고.

적인 광란의 타락으로까지 이어진다는 메시지가 함축된 소설이다. 이 소설집에는 그 밖에도 성이 사물화되고, 사랑의 요람인 집을 오히려 황폐화시키는 장면이 여러 곳에서 펼쳐진다. 가령 뚜렷한 이유 없이 사람 없는 사무실에 나와서 음란한 행위를 벌이는 가정주부를 그리고 있는 작품이 '멀고먼 관계'라는 제목을 달고 있는 것도 적잖은 의미가 있어 보인다. 특히 주인공인 그녀가 혼자서 하는 음란 행위와 자기 독백의 두 장면은 성과 사랑을 분리하기 시작한 작가의 의식을 극명하게 보여준다.

그녀의 숨은 욕망이 안에서부터 꿈틀거렸고, 그녀는 그 욕망의 부추김에 따라 다리를 벌리고 자기 가슴을 두 손으로 받쳐들었다. (「멀고먼 관계」, p. 153)

모든 사랑은 자기 사랑이다. 사랑이 타인을 향할 때도 사정은 마찬가지다. 그 경우에 그 사람은 타인을 사랑하는 자기를 사랑하는 것에 지나지 않는다. (「멀고먼 관계」, p. 152)

소설집 『사람들은 자기 집에 무엇이 있는지도 모른다』 다음의 중기작이라고 할 수 있는 『나는 아주 오래 살 것이다』에 이르면 성을 오직 육체에 의해 생산되고 육체적 기능만을 가진 존재로 파악하는 생각이 작가의식의 본류를 이루는 것 같아 보인다. 그것은 마치 성에서 사랑이 제거되고, 박탈되었을 때 일어나는 현상에 대한 실험의 장소가 소설이 아닌가 생각될 정도다. 니체는 "나에게 있어서 육체는 정신"이라고 절규한 일이 있는데, 형이상의 세계에서 유물론의 세계로 넘어가는 19세기 중반, 관념론에만 젖어 있는 독일 정신을 향한 반항의 외침으로 물론 그 의미가 받아들여질 수 있다. 그러나 정신사적 전통에 대한 고려 없이 이 선언 같은 절규와 부딪힐 때 많은 이는 당황한다. 육체가 정신이라고? 이승우도 2002년, 그가 소설집을 세상에 내놓기 시작한 지 10여 년이 지난 시점에 비슷한 고백을 한다.

[……] 온몸이 흙이었고 상처였다. 흙과 상처의 육체였다. 육체였으므로 나는 그를 의심할 수 없었고 신뢰하지 않을 수 없었다. 나는 부끄러움을 느꼈다. (『나는 아주 오래 살 것이다』, 작가의 말)[11]

여기서의 '육체'는 아마도 소설 자체를 일컫는 말이겠지만 작가 세계 전체의 흐름과 비추어볼 때, 그 이상의 함의를 지니는 것이 분명하다. 그 이유는 이 책에 수록된 여러 편의 소설들이 직접 그 까닭을 증거하고 있기 때문이다. 소설들 가운데에는 제목이 직접 그 사정을 말해주는 「육화(肉化)의 과정」이라는 작품이 있다. 엽기적인 분위기를 풍기는 이 소설의 주인공은 소설가인데, 더 정확하게 말하면 타르타로스라는 그리스신화에 나오는 까마득한 지하 세계, 죽음의 나락에 그 의식이 빠져 있는 소설가의 의식 세계이다. 돈이 없어 세상 죄를 저지르고 있는 무리들에게 몸이 저당 잡힌 꼴이 된 상황을 그리고 있는 일종의 우화이다. 불법 고리대금업을 하는 기형의 여인은 주인

---

11) 이하 인용 시 작품명과 쪽수만 밝힌다.

공 남성을 붙잡아놓고 말한다. "당신은 소설로 돈을 사고 나는 돈으로 소설을 산거야……"(『나는 아주 오래 살 것이다』, p. 155). 뿐만 아니라 그 여인은 벌거벗은 채 소설가 남성을 자기 몸 위에 올려놓고, 그는 그런 자세로 자기 소설을 읽어가면서, 말하자면 성행위를 하고 있는 것이다. 여러 우화적 장치에도 불구하고 이 소설은 다소 비현실적인 공감대를 형성하고 있지만, 이승우의 중기 소설들이 그렇듯이 이 작품은 성과 육체가 지닌 타락의 속성을 고발하는 격렬한 작의(作意)를 담고 있다. 여기서 중요하게 읽혀야 할 대목은 주인공 '그'가 자신을 가리켜 끊임없이 '살인자'라고 외치는 대목인데, 아마도 그 뜻은 자신이 행하는 일련의 비인간적, 비윤리적 행태가 사람으로서의 한계를 넘어선다는 자폭과 같은 선언적 의미를 지니는 것이 아닐까 싶다. 다른 한편 작가가 이런 소설을 '육화의 과정'이라고 부른 이유도 이 세상과 자신의 작가 세계를 향한 아이러니로서의 전환적 공개를 천명한 것이 아닐까. 이제부터는 육(肉)의 세상과 함께하겠다는……

'육의 세상'은 이처럼 아이러니로서 펼쳐진다. 영적인 세계를 사랑으로 막연히, 거의 선험적으로 생각해온 작가에게 그가 경험한 현실의 쓰디쓴 많은 부분은 사랑과 성의 화평을 쉽게 용납하지 않았다. 그러나 작가 이승우 편에서도 양자의 불화는 용납되지 않는다. 용서되지 않는 성과 사랑의 불화는 이 작품집 『나는 아주 오래 살 것이다』에서 기묘하게 폭발되는데 그것이 거대한 아이러니이다. 작품집 맨 앞과 맨 뒤에 「도살장의 책」과 「책과 함께 자다」라는 두 소설이 배치된 의도도 그렇거니와 "순결한 성욕"이라는 모순의 어법을 만들어 강조하는 저의도 아이로니컬하지 않은가. 책으로 표방되는 모범

적인 시민, 혹은 지식인의 세계가 어떻게 왜곡되는지를 보여주면서
성의 현주소는 이런 식으로 부각되고 묘사된다.

자신 안의 순결한 성욕이 그녀의 눈처럼 흰 가슴에 얼굴을 묻기를 원
했으므로 그는 그렇게 했다. 자신 안의 순결한 성욕이 그녀의 몸속으로
들어가라고 지시했으므로 그는 그렇게 했다. (「도살장의 책」, p. 32)

그러나 「도살장의 책」이라는 이 작품이 말하는 주제는 성의 사물
화라는 메시지와 함께 그것을 포함하는 세상 자체의 타락과 위선이
다. 도살장이 있던 자리에 도서관이 들어섰다는 사실은, 도서관의 낡
은 책들이 먼지를 날리며 죽어간다는 사실은 도살장이 책과 도서관
으로 탈바꿈한 현실도 문명과 지식인의 위선에 지나지 않는다는 비
판의 우화가 아닐까. 주인공 사내가 도서관의 사서 여성을 겁탈하면
서 '순결한 성욕의 지시'라고 주장하는 자기변명에는 어법의 아이러
니 뒤에 숨어 있는 책 문명 자체의 죽음이 있다. 도서관 개관식 현장
에 숨어든 그는 도살장 시절 도살자였다고 하지 않는가. 그러나 이
가운데에서도 이승우는 죽음의 종교적 의미를 짚고 넘어가는 일을
잊지 않는다.

세상의 허물과 사람의 죄를 덮어쓰고 희생되는 순결한 염소들도 사
정은 다르지 않다. 자신의 순결로 세상과 사람을 구원한다는 명분이
결국 공포를 누르고 분노를 잠재우지 않겠는가. 제사장은 단지 도살자
에 지나지 않는다. (「도살장의 책」, p. 31)

이 죽음은 소설집의 마지막에 수록된 작품 「책과 함께 자다」로 연결되는데, 그 일차적인 의미는 책과 그것이 함축하는 지식 문명 일반의 와해이겠지만, 동물 내지 생명 일반의 죽음 위에 설치되는 지식 문명의 허위와 위선에 대한 통렬한 비판이 보다 깊은 의미일 수 있을 것이다. 더 나아가 그 문명이 표방하는 사랑의 가치에 대한 의문의 제기를 통해 성적 폭력을 정당화하려는 질문이 거기에 있다. 대체 성욕을 '순결한'으로 거듭 수식하고자 하는 아이러니의 거대한 반어법은 무엇이란 말인가. "순결한 성욕이 그녀의 몸속으로 들어가라고 지시했"다라는 말은 책과 도서관의 지식 문명이 뽐내고 있는 사랑의 문화에 대한 가열한 공격의 은폐 이외 무엇이랴. 은폐의 문명이 사랑 위에 기초하고 있다면 차라리 성욕이 순수하다는 것. 분리된 성과 사랑의 무의미를 고발하면서 둘을 거칠게 섞어버리는 열기가 뜨거운 작품이다. 그렇게 이 시기는 지나간다.

이처럼 성과 사랑의 분리가 차츰 무의미해지면서 양자가 생활 속에서 자연스럽게 일상화되는 시기를 이승우 소설의 중기라고 할 수 있다. 이 시기의 상황을 평범하게, 혹은 편안하게 표현하고 있는 말을 그의 소설에서 찾아본다면 「무슨 일이든, 아무 일도」(『오래된 일기』 수록)[12]라고 할 수 있다. 이 소설에서는 밥도 안 먹고 일상을 거부하고 뒹구는 청소년 아들을 모른 척한 채 자신들의 일에만 매달려 술 마시고 사우나 하고, 골프에 미장원에 여념이 없는 부모를 안타까워

---

12) 이하 인용 시 작품명과 쪽수만 밝힌다.

하면서도 자기 역시 남자친구와 성생활을 일상화한 딸이 묘사된다. 그녀는 그런 자신에게 죄책감을 느끼지만, 그리고 남자친구와의 관계에서 내부의 소용돌이를 느끼고 남동생이 이따금 내뱉는 "집이 흔들린다"(p. 50)라는 말을 그녀 역시 뱉어내지만, 더 이상의 반성이나 저항에는 이르지 못한다. 그녀의 저항은 이 정도다. 저항이라기보다는 동화라고 하는 편이 맞을 것이다.

> 그녀는 프루트 다이어트 게임에 조금 더 열중했고, 가끔 집 근처 모텔에서 남자를 만나 섹스를 했고, 그리고 아직은 밥을 잘 먹었다. 세상은 불안한 채로 잘 굴러갔다. 무슨 일이든 일어났지만 그러나 아무 일도 일어나지 않기도 했다. (「무슨 일이든, 아무 일도」, 『오래된 일기』, p. 61)

아마도 이 같은 삶이 오늘의 많은 사람들이 누리는, 혹은 행하는 평균적인 삶의 모습이 아닐까. 위의 묘사에는 나타나 있지 않아도 적당한 양의 반성과 죄책감 또한 개입되어 있겠지만 아무튼 세상에는 '무슨 일이든' 일어나고 '아무 일도' 결정적으로 일어나지는 않는다. 적어도 일정한 시기를 끊어보면 그러하다. 그러나 물론 결국은 일어나겠지만 일상생활이란 대체로 이러할 것이다. 성과 사랑의 문제에 예민하게 천착해온 작가 이승우가 잠시 손을 놓는 듯, 평범한 일상에 동승한 듯 보이는 시기가 이때쯤이다. 물론 그 뒤에, 그리고 그 바닥에는 속물투성이의 중년 부부, 그리고 불만으로 이에 항거하는 예민한 자식이 진을 치고 있는 오염된 현실이 있다.

그러나 「무슨 일이든, 아무 일도」라는 제목의 소설에는 보다 깊은 함축이 들어 있는 듯도 하다. 거기에는 각박한 현실 가운데 이제는 성에 둔감해진 생활의 밋밋한 범속화 이외에 육체에 대한 "증오에 찬 사랑"이라는, 이른바 '근대'의 수용이 작용한다.[13] 매력적이면서도 혐오의 대상이 되는 육체가 소유한 성은 경멸되면서 갈망되는데, 이 현상은 젊은이에게로, 근대로 내려올수록 실감 있게 받아들여지면서 그 민감도는 약화된다.

사랑에서 사랑으로

소설집 『오래된 일기』에 이르러 성과 사랑이 일상적으로 얽혀들면서 '성과 사랑'이라는 관념적 주제의 해소가 서서히 눈에 띄게 되는 것은 이 시기의 주목할 만한 현상이다. 아마도 '일상화'라는 생활의 현장이 가져온 '사랑'의 생활적 측면이 나타나고 있는 것이 아닐까 일단 추측된다. 그 첫 보기가 『오래된 일기』에 수록된 작품 「실종 사례」이다. 불우한 이웃을 향한 사랑의 이타심 안에 잠재된 이기심을 스스로 자성하고 반추하는 내성(內省)을 역시 반어적 시선으로 다루고 있는 이 소설은 성과 무관한 차원에서의 사랑으로 관심이 이동되고 있다는 점에서 주제의 과도기를 보여준다고 할 수 있다. 주인공에게 채무를 지고 도주한 사람이 더 불우한 환경에 처하게 되었고, 자신은 재정상 호전의 기회를 맞게 되었을 때 채무자를 향한 측은지

---

13) "육체에 '대한 증오에 찬 사랑'은 모든 근대문화의 바탕색을 이룬다." 테오도르 W. 아도르노·M. 호르크하이머, 『계몽의 변증법』, 김유동 옮김. 문학과지성사, 2001, p. 346.

심, 그리고 다소간에 금전적인 도움을 주고자 하는 마음이 생긴다면? 그리고 재정상의 호전이 과거 채무자의 작은 도움과 관계가 있는 것이라면? 소설은 복잡한 심리 전개와 더불어 이타성/이기성의 복합적인 구조를 파고든다. 이 경우 과연 순수한 사랑, 즉 이타성은 어디까지 가능한 것인가.

사랑의 이타성에 눈뜨게 되는 각성은 일상의 각박한 현실과 무관치 않아 보인다. 초기에서 중기에 이르는 1990년대, 즉 청년기의 작가에게 있어서 현실의 무게는 성적 욕망, 혹은 욕망 그 자체가 주는 압박이었다. 이 압박은 그의 내면 의식을 중층화했고, 세계를 관념화했다. 그러나 2000년대 이후 작가의 현실은 먹고사는 문제에 바싹 가깝게 간다. 말하자면 현실은 그야말로 '현실적'이 되었고 불가피하게 '신중한 사람'(2014년에 발간된 소설집의 제목이기도 하다)이 되지 않을 수 없게 된다. '성' 문제라면 취직 전선에서 만난 술집 여성과 본의 아닌 동침을 하게 되는 "슬픈" 경험 정도인데, 그것은 주인공 남자에게나 그 여성에게나 "먹고사는 현실"과 관계된 불쌍한 이야기일 뿐이다.[14] 경제적 현실의 곤경과 어려움으로 인하여 사람들의 성격이나 행태도 초기의 편집적인 성향에서 '신중한' 방향으로 바뀌고 열정적인 예리함의 자리에 오히려 인내와 비굴함마저 나타난다. 이기성/이타성의 문제는 애인이나 부인이라고 할 수 없는 한때의 일시적

---

14) "[……] 깨어났을 때 머리가 너무 아팠고, 그때 내 옆에 누군가 누워 있었다는 것이다. 뒤척이다 손에 닿은 누군가의 물컹한 살의 감촉 때문에 깨어났는지도 모르겠다. [……] 여자는 잠꼬대하듯, 집에 가야죠, 하고 대답했다. [……] 애가 깨기 전에 들어가야죠. 들어가서 밥해주고 학교 보내야죠"(「리모컨이 필요해」, 『신중한 사람』, pp. 37~39, 문학과지성사, 2014). 이 대목은 가난이 일상이었던 1950년대 한국의 전후 소설을 연상시킨다.

인 여인과의 관계에 대한 집착에서도 기이하리만큼 끈질기게 표출된다. 이 작품에서 이 일이 그렇게 비중 있게 다루어질 만한 사건인가 의심이 들 정도로……

> 감정과 책임의 최소화, 그것이 내가 우정이든 애정이든 사람들과 관계를 맺으면서 자신의 독립성을 잃지 않는 길이라고 내세우는 방법이다. 그리고 그것이 내가 비인간적이고 이기적이라고 비난받는 이유이기도 하다. 그런 비난은 나를 자극하지 않는다. [……] "당신은 참 비인간적이고 이기적인 인간이야." 나는 부인하지 않았고 자극도 받지 않았다. 그런데도 그녀와 나의 연애가, 시시껄렁한 채로나마, 지속될 수 있었던 것은 그녀가 인간적이고 이타적이었기 때문일 것이다. (「정남진행」, pp. 195~96)

거리에서 우연히 만난 여성과 간헐적인 동거를 하는 이상한 관계의 두 남녀는 애정의 교류 같은 감정의 교환 없이 밋밋한 사이를 이어간다. 그러던 어느 날 여자 쪽에서 남쪽 지방의 정남진 여행을 집요하게 조르는데 당연히 남자는 그 제의를 거부한다. 데면데면한 처지로 멀어진 지 3년이 된 어느 날 그녀의 사망 소식을 알게 된 남자는 자연스럽게 여성의 생전을 떠올리면서 자성한다. 그러나 자성이 곧 반성은 아니며 두 사람의 관계와 그 성격에 대한 반추라고나 할 수 있을 것이다. 앞의 인용 부분이 보여주듯이 '나'는 자신이 이기적 인간임을 인정하지만, 그렇다고 해서 이타적 인간의 순수성도 인정하지 못하는, 그야말로 복합적인 구조에 부딪히며 여기서 결국 사랑의 본질에 대한 궁극적 도전의 발을 내딛는다.

아니, 어쩌면 그녀 역시 비인간적이고 이기적이었기 때문일지 모른다는 생각을 나는 가끔 한다. 그녀는 나의 비인간성과 이기주의를 견디는 척했지만, 어쩌면 그것의 다른 측면, 그러니까 불간섭과 자유를 즐기고 있었는지 모른다. [……] 가령 그녀는 며칠씩 내 방에 머물기도 했지만, 한 달이 다 되도록 전화 한통 걸어오지 않은 적도 있었다. 이 역시 이기주의자의 자기합리화 내지 억지라는 지적 또한 나는 받아들인다. (「정남진행」, p. 196)

우려하던 일이 일어났다. 오랫동안 잘 유지해오던 견고한 비인간성과 튼튼한 이기주의의 댐이 넘실대는 물결을 막아내지 못했다. [……] 정남진이라는 지명은 눈에 띄지 않았다. 기억 속을 휘젓자 전남 장흥군까지 떠올랐다. 나는 볼펜으로 장흥군에 동그라미 표시를 했다. 안전벨트를 매고 시동을 걸었다. (「정남진행」, pp. 207~08)

사랑은 반드시 성을 수반하거나 그 결과물인 것만은 아니며, 더욱이 남녀 사이에서만 발생하는 것도 아니다. 이승우는 데뷔 20년이 지나면서 자연스럽게 이러한 깨달음에 이른다. 그러나 이 깨달음은 말처럼 그렇게 '자연스럽게' 이루어진 것은 아니다. 거기에는 실존의 바닥을 치고 지나가는 치열한 눈물의 싸움이 있었다. 뜨겁고 조급했던 열정은 어느덧 그를 '신중한 사람'으로 익혀놓았다. 그는 이제 사랑의 슬픔으로 괴로워하던 여인을 위하여 자신의 견고한 에고의 성을 스스로 넘어와 그 여인이 갈구했던 저 '정남진'을 행하여 그 자신 탐탁해하지 않았던 페달을 밟는다. 이기주의의 담이 무너지고 있는 것이다. 그 무너짐이 어떤 속도와 규모로 이루어지고 있는지, 그리고 그 자리에 무엇이 새롭게 들어서고 있는지는 이승우의 후기작에서 찾기를 기대하는 내용이 될 수밖에 없다. 성의 자리에서 떠난 사랑이 이제는 과연 이타의 모습으로 올라설 수 있을 것이며, 어떤 고민과 갈등의 과정을 거칠 것인가. 작가 이승우의 개인적 결단의 문제를 넘어서는, 한국문학의 품격을 손짓해주는 힘든 과제가 이 지점에서 심각하게 떠오르게 된다. 그것은 톨스토이적 사랑의 분기점이며 파우스트가 힘들게 걸어간 초인적인 헌신의 투사(投射)이기도 하다.

톨스토이의 『부활』과 괴테의 『파우스트』는 오늘날 세계문학의 대표적인 고전으로 굳어져 있지만 작품의 내용은 지극히 평범하다. 신분이 다른 남녀 간의 사랑 이야기로서 18세기와 19세기 현실을 보여주는 소설이며 드라마인데, 그 전개 또한 오늘날 이른바 '멜로'라고 불리는 내용의 전형이라고 할 수 있다. 고매한 학자인 파우스트가 동네 처녀 그레트헨과 맺은 사랑―그 결과 처녀는 불의의 아이를 낳고 유기해 결국 살인죄로 처벌받는다. 파우스트는 어떻게 되는가. 그의 고뇌와 지적·종교적 방황과 구원의 길을 그린 것이 명작 『파우스트』이다. 파우스트가 구원되었는지 아닌지는 여전히 확실치 않다. 그러나 구원에 대한 끈질긴 물음이 바로 이 작품을 명작의 반열에 올려놓았다.

『부활』도 마찬가지다. 어쩌면 내용과 주제, 그 구도가 『파우스트』와 그리 닮았는지 놀라울 정도다. 표절 시비가 일어나지 않는 것을 보면 시대와 나라, 작가는 달라도 어차피 우리 인간이 인생을 사는 모습들이 엇비슷한 모양이다. 그럴 것이 여기서도 주인공은 네홀류도프 공작이라는 총각이다. 그는 카튜샤라는 처녀를 임신시키고 떠난다. 카튜샤의 아이는 죽고 그녀는 타락한 삶을 살다가 살인 사건의 용의자가 되어 시베리아의 유형지로 떠난다. 이후 네홀류도프는 그녀의 재판 과정을 지켜보고 그녀가 형을 살고 있는 시베리아로 쫓아가면서 목격한 19세기 말 러시아 사회의 암울한 현실에 절망한다. 그는 회개하고 카튜샤에게 청혼하지만 거절당하고 현실 극복의 길에는 무수한 걸림돌이 있음을 깨닫는다. 여기서 네홀류도프는 「마태복음」 5장을 읽고 큰 깨달음을 얻는데, 이러한 예수의 복음과의 만남이 소설의 결론이 된다. 톨스토이는 이렇듯 기독교 신앙의 영접으로서 자신의 문학을 승화시켰고, 이 부분은 괴테의 『파우스트』와 크게 구별되는 지점이기도 하다. 멜로적인 출발점에서 시작하여 한 작가는 끝내 문학적인 고투의 길을 찾았는가 하면, 한 작가는 종교적인 순응의 세계에 안착하였다는 사실은 사랑의 이기성/이타성을 찾아봄에 있어서 시사하는 바가 크다고 할 수 있다.

이기성은 욕망의 무한 질주라는 점에서 파우스트, 그리고 네홀류도프가 여성을 만나 임신과 살인(결과적으로라도)의 죄에 이르기까지 계속되는데, 학자들 — 가령 아도르노나 슈펭글러Oswald Spengler, 그리고 키르케고르Søren Kierkegaard — 은 모두 이들, 즉 파우스트적 인간형들이 계몽의 어리석은 합리주의와 제국주의를 이끌고 있다고 비판한다.[15] 따라서 파우스트의 죽음과 그를 위로하는 천사들의 노래가 없었다면 과연 구원이 가능했을까 의문시된다. 이타성의 요소가 여기서 얼마나 이입되고 작용하였는지도 진지하게 검토될 만하다. 그러나 욕망이 이기성의 합리화를 불러오고 다시 이타성을 각성시키고 있다면, 이승우 문학의 전개에도 두 고전 작가는 깊은 울림의 교훈이 된다.

사랑이 성과 분리되어갈 때, 사랑의 이타적 측면은 자연스럽게 증가한다. 그러나 파우스트나 네홀류도프에서 볼 수 있듯이 성 아닌 다른 요소와 관계된 이기적 측면이 집요하게 은폐되어 있는 것도 사실이다. 「정남진행」에 숨겨진 이타성을 작가는 이기성의 변형일 수도 있다고 말하고 있지 않은가. 그럼에도 이 같은 자책을 넘어선, 작가의 본성의 발원이라고 볼 수밖에 없는 이타적 긍휼의 기미가 이 시기의 소설 곳곳을 관류하고 있는 것은 사실이다. 『오래된 일기』에 첫 작품으로 수록된 「오래된 일기」는 쌍둥이 형제애에 깃든 죄의식과 사랑을 애잔하게 전해주면서 이타심의 본질을 무겁게 새겨놓는다. 이승우 문학의 한 단계를 올려놓는 징후가 짙게 다가오는 장면, 장면이 펼쳐진다.

그 순간, 아무도 자기를 이해해주지 않는 세계에서 평생을 살아온 규의 외로움이 손에 잡힐 듯 선명하게 전해져왔다. 감전된 듯 온몸이 찌릿찌릿했다. [······] 나는 밑바닥에서 치받아올라오는 뜨거움을 이기지 못하고 소리쳤다. 그만 해요, 그만들 해요. 억눌린 내 목소리는

---

15) 슈펭글러는 『서양의 몰락: 세계사의 형태학 소묘*Der Untergang des Abendlandes: Umrisse einer Morphologie der Weltgeschichte*』(1918)에서 파우스트를 제국주의자, 근대 기술의 찬양자라고 비판한다.

찌그러져서 나왔다. 나는 한번도 울지 않은 메마른 그의 눈을 대신해서 울어주고 싶었다. (「오래된 일기」, p. 32)

소설을 쓰고 싶어 했던, 그러나 동생에 치여서 쓰지 못한, 그러면서도 동생을 아꼈던 쌍둥이 형의 죽음을 지켜보면서 화자인 동생이 보여주는 타자를 향한 사랑의 동작은, 비록 그것이 뒤늦은 것이었다 하더라도 이타의 사랑이 무엇인지 구현한다. 이러한 모습은 연작 장편 『가시나무 그늘』, 소설집 『사람들은 자기 집에 무엇이 있는지도 모른다』『나는 아주 오래 살 것이다』『오래된 일기』와 『신중한 사람』의 저류를 흐르면서 사랑의 본질에 대한 작가적 도전의 양상을 드러낸다. 중기작들을 지나 마침내 그 정상을 향한 행보를 시작하는 것이다. 초기작 가운데 그 행보가 처절하게 드러나고 있는 작품은 연작 장편 『가시나무 그늘』이다. 유신 이후 계엄령 사태를 다루고 있는 이 소설에는 독재정권 아래에서 젊은이들의 투쟁과 희생, 슬픔과 사랑이 그려지고 있는데, 남녀 간의 사랑을 넘어서는 사랑의 본질을 묻는 질문이 가열하다. 가령 두 종류의 사랑은 다음처럼 탐구된다. (1)은 이성간의 사랑, 그리고 (2)는 이타적 헌신으로서의 사랑에 대한 물음이다.

(1) 그는 가고 없는데, 그가 누워 있는 무덤 앞에서 이처럼 담담하게 그의 죽음을 이야기할 수 있다니…… 나 자신이 놀랍고 혐오스럽군요. 그처럼 어이없고 혐오스러운 의문이 내게 하나 더 남아 있어요. 그가 정말로 나를 사랑했을까요? 아니, 내가 정말로 그를 사랑한 걸까

요……? (『가시나무 그늘』, p. 197)

   (2) 학대하거나 학대받는다는 것은 하나의 특별한 관계를 형성하는
일이라는 사실을 이해하십니까? 그것도 매우 은밀한…… 그것이 사
랑의 표현이라는 사실은 기억될 필요가 있습니다. 자기를 버리는 희생
적인 행위, 상대방에게 전적으로 자기를 내어 맡기는 것 이상의 위대
한 사랑의 증거란 달리 없음을 우리는 이해하고 있었던 겁니다. (『가
시나무 그늘』, p. 217)

   젊은 남녀가 투쟁의 현장에서 동지로서, 혹은 우정으로서 서로 나
누어온 끈끈한 사랑에는 사실 이성으로서의 사랑이라고만 할 수 없
는 어떤 연대감이 있다. 확실한 것은 이 경우 성관계가 매개되지는
않고 있다는 점이다. 더 놀라운 사실은 (2)에 나타나는 헌신으로서의
사랑이다. 그러나 여기서 헌신은 바람직한 가치나 인물이 아닌 조직
이나 힘에 대한 포기의 감정으로서의 공감이라는 자기 방기 비슷한
것이었다. 고문을 당하는 상황 안에서의 연대감으로서, (2)의 사랑은
사실상 (1)과도 일맥상통하는 것이었다. 여하튼 이승우의 사랑은 욕
망의 힘든 고리에서 벗어나 타자를 바라보기 시작하고 그 시선의 끝
에서 지상을 초월하는 하늘을 만난다. 2017년 장편 『사랑의 생애』는
이때 나타난다.

2.
사랑 바깥의 사랑

독립된 생명체의 사랑

사랑하는 사람은 사랑의 숙주이다. 사랑은 누군가에게 흘려서 사랑
하기로 작정한 사람의 내부에서 생을 시작한다. (『사랑의 생애』, p. 9)[1]

사랑은 만남이고 만남은 일종의 충돌이자 섞임이다. 그것은 서로 다
른 타자가 충돌하고 뒤섞이는 사건이다. [……] 사랑의 만남은 서로
다른 것들의 고통스러운 충돌이고 동시에 황홀한 뒤섞임이다.[2]

그리하여 마침내 이승우는 '사랑' 자체에 대한 탐색에 나선다. 사
랑은 어떻게 시작해서 어떤 활동을 하다가 어떻게 소멸되는지 그 일
생을 정밀하게 살펴보는 일이다. 사랑은 그 자체로서 살아 있는 생물

---

1) 이하 인용 시 쪽수만 밝힌다.
2) 김동규, 『멜랑콜리 미학』, 문학동네, 2010, pp. 19~20.

인가, 아니면 서로 다른 것들의 만남이자 충돌인가. 이러한 탐구는, 말하자면 사랑에 대한 현상학적 연구이다.[3] "사랑 그자체에게!"라는 슬로건은 마치 "사물 그 자체에게!"라는 슬로건에 포함되는 것과 같은 이치다. 이때 사랑을 하는 인간은 사랑의 주체라기보다 사랑의 숙주라는 입장이 된다.

2017년 초에 발간된 장편 『사랑의 생애』에 대하여 작가는 스스로 이 소설이 "누군가를 사랑할 때 그 사람의 내부에서 일어나는 미묘하고 당황스러운 현상들을 탐사하는 데 할애된"[4] 작품이라고 머리말 모두에서 밝히고 있다. 사랑과 욕망이 뒤엉키고 죄와 반성이 뒤따라 뒤엉키는 세계를 그려왔던 작가로서는 이제 그 실타래를 조금씩 풀어보아야 할 계제가 되었던 것일까. 서사와 심리의 복합을 세밀하게 탐색하고 표현하는 그로서는 아마도 당연한 순서였을 것이다. 사랑의 큰 세계를 파악하고자 하는 이승우는 그리하여 이제는 섬세한 현미경을 사랑 그 자체에 가져다 대본다. 자신의 말을 그대로 옮겨보자.

사랑 경험은 사람마다 다 다르지만 비슷하고, 비슷하지만 다 다르다. 내 현미경의 배율이 적당한지, 혹 불필요하게 높거나 지나치게 낮아서 그 미묘하고 당황스러운 현상의 실체를 제대로 보여주지 못한 것은 아닌지 하는 염려가 없지 않지만, 배율에 따라 다르게 보이는, 보이

---

3) 후설이 주창한 현상학의 근본 사상은 "사물 자체에게로!"라는 의식 중심의 현상이 진실이라는 생각으로 하이데거를 거치면서 실존주의로 발전한다. 이 책 38쪽 참조.
4) 『사랑의 생애』는 사랑이라는 현상 자체를 독립적인 사물로 관찰한다.

는 것이 마땅한 이 경험의 신비를 확인해보는 것도 소득이라고 스스로 안위한다. (pp. 4~5)

이제 순서가 현미경이다. 망원경이 이미 사용되어온 사랑의 탐사자 앞에 현미경이 동원되었으니, 그리고 그 사용의 필요성과 정당성이 주어졌으니 작가와의 조심스러운 동반은 매우 흥미 있는 작업이 될 터이다.

인간에게서 배운 것이 아니라 무한한 사랑을 품은 성스러운 마음이 나를 절대자로 향하게 한 것이다.[5]

—프리드리히 횔덜린

사랑을 사랑 자체의 즉자적(卽自的, an sich) 산물이자 독자적인 존재로 이해하는 마음은 횔덜린Friedrich Hölderlin 같은 시인에 의하면 신의 마음과도 통한다. 횔덜린은 고백한다. 무한한(유한한 것, 즉 제한적인 것이 아니다!) 사랑은 절대자의 성스러운 마음일 뿐 결코 인간에게서 나온 것이 아니라고. 그리하여 사랑은 인간과 관계없이 비인간적으로 거기 그렇게 서 있다. 인간은, 말하자면 거기 슬며시 들어가서 숙주가 되었을 따름이다. 숙주인 인간은 그리하여 사랑에 때로 기생하거나 혹은 공생하면서 사랑을 뜨겁게 달구어준다. 그러나 이같은 기생/공생 관계는 사랑의 순도를 높여줌으로써 봉사와 헌신의

5) 슈테판 츠바이크, 「제2부 마신과의 투쟁」, 『천재와 광기』, 이기식 옮김, 예하, 1993, p. 201.

모습으로 사랑을 세상에 내보여주기도 하지만, 사랑의 열기를 왜곡시켜서 욕망과 집착의 나락으로 떨구기도 한다. 적어도 이러한 사랑의 복합적인 얼굴이 이승우가 열다섯번째 장편소설 『사랑의 생애』에서 그리고자 했던 정체이다.

"사랑한다고 말할 때 형배의 목소리는 떨려서 나왔다"(p. 93). 남녀 사이에, 그것이 특히 첫사랑, 혹은 처음의 고백일 때, 목소리 떨림은 많은 사람들의 일반적인 경험일 것이다. 그러나 『사랑의 생애』에서 남주인공 형배의 경우는 그 배경과 원인이 사뭇 다르다. 그는 사랑이 두렵고 무서워서 떨리는 것이다. 왜? 여기에 이승우 사랑의 깊은 진실이 숨어 있다. 작가의 전 작품을 지배하고 있는 그 진실은 바로 이 작품에서 거의 직접적으로 표출된다. 어찌 보면 '설명된다'고 해도 좋을 정도로 자세하게 분석된다. 먼저 그 배경에는 여기서도 아버지, 정확하게는 아버지의 외도가 있다. '예쁜' 여성에게 홀려서 어머니와 자식을 떠나 도피한 아버지 때문에 사랑은 그에게 무섭다. 그 논리는 이렇다.

어머니가 그렇게 상처를 받은 것은 아버지의 사랑 때문이었다. 아버지가 [……] 누군가를 사랑해서 [……] 도피하면서까지 이루려 했던 아버지의 그 대단한 사랑 때문에 절망했던 것이다. [……] 그 기억들은 파편적인 여러 이미지로 형배의 내면에 자리했다. 사랑을 위한 아버지의 도피가 그 아들로 하여금 사랑으로부터 도피하도록 조종했다고 말해야 할까. (p. 87)

이러한 두려움이 선희로 향한 사랑의 마음을 붙잡아 그녀의 고백을 받아들이지 않게 한다. 그러나 그 마음의 다른 쪽에는 그녀를 향한 마음이 숨어 있어 3년 가까운 시간이 지난 어느 날 밤 느닷없이 그녀를 불러내는 돌출 행동을 유발케 한다. 『사랑의 생애』는 이처럼 간단치 않다. 사랑의 욕망이 있지만 그 욕망을 두려워하는 모순은, 욕망 자체의 두려움과 욕망이 이루어질 것을 두려워하는 이중의 상황으로 다시 갈라진다. 그 한 부분에는 라캉의 이론과도 겹치는 대목이 있다. 앞서 거론되었던 라캉 이론을 이 지점에서 다시 살펴볼 필요가 있어 보인다.

여기에서 그는 "주체는 단순히 욕망을 만족시키기만 하는 것이 아니다. 그는 욕망하기를 즐긴다[jouit]. 이것이 바로 그의 주이상스의 핵심 차원이다"라고 주장한다. 다시 말해, 욕망은 대상을 향한 운동이 아니다. 만일 그렇다면 그것을 만족시키는 것은 너무나 간단할 것이기 때문이다. 오히려 욕망은 이를 만족시킬 대상을 결여하고 있다. 따라서 욕망은 단순히 이를 추구하는 향락(주이상스)만을 위하여 무한히 추구되는 움직임으로 생각되어야 한다. 주이상스는 이리하여 생물학적 욕구의 만족 영역에서 떨어져 나와, 영원히 만족시킬 수 없는 욕망을 추구하는 데에서 발견되는 역설적인 만족이 된다. 따라서 라캉이 이를 곧바로 마조히즘masochism 현상과 관련짓는 것은 놀라운 일이 아니다.[6]

이렇듯 주이상스와 욕망과의 관계를 욕망의 지속이라는 관점에

---

6) 딜런 에번스, 「칸트주의 윤리학에서 신비 체험까지」, 대니 노부스 엮음, 『라캉 정신분석의 핵심개념들』, 문심정연 옮김, 문학과지성사, 2013, p. 23.

서 관찰한 라캉의 이론은 그 어느 욕망의 상태에도 함몰되거나 머무르지 않는 이승우의 욕망을 바라볼 때, 양자가 매우 흡사한 모습으로 나타나고 있음을 알 수 있다. 물론 이승우는 라캉과는 달리 욕망하기를 즐기지는 않는다. 그러나 좋아하는 여성의 구애를 거부하고, 다시 그 여성에게 달려가는 행위는 심리나 정서의 기복을 감안한다 하더라도 쉽게 수긍되는 일은 아니다. 따라서 이승우는 "사랑을 믿지 못하(한—인용자)다"(p. 193)라고 말한다. 욕망을 느끼면서도 사랑을 이와 분리시키는 작가의 태도는 욕망을 만족시킬 대상을 결여하고 있기 때문이라는 라캉의 이론에 부합하고 있으며, 여기서 이승우의 욕망을 만족시켜줄 대상 찾기라는 불가피한 상황을 상정하지 않을 수 없게 된다. 이 길을 따라갈 때 처음으로 부딪히는 상황은 '영원히 만족시킬 수 없는 욕망'을 추구하는 데에서 발견되는 '역설적인 만족'이다. 바로 이 만족이 주이상스라는 개념인바, 주이상스는 (1) 욕망을 추구하는 향락과 함께 (2) 영원히 만족시킬 수 없는 욕망을 향한 끝없는 역설적 움직임이라는 두 가지 국면을 지닌다. 이러한 속성은 놀랍게도 낭만주의의 본질을 형성하는 낭만적 아이러니를 연상시킨다.

『사랑의 생애』는 작가 이승우로서 사랑에 대한 최초의 본격적인 문제 제기다. 이러한 문제 제기에는 여기에 이르기까지 그가 겪어온 사랑의 행태와 경험을 통한, 사랑에 대한 근본적인 회의가 그 바닥에 깔려 있다. 그는 과감하게 큰 소리로 묻는다.

사랑을 믿지 못하는 사람들은 사랑의 무엇을 믿지 못하는 것일까? 사랑이 존재한다는 사실 자체를 믿지 못하는 경우를 가정해볼 수 있

다. 사랑? 그런 것은 없다, 라고 그들은 말할 것이다. (p. 194)

　사랑이라고 여겨지고, 또 그렇게 믿었던 숱한 행태들을 돌아보면서 명상과 반성의 형식으로 전개되는 『사랑의 생애』의 내용은 이렇듯 사랑 그 존재에 대한 물음이다. 물론 존재 여부가 불투명한 상황에서 당연히 그 본질과 개념에 대한 물음도 뒤따를 수밖에 없다. 여기서 펼쳐지는 주장이라면, 사람들이 사랑이라고 부르는 것은 그 이름에 걸맞은 실체가 실제로 있는 것은 아니라는 것. "욕망을 미화하거나 희생을 저항 없이 강요하기 위해, 혹은 그 비슷한 사회적 필요에 의해"(p. 194) 생겨날 수 있었으리라는 것이다. 이 소설에는 심지어 "사랑은 원래 실체가 없는 것인데, 이름이 생기자 있는 것처럼 되었다"(p. 195)라는 말까지 나온다. 사랑을 이렇게 실체가 없는 관념적 허상으로 간주하는 생각이 사실 이승우에 의해서 처음으로 나온 것은 아니다.

　『사랑의 생애』를 통해서 진단된 사랑의 정체와 본질은 한국문학에서는 물론, 넓은 의미에서 한국 인문학의 어느 곳에서도 시도된 일이 없는 광범위한 것으로서 그 내용을 추려보면 대략 다음 몇 가지로 정리될 수 있을 듯하다. 가장 본질적인 것은 앞서 거론된 인간 숙주론이다. 다음으로 분명해진 것은 사랑은 "하는 것"이 아니라 '들린다'는 것이다. 이와 관련된 진술은, 예컨대 이런 것이다.

　그러니까 한 사람으로 가득 차 있는데도 불구하고 어느 때보다 심하게 외로움을 느낀다면, 허전하고 안타깝다면, 그것이 증거이다.

[……] 허락없이 덮친 사람을 겪고 있다는 증거이다. (pp. 36~37)

사랑의 주체성보다 수동성이 돋보이는 장면이다. 사랑은 그 행위의 주체에 의하여 적극적으로 수행되는 것이 아니라, 주체로서도 어쩔 수 없는 어떤 힘에 의해 습격받은 것과 같은 꼼짝없는 피동의 상황을 고백하고 있는 것이다. 그러나 이러한 진술을 자세히 뜯어보면 그 또한 자신의 적극적인 의지의 강도를 나타내는 일종의 레토릭이라는 사실을 인정하지 않을 수 없다. 작가는 여기서 성경의 한 대목을 이끌어 오는데, 마치 앞으로 만나게 될 기독교적 세계와의 조우가 예감되기도 한다.

건포도 과자를 주세요. 힘을 좀 내게요. 사과 좀 주세요. 기운 좀 차리게요. 사랑하다가 난 그만 병들었지요.[7]

사랑에 대한 종교적 접근이 서서히 나타나기 시작한 것도 『사랑의 생애』를 통해서라고 할 수 있다. 소설의 주인공 준호가 애인인 민영에 대해 신체적 접근을 시도했을 때 그녀로부터 거부의 반응을 받게 되는데, 그 까닭에 종교적 이유가 있었던 것이다. 소설 표현을 그대로 옮기면 "그녀와의 연애가 힘든 것은 너무 센 라이벌 때문"(p. 125)이었는데 "그의 연애의 라이벌은 그녀가 섬기는 신"이었던 것이다. 민영은 준호가 그녀의 손등에 입술을 대는 것도 펄쩍 뛰고 물리쳤는

---

7) 『구약성서』의 「아가」 2장 5절 참고.

데, 이유인즉슨, 예수님이 십자가에서 고난을 당한 고난주간이 바로 그때였기 때문이다. 그녀는 일요일에는 예배 이외에는 어떤 일도 하지 않는 이른바 성수주일에 철저한 신자여서 여기서 마침내 사랑이냐 하나님이냐 하는 기로가 나타난다. 말하자면 '사랑 바깥의 사랑'이라는 문제가 대두되는 것이다. 지금까지의 이승우의 사랑 행로가 큰 고비를 만난 셈인데, 작가는 놀랍게도 여기서 정공법으로 정면 도전의 길을 택한다. 그 길은 이렇다.

그는 라이벌인 신으로부터 그녀를 빼앗기 위해 그녀와 함께 그녀의 교회에 나가는 쪽을 택했다. 그렇게 함으로써 안식일로 빼앗긴 일요일을 빼앗아냈다. 그럴 수 있다고 믿었다. (p. 126)

얼핏 생각하기에, 신앙이 없는 준호가 신앙인인 민영을 따라서 교회에 다니게 된 것은 그로서는 사랑의 승리로 보일 수 있다. 그러나 『사랑의 생애』에서 제기된 '사랑' 그 자체의 입장에서 볼 때에 '사랑'은 자신의 영토를 확장한 결과이기도 한 것이다. 사랑은 세상 안에서만 기능과 역할을 행하다가 세상 '바깥'으로 그 몸을 넓힌 것이다. 이때 사랑 바깥은 어디일까. 준호가 민영을 따라 들어간 교회는 사랑 안일까, 사랑 바깥일까. 소설 『사랑의 생애』에서 그 사랑은 확실히 사랑 바깥의 사랑이다. 이런 것이다.

준호는 민영의 사랑을 얻기 위해 순수하지 않은 예배를 택했다. 순수하지 않은 예배는 그(의 사랑)의 순수를 드러낸다. [……] 순수를 위해 비순수를 감내했다고 해야 할까. [……] 사랑을 위해 한 것이라면 어떤 비순수도 비순수가 아니고 어떤 배반도 배반이 아니다. (pp. 127~28)

앞의 인용에 의하면 예배는 순수하지 않은 것이다. 적어도 사랑과 무관한 것이다. 그러니까 준호가 교회에 가서 예배를 드리는 행위는 사랑 행위가 아닌데, 사랑을 위해 불순한 짓을 감행한 모순을 저지른 것이다. 사랑을 위해 사랑이 아닌, 일종의 비(非)사랑, 혹은 반(反)사랑을 행할 때, 그 전체를 사랑이라고 할 수 있겠는가 하는 질문이 여기서 가능하다. 다음으로는 사랑하는 사람이 일상적으로 행하고 있는 비사랑, 혹은 반사랑의 성격을 어떻게 규정할 수 있겠느냐는 문제도 대두될 수 있다. 한 가지 확실한 것은 비록 비순수에 의한 것이라 할지라도 사랑의 영역이 그만큼 확대되었다는 점이며, 거기에는 스스로를 돌아보는 자기 성찰적인 면이 포함되게 되었다는 사실이다. 그러므로 '순수'라고 생각되어온 요소에는 사실상 본능이나 자연이라고 부를 수 있는 것이 내재되어 있고, 이 점은 비순수의 성찰적인 기능에 의해 오히려 긍정적으로 수용될 수 있다.

작가는 여기서 사랑이 지닌 근본적인 속성으로 '기적'을 내놓는다. 인과관계가 없고 합리적으로 설명이 되지 않는 일의 발생을 보통 기적이라고 한다면 사랑이야말로 기적이라는 사실도 이 소설 『사랑의 생애』가 말해주고 있다. 아이러니한 것은 그 같은 기적을 만드는 주체가 바로 사랑이라는 것. 그러므로 '사랑하기'라는 기적을 만들어내는 것은 사랑이라는 동어반복이 계속되는 일이다. 이러한 논리의 과정을 거치면서 사랑은 사람 안에 내재해 있는 인간적인 속성이라는 관습적 관념에서 서서히 독자적인 어떤 사물이나 현상, 혹은 요소로서 독립되어간다.

> 연인들은 사랑이 기적을 행하는 장소이다. 사랑이 사랑하게 한다. [……] 사랑은 모든 사랑(하는 사람)들을 품고 있다. 모든 사랑(하는 사람)들은 사랑 안에 포섭되어 있다. 사랑 자체인 이 사랑이 두 사람 사이로 들어와 자기 생애를 시작한다. 그 생애가 연애의 기간이다. 어떤 생애는 짧고 어떤 생애는 길다. 어떤 생애는 죽음 후에 부활하고 어떤 생애는 영원하다. (pp. 166~67)

이타성 속의 이기성

이제 비로소 작가 이승우의 사랑에 대한 개념이 수립된다. 욕망의 늪에서 한쪽으로는 정욕과 절망과 함께 허우적거렸고, 다른 한쪽으로는 성스러운 비전을 향해 눈을 들었던 혼란의 모습이 마치 거대한 지양(止揚, Aufheben)의 결과처럼 사랑을 독립시킨다. 독립된 그 몸은 사람보다 커 보이고, 사람보다 훌륭해 보인다. 그러나 사랑 그 홀로는 아무것도 할 수 없는, 반드시 사람 속에 들어가서 사람과 함께함으로써 그 기능을 발휘하는 독특한 힘인 것이다. 사랑은, 말하자면, 사람을 지독히 사랑하는 존재이다. 거의 인간 의존적이라고 할까. 그렇다면 이러한 사랑은 어떤 모습일까. 이승우가 힘들게 싸워왔던 그 욕망의 늪에 이제는 사랑이 존재하지 않는 것인가. 아니다, 여전히 그 모습 그대로일 것이다.

이 글이 목적으로 하는 사랑은 이승우의 사랑, 그가 제시하는 사랑이며, 그의 소설이 보여주는 사랑의 가능태이다.

사랑은 이제 독립되었다. 『사랑의 생애』에서는 사랑의 수명이 언급된다. 어떤 사랑은 부활하고, 어떤 사랑은 영원하다고 말함으로써 사랑의 종교적 성격이 열리는데, 이후 그의 후기 소설들은 미상불 이와 직접적으로 관계되지 않겠는가. 부활과 영원은 어차피 속세의 제한된 시간을 넘어서는 개념이니까. 그러면서도, 아니 그렇기 때문에 독립적으로 있을 수밖에 없는 사랑의 속성에 대하여 이승우는 이 작품에서 단장(斷章, Fragment) 형식의 풀이를 늘어놓는다. 그리고 그것들은 모두 사랑이라는 독립된 세계의 중요한 요소들로서 참여한다. 그중 남녀 이성 사이의 열정으로 이해되었던 부분이 부활과 영원이라는 종교적 차원으로 넘어감에 있어서 가장 결정적인 기능으로 작용하는 '약함 – 끌림'이라는 대목이 나온다. 예컨대 이 소설에는 이런 서술이 등장한다.

이해할 수 없지만 그녀를 이끈 것은 그 남자의 약함, 보잘것없음이었다. [……] 그냥 내버려둘 수 없는 것이 누군가의 약함이다. 약한 것들은 무엇인가를, 어떻게든 할 것을 가만히 있지 말 것을 요청한다. [……] 어떤 이에게 약함은 치명적인 무기이다. (pp. 191~92)

앞의 인용은 남녀 어느 쪽이든 실제로 약하거나 약해 보이는 쪽으로 사랑이 가기 마련이라는 평범한 속설과도 통하는 이야기다. 이 소설에서는 남자를 향한 여자의 사랑이 그렇게 흘러가고 있는 장면인데, 다음 장면에서 보이는 예의 나무 상징, 즉 넝쿨식물의 모습을 보면 작가 이승우의 식물 상징의 배경은 매우 뿌리가 깊은 것임을 알 수 있다. 『식물들의 사생활』에 나타난 넝쿨의 이미지 속에는 사랑을 주는 자와 받는 자의 교호 관계가 있었던 것이다. 이때 사랑은 받는 자, 즉 약자에게서 강하게 발생하는데, 그도 그럴 것이 주는 자, 즉 강자에게서는 사랑으로 의식되는 속성이 상대적으로 가벼울 수밖에 없기 때문이다. 이 지점에서 우리는 받는 사랑이 어떻게 생겨나는지 사랑의 발원지를 쳐다보게 된다. 초월적인 존재 앞에서 인간들은 모두 약자이며 우리 앞에서의 강자란 누구일까. 이는 당연히 종교적인 질문 아니겠는가.

믿음직스러운 튼튼한 나무를 끌어안고 올라가는 넝클식물이 그런 것처럼, 실은 연인의 몸을 필사적으로 만지는 연인은 만져지는 몸에 의지하는, 의지할 수밖에 없는 약자이다. '너는 내 것이다'가 아니라 '나를 구해주세요'이다. [……] 지배하려고 만지는 것이 아니라 의지하려고, 그러니까 유지하려고 만지는 것이다. [……] 자신의 약함에서 비롯한, 자신의 약함을 극복하기 위해 내뻗은 연인의 손길이 연인의 몸에 유사한 종류의 약함을 생성해내는 신비, 애무란 그런 것이다. (pp. 204~05)

사랑하는 사람들끼리의 애무를 강자를 향한 약자의 자위적 몸짓으로 이해할 때, 사랑의 종교적 측면이 자연스럽게 대두된다. 이승우의 사랑이 힘든 고투 끝에 종교적 구원으로 넘어가는 순간이다. 그러나 『사랑의 생애』에서 터득된 이러한 사랑의 성품과 기능이 이 작가의 인물들에게 감사와 평안만을 가져다준 것은 아니다. 소설 뒷부분에 이르면서 복수의 인물들이 얽히는 연애 장면의 등장은 인간의 사랑은 인간들끼리의 경쟁적 성격을 벗어나지 못한다는 치명적 약점을 노출시킨다. 구원으로 가는 길은 여전한 험로이다.

> 사랑은 죽음처럼 강한 것, 이라는 경구는 흔히 사랑의 위대함을 표현하는 것으로 인용되곤 하지만, 사랑하는 사람에게 나타나는 비합리적 감정인 질투의 물불 안 가리는 치명적 성격에 대한 경고로 이해하는 편이 더 설득력 있을지 모른다. 이 익숙한 경구를 포함하고 있는 아가의 한 본문은[8] 이런 생각에 상당한 타당성을 부여하는 것으로 보인다. (p. 248)

이 소설에서 질투는 선희라는 한 여성을 둘러싼 영석, 형배라는 두 남성, 흔히 이야기되듯 삼각관계에서 발생하고 있는데 작가는 그 전개 양상에 현미경을 투사한다. 그 과정과 결과는 「아가」의 묘사처럼 무시무시하다. 종교적 구원의 단계에 이르기 전에는 여전히 치명적인 욕정의 골짜기를 지나게 되고, 역설적으로 살길은 구원의 손길 뿐

---

8) "사랑은 죽음같이 강하고 질투는 스올같이 잔인하며 불길같이 일어나니 그 기세가 여호와의 불과 같으니라". 『구약성서』 「아가」 8장 6절의 말씀은 구원의 복음서인 『신약성서』와 달리 인간적 사랑의 속성을 드러낸다.

이라는 당위를 인정하지 않을 수 없게 된다. 삼각관계는 기본적으로 소유와 지배의 관계이므로 궁극적으로 구원의 개입이 절대적으로 요구되는 관계이다. 여기서 작가의 상상력이 「아가」에 이른 것은 그의 지식과 행로에 비추어 볼 때 지극히 자연스러워 보인다. 그렇다면 과연 「아가」는 구원의 기능을 하고 있는가. 관능적인 표현으로 인하여 흔히 성경에 수록되어 있는 것조차 매우 이례적인 것으로 여겨지는 「아가」가 이 경우 어떤 역할을 수행할 수 있었는지, 이에 관한 보다 상세한 풀이는 성경 해석적인 분야의 참조가 필요할 것이다. 한 신학자의 해석에 의하면 「아가」는 사랑하는 남녀가 지배 대신 섬기는 노래로서 연애와 결혼은 서로 구속하는 죄 된 습성에서 벗어나 구원받아야 한다는 것이다.[9] 이승우가 삼각관계의 사랑을 제시하면서 「아가」를 인용하는 것은 이제 사랑이 종교적 해석의 단계를 만날 수밖에 없게 되었음을 보여주는 것 아니겠는가. 인간의 사랑은 삼각관계에서 스스로의 해답을 얻지 못함을 『사랑의 생애』를 비롯한 이승우의 작품들은 보여준다. 가령 다음 장면에서 인간의 사랑도 상당한

---

9) 성적인 표현으로 인하여 성경에서 매우 이례적인 경우로 여겨지는 「아가」는 해석에 있어서 많은 논란의 대상이 된다. 그러나 여성 신학자 트리블Phyllis Trible은 「아가」를 「창세기」 2, 3장과 대비하면서 구원의 성격을 분석해낸다. 「아가」와 「창세기」는 동산에서 과일을 먹는 은유의 공통점을 기반으로 에덴에서의 불순종이 죽음을 가져왔음에 비해, 「아가」에서는 사랑이 죽음보다 강한 것으로 강조된다. 또한 「창세기」에서 죄는 성적인 수치심을 유발했지만 「아가」에서 사랑은 어떤 수치심으로도 연결되지 않는다. 지배하지 않고 구원받는 사랑의 노래가 「아가」라는 것이다. "내 사랑하는 자는 내게 속하였고 나는 그에게 속하였도다"(「아가」 2장 16절). "나는 내 사랑하는 자에게 속하였도다 그가 나를 사모하는구나"(「아가」 7장 10절); P. 트리블, 『하나님과 성의 수사학』, 유은희 옮김, 알맹e, 2022. pp. 234~48. 트리블은 그리하여 「아가」를 "구속받은 자들의 사랑과 결합을 노래하는 사랑시"라고 규정한다. 그는 말한다. "그러나 「창세기」 2~3장은 성서에서 인간의 성에 관한 유일한 이야기가 아니다. 비극으로 끝난 사랑 이야기는 「아가」에서 기쁨으로 회복된다." 같은 책, p. 233.

수준에 이를 수 있는 것처럼 보이다가 결국 무너지는 모습을 보자.

그녀는 잘 버텼다. 그녀는 그를 이해하려고 했고, 실제로 누구보다 잘 이해했으므로 그의 괴롭힘을 견뎠다. [……] 안쓰러워하며 아이 달래듯 달랬다. [……] 그러나 그가 그녀에게, 나한테 해주듯 그 자식의 손가락도 입에 넣고 빨았느냐고 다그쳤을 때 그녀의 인내심은 한계에 부딪혔다. 그녀는 어이가 없다는 듯 그를 말없이 노려보다가 짧게 한 마디를 내뱉고 자리에서 일어서버렸다. "할 수 없는 인간이야, 당신. 나도 사람이야. 더는 참을 수가 없어." (p. 251)

인용문 앞 삼각관계는 결국 형배라는 한쪽 남성이 영석이라는 다른 쪽 남성을 일종의 모략 형태로 공격하는 비열함을 보여주는데, 중요한 것은 그 같은 공격이 나름대로 성공하고 있다는 사실이다. 형배는 가운데 여성, 즉 선희가 두려움 아니면 연민 때문에 영석을 받아들이고 있다는 모략을 한 것이다. 여기서 작가는 다시 한번 사랑에 관한 잠언을 풀어놓는데, 그것은 결국 인간의 사랑이 지닌 속성에 대한 언급이고, 이렇게 정리함으로써 작가 이승우 스스로 사랑의 인간적 고비를 넘어 신을 바라보게 된다.

이번에도 사랑의 이기심이 모든 것을 지휘했다. 사람의 덕은 사랑의 이기심을 이기지 못한다. 덕이 이기심을 이기지 못한다는 것은 이 문장에 대한 바른 해석이 아니다. 바른 해석은, 사람이 사랑을 이기지 못한다, 이다. (p. 261)

3.

불가능의 가능
―사랑과 구원

침묵의 언어―문체의 도전

사랑이 괴로울 수밖에 없는 것은 사랑이 **불가능한** 것을 욕망하게 하기 때문이다. (『사랑의 생애』, p. 206, 강조는 인용자)

내가 생각하는 진정한 종교는 권력으로부터의 초연, 그 **불가능한 가능성**을 실천하는 것입니다. (「인간과 권력에 대한 개인적인 언급」, 『가시나무 그늘』, p. 118, 강조는 인용자)

'불가능한 가능'이라는 표현을 종교에 대해서 사용한 것은 아마도 종교의 절대성에 대한 추앙의 마음 때문일 것이다. 종교가 과연 그럴 만한 힘이 있는 것일까? 종교가, 특히 기독교에는 그럴 만한 힘이 있다고 소설가 이승우는 오랫동안 믿어왔다. 그 믿음은 거의 선험적인 것으로 보인다. 왜냐하면 기독교는 사랑의 종교로 언급되고 인식되어왔으니까. 불가능을 가능케 하는 힘은 오직 사랑에만 있을 수 있다는 것쯤 장삼이사(張三李四)의 필부들에게도 상식이지 않은가. 그런데 그 사랑이 기독교 존립의 원천이라면, 기독교는 모든 방해의 장벽인 권력에서 벗어날 수 있는 불가능한 가능성을 실천할 수 있다는 것이다. 예수의 죽음이 그것이 사랑이라는 것을 증언하고 있지 않은가. 이승우 문학은 마침내 여기에 이르고 있다. 그 가열한 질문 앞에 드디어 선 것이다. 이 물음은 2017년 『사랑의 생애』, 2020년 『사랑이 한 일』이 발행되면서 본격적인 '사랑의 싸움'으로 나타난다. 자, 이 작품들에서 제기된 사랑은 진짜 불가능을 가능케 하고 있는가. 특히 가장 최근작, 즉 '사랑 3부작'의 3부에 해당하는 『사랑이 한 일』은 이러한 물음에 대한 변증의 방식으로, 사랑이 한 일을 하나하나 따지고 든다. 대체 사랑이 무엇을 하였고, 무엇을 할 수 있단 말인가. 3부에 이르기까지 보여준 것은 질투, 시기, 폭력 등 인간적인 정욕의 발로를 넘어서지 못하는 욕망뿐 아니었던가.

두번째 사랑이 첫번째 사랑보다 쉬운 것은 아니다. 세번째 사랑이 두번째보다 안전한 것도 아니다. 사랑은 언제나 어렵고 늘 불안한 것. 사랑은 여간해서는 숙달되지 않는다. (『사람들은 자기 집에 무엇이 있는지 모른다』, 작가의 말)

'사랑'은 그리하여 언제나 어렵고 불안한 신분으로 사람에게 소속된 성질에서 벗어나, 기껏해야 독자적인 생애를 살아가면서 구원의 매개가 될 수 있다는 가능성으로 그 지위를 격상시킨다. 정말 그럴까. 이 시기 작가 이승우는 회심의 대작『사랑이 한 일』을 내놓는다. 과연 사랑이 무슨 일을 했다는 말인가. 그것을 알아보기로 작정한 이 소설의 내용은『구약성서』, 그것도 아브라함 일가의 이야기다. 다소 뜻밖이기도 하지만 '그러면 그렇지' 하고 수긍되는 면도 없지 않다. 기독교 성경 쪽으로 나아간 것은 수긍되면서도 사랑의 복음서라고 할 수 있는『신약성서』로 달려가지 않은 것은 일단 의외로 보인다. 아마도 불가능의 가능이라는 차원에서 바라볼 때, 아브라함의 이야기는 복음서에 앞서는, 혹은 모델이 되는 비밀을 지니고 있다고 판단 했는지 모른다.

『사랑이 한 일』은 다섯 편의 단편으로 이루어진 연작소설집이다. 동명의 소설「사랑이 한 일」을 포함하여「소돔의 하룻밤」「하갈의 노래」「허기와 탐식」「야곱의 사다리」등 모든 작품이『구약성서』「창세기」에 나오는 아브라함 및 그 가족과 관련된 것이다. 이 소설은 작가 이승우 자신의 말대로 성경에 대한 일종의 패러프레이즈 성격을 띠고 있지만, 물론 그것은 신학자나 성경학자의 해석, 혹은 해설과는 다르다고 해야 할 것이다. 한국소설에서 처음 만나는 성경 해석의 전면적 등장인데 문제는 이 이야기가 작가가 추구하는 '사랑'과 어떤 관련이 있느냐 하는 것. 사랑은커녕 100세에 낳은 아들을 번제로 죽여 하나님에게 바치라고 말하는 잔인한 역설의 내용이 황당하지 않은가. 이승우는 바로 이 역설을 파고든다. 그 배후에 사랑의 진면목이 신비하게 숨겨져 있다고 하더라도 이 전개는 충분히 엽기적이다.[1]

---

1)「창세기」22장 1~3절을 이승우가 인용한『현대인의 성경』그대로 여기 다시 옮겨놓으면 다음과 같다. "그 후에 하나님이 아브라함을 시험하시려고 '아브라함아' 하고 부르시자 그

"내가 너로 큰 민족을 이루고 네게 복을 주어 네 이름을 창대하게 하리니 너는 복이 될지라"(「창세기」 12장 2절)라고 일찍이 하나님이 말씀하실 때 아브라함(당시의 이름은 아브람)의 나이는 이미 75세였고 후손이 없었다. 그러나 하나님은 불가능에 가까운 후사의 기적을 허락하셨는데, 그렇게 나온 외아들 이삭을 번제로 바치라는 것이다. 이삭은 죽음 직전에 살아났지만 하나님의 명령과 살려주심은 불가능을 가능케 하는 또 한 번의 기적이었다. 이승우는 이 역사를 소설집 한가운데 배치하고 책 제목과 같은 제목을 붙인다. 그러나 그는 "그것은 사랑 때문에 일어난 일이다, 라고 아버지는 나에게 말하지 않았다"고 쓴다. 사랑 때문에 일어난 일은 아니지만 작가는 '사랑이 한 일'이라고 보는 것이다. 여기서 작가의 특이한 문체가 관심을 끈다. 97쪽에서 123쪽에 이르는, 여섯 대목의 모두(冒頭)에 나타나는 "그것은 사랑 때문에 일어난 일이다, 라고 아버지는 (나에게) 말하지 않았다"[(1), (4), (5), (6)] 혹은 "그것은 사랑 때문에 일어난 일이다, 라고 아버지는 나에게 말했다"[(2), (3)]라는 문장의 반복이 갖는 의미이다. 문학의 의미가 의미론적으로만 발생하는 것이 아니라면, 성경 해석을 문학적으로 분석해나감에 있어서 문체론적인 접근은 상당히 중요한데, 작가는 바로 그 길로 들어선 것이다. 「사랑이 한 일」에서 그 부분들을 차례대로 인용하면서 분석해보자.

는 '내가 여기 있습니다' 하고 대답하였다. 그때 여호와께서 아브라함에게 말씀하셨다. '너는 사랑하는 네 외아들 이삭을 데리고 모리아 땅으로 가 내가 지시하는 산에서 그를 나에게 제물로 바쳐라.' 그래서 아브라함은 다음날 아침 일찍 일어나 나귀에 안장을 지우고 제물을 태울 나무를 준비하여 두 종과 자기 아들 이삭을 데리고 하나님이 지시하신 곳을 향해 떠났다."(「사랑이 한 일」, 『사랑이 한 일』, p. 95)

(1) 그것은 사랑 때문에 일어난 일이다, 라고 아버지는 나에게 말하지 않았다. 그 일에 대해 아버지는 어떤 말도 하지 않았다. 마치 그 일이 실제로 일어나지 않기라도 한 것처럼, 아니면 말하지 않는 것이 일어난 그 일을 일어나지 않은 것으로 만들 수 있는 방법이라도 되는 것처럼, 그렇게 믿기라도 하는 것처럼 한마디 말도 하지 않았다. 아버지는 침묵을 택했고 그 시간은 봉인되었다.[2]

(2) 그것은 사랑 때문에 일어난 일이다, 라고 아버지는 나에게 말했다. 내가 너를 사랑하지 않았다면 그 일은 일어나지 않았을 것이다. 일어날 수 없었을 것이다. 왜냐하면 사랑이 없는 곳에서는 그런 일이 일어나지 않기 때문이다. 일어날 수 없기 때문이다. 내가 너를 사랑하지 않았다면, 사랑하더라도 조금만 사랑했다면 나는 그런 요구를 받지 않았을 것이다.[3]

(3) 그것은 사랑 때문에 일어난 일이다, 라고 아버지는 나에게 말했다. 그것은 사랑 때문에 일어난 일이다, 라고 아버지는 나에게 말하지 않았지만, 그 문장을 담은 아버지의 목소리는 내 안에서 생생하게 울린다. 맞아요, 그것은 사랑 때문에 일어난 일이에요, 라고 나는 아버지

---

2) 「사랑이 한 일」, 『사랑이 한 일』, p. 97. 이 대목은 사랑에 대한 아무런 언급도 하지 않는 아버지의 '침묵'에 대해 말해준다.
3) 같은 글, p. 98. 이 대목은 그 사건이 이삭에 대한 아버지 아브라함의 사랑 때문에 일어난 것임을 '적극적으로 알린다'.

에게 말했다. 아버지의 신이 아버지를 사랑하지 않았다면 그 일은 일어나지 않았을 거예요. 일어날 수 없었을 거예요.[4]

(4) 그것은 사랑 때문에 일어난 일이다, 라고 아버지는 말하지 않았다. 아버지가 하지 않은 그 말을 나는 들었고 그 뜻을 이해했다. 나는 누구의 말을 들었을까? 내 안에 말을 넣어준 이는 누구였을까? 일어나기 힘든 어떤 대단한 일은 사랑 때문에 일어난다. 사랑은 불가능한 것을 하라고 요구한다. 아버지는 아들을 바치라는 요구를 받았다. 아들을 사랑해서 일어난 일이다. 신은 아버지에게 아들을 바치라고 요구했다. 아버지를 사랑해서 일어난 일이다. 사랑 때문에 받은 이 요구는 사랑 때문에 이행하는 것이 불가능하다.[5]

(5) 그것은 사랑 때문에 일어난 일이다, 라고 아버지는 말하지 않았다. 그러나 말하지 않는다고 해서 있었던 일이 없었던 일이 되거나 없었던 일이 있었던 일이 되는 것은 아니다. 말하지 않는 것이 더 크게 말하는 방법이 되는 말이 있다. 사랑의 말이 그렇다. 무엇보다 사랑은 잘 말해져야 한다. 예컨대 말하지 않는 것과 같은 방식으로 말해져야 한다. 그것은 사랑 때문에 일어난 일이다.[6]

---

4) 같은 글, p. 102. 여기서는 아버지 아브라함과 아들 이삭이 '침묵의 대화'로서 사랑을 긍정한다.

5) 같은 글, p. 107. 이 대목에서 아버지와 아들은 처음으로 하지 않은 말(아버지)을 듣는(아들) 기적의 소통을 행한다. 이 소통은 사랑 때문에 가능하였는데, 그러나 사랑 때문에 그 이행이 불가능하다. 변증과 그 한계가 동시에 발생하는 지점이다.

6) 같은 글, p. 112. 아버지의 침묵의 언어가 다시 등장한다. 그러나 이때 그 언어는 침묵의 당위성을 지닌 언어이어야 한다. 사랑의 말이기 때문이다.

(6) 그것은 사랑 때문에 일어난 일이다, 라고 아버지는 말하지 않았다. 아버지는 아무 말도 하지 않았다. 그 일에 대해 아버지는 어떤 말도 하지 않았다. 마치 그 일이 실제로 일어나지 않기라도 한 것처럼, 아니면 말하지 않는 것이 일어난 그 일을 일어나지 않은 것으로 만들 수 있는 방법이라도 되는 것처럼, 그렇게 믿기라도 하는 것처럼 한마디 말도 하지 않았다.[7]

'사랑이 한 일'이란 하나님이 아브라함에게 아들 이삭을 바치라고 하고, 아브라함은 이에 순종하여 아들을 번제로 내놓는 일(아브라함이 칼로 그 아들 이삭을 잡으려 하는 순간 여호와의 사자가 그를 정지시키고 대신 숫양을 보여준다. 「창세기」 22장 10~13절)을 말하는데, 결과적으로 아들을 죽이는 작업을 작가 이승우는 '사랑이 한 일'이라고 부르는 것이다. 이 이야기는 보통의 상식으로 이해되지 않는 몇 가지의 내용을 담고 있다. 무엇보다 아브라함이 나이 백 살에 얻은 아들을 죽이도록 하는 하나님의 명령이다. 하나님은 왜 이토록 잔인한, 모순의 지시를 하시는가? 다음으로는 이 명령에 순종하여 기적같이 얻은 외아들을 산으로 끌고 가서 죽이려고 하는 아브라함의 태도를 누가 납득하겠는가. 마지막으로 이해되지 않는 것은, 소설가 이승우가 하필이면 성경의 이 부분을 끌고 나와서 이 일이 사랑 때문에 일어났다고 서술하고 있다는 사실이다. 자, 사랑의 작가 이승우는 인간

---

7) 같은 글, p. 118. 아버지 아브라함은 결국 침묵한다. 사랑은 변증되지 않는다는 현실이다.

적인 욕망의 소산으로 여겨졌던 사랑의 개념을 확장해오면서 다분히 변곡(變曲)된 사랑의 영역에 이상 착륙을 한 것은 아닐까. 비록 기독교적 이타의 사랑에 이르렀다 하더라도 아브라함 스토리는 논증에 무리가 있는 것이 확실하다.

소설집 『사랑이 한 일』 한가운데 있는 소설 「사랑이 한 일」은 앞의 여섯 인용 문장들이 보여주는 문체와 구성의 특징들을 통하여 이 같은 논증의 무리를 극복하려고 한다. 무리의 극복이라는 생각은 이승우 자신이 아브라함 스토리 자체가 상식적으로 무리라는 판단을 이미 갖고 있기 때문에 생겨난 발상이다. 이 판단이 미리 형성되었다는 것은 기독교가 사랑의 종교라는 선험적인 지식과 관계되며, 결국 그 '사랑'을 실험적으로 적용해보아야 하겠다는 환원론적 인식의 결과라고 할 수 있다. 소설 속에서 아버지는 아브라함이며, 화자는 아들 이삭이 된다. 이삭의 손, 혹은 입을 빌려 서술되는 진술 속에서 반복되는 "그것은 사랑 때문에 일어난 일이다"라는 문장은 아버지가 아들 화자에게 말을 했든 안 했든 간에 '사랑'이라는 명제가 「창세기」에서 어떻게 구현되고 있는지 알아보고자 하는 문학적 노력인 것이다. 그것은 구체적인 소설적 전개가 '사랑'이라는 훌륭하고 아름다운 열매를 얻어가는 귀납적 세계와는 반대된다. 무엇보다 사랑은 잘 말해져야 한다는 것, 다시 말해서 침묵으로 말해져야 한다는 것은, 말 없는 순종의 세계가 적어도 「창세기」 안에서의 사랑이라는 것을 알려준다.

가장 중요한 것은, 여기서 벌어지는 모든 현실이 '창세기'라는 사실이다. 창세기란 글자 그대로 세상이 창조된 시기를 말하는 것으로서, 이런 시각에서 볼 때 아브라함 스토리도 그 자체가 여호와 하나님의 창조 과정의 일환으로 보아야 할 것이다.

변증의 한계

연작소설집 『사랑이 한 일』은 기독교적 고뇌와 열정, 탐구가 냉철하면서도 뜨거운 복합을 이룬 이승우의 대표작이다. 일반적으로 초기의 『生의 이면』, 중기의 『식물들의 사생활』이 대표작으로 거론되는데, 『사랑이 한 일』은 이 작품들을 껴안으면서 작가의 거대한 주제인 사랑에의 도전에 마침표를 찍은 대작이다. 그는 도저히 변증의 논리로서는 풀리지 않는 성경 해석상의 사랑의 개념을 바로 그 변증에서의 탈출이라는, 말하자면 탈변증을 통해 이루어낸다. 변증을 따라서 『사랑이 한 일』 수록작 다섯 편을 첫 작품 「소돔의 하룻밤」부터 다시 읽어보자. 과연 어떤 사랑이 증명되는가.

이 책에 수록된 1부 「2. 사랑에 대한 전설」에서 살펴보았듯이 첫번째 작품 「소돔의 하룻밤」의 내용은 소돔의 무뢰한들이 롯의 집에 들어온 나그네들을 동성 강간하고자 하는 것이다. 롯이 자신의 딸을 내줄 테니 제발 참아달라고 간청하는데도 그들은 막무가내다. 결국 외지인을 모욕하고 쫓아내겠다는 것이 소돔의 무뢰한들의 진의였던 것이다. 이 소설은 소돔과 롯의 대결인데 외지인으로 나타난 사람들은 바로 소돔을 멸하려고 온 천사 같은 사람들이었다. 여기에 사랑의 작용이나 매개는 나타나 있지 않다. 변증과 정면으로 어긋나는 부분은 롯이 자기 딸들을 내줄 터이니 무뢰한들에게 물러나달라고 간청하는 장면, 그리고 그 간청을 거절하는 무뢰한들의 폭력성이다. 일반적인 상식을 정면으로 배반하는 이런 일들은 물론 소돔의 악을 보여주는 행태이다. 그러나 대체 이러한 성경 해석의 소설화 속 어디에 '사랑'이 있는가. 이 질문은 이 작품 자체에서는 답을 얻지 못하고 다음 작품으로 넘어간다. 변증에 실패한 것이다.

두번째 작품은 「하갈의 노래」이다. 하갈은 아브람의 첩이자 그의 아내 사래의 몸종이다. 사래는 자신의 몸에서 후사를 얻기 힘들다고 생각하고 하갈을 남편 아브람에게 보내어 득남케 하였는데 이때 아브람의 나이가 86세였다. 그 뒤 아브라함(뒤에 이름이 바뀜)이 100세 사래가 90세일 때, 사래에게서 이삭이 태어났다. 이후 두 여인의 관계는 악화되고 결국 하갈은 아들 이스마엘과 함께 쫓겨나와 브엘세바 광야에서 방황한다. 두 모자는 물도 먹을 수 없는 빈사지경에 처했으나 하나님이 그들로 눈을 밝히시사 샘물을 찾아 마시게 하고 후에 이스마엘로 한 민족을 이루게 하신다.

여기서 소설의 내용은 바로 그 하갈의 노래다. 하갈은 첩이 되고 아브람과 사래의 학대를 받고 마침내 집에서 쫓겨난 신세를 한탄하고, 후회하고, 저주하는 눈물의 노래를 부른다. 그러나 이 소설에는 주인공 아브라함과 그의 아내 사라, 첩 하갈과 그녀의 아들 이스마엘 등 네 명의 인물이 등장하고, 주제라고 할 수 있는 그들 사이의 사랑이라는 긴장 관계가 나타난다. 그렇다. 「하갈의 노래」의 주제는 '사랑'이다. 「소돔의 하룻밤」에서 확실치 않았던 주제는 「하갈의 노래」

에서 뚜렷해진다.

> 그는 몸을 낮추고 아들과 눈을 맞추었다. 그분이 너를 사랑하는 걸 알고 있지? 아들은 아버지가 새삼스럽게 왜 이런 말을 하는가, 하는 표정으로 그를 쳐다보고, 아버지가 새삼스럽게 왜 이런 말을 하는지 알아요? 하고 묻는 듯한 표정으로 그녀를 쳐다보았다. 주님이 너를 사랑하는 걸 잊지 마라. 어디에나 계시는 그분이 어디서나 너를 돌볼 것이다. 그는 아들의 머리 위에 손을 얹고 축복했다. (「하갈의 노래」, 『사랑이 한 일』, p. 60)[8]

아브라함이 하갈과의 사이에서 낳은 아들 이스마엘이 집을 떠나 길을 나설 때 한 말이다. 이때의 '사랑'은 묘한 울림과 내용을 지닌다. 첩의 소생으로 자신이 원했던 자식이지만 처첩 간의 갈등으로 인하여 집에서 내보낼 수밖에 없는 상황 아래에서 아브라함은 "그분이 너를 사랑하는 걸 알고 있지?"라는 간접화법으로 '사랑'을 말한다. 이러한 모습은 하갈의 즉각적인 이의와 반발을 가져온다.

> 그녀는, 그분이 너를 사랑하는 걸 알고 있지? 가 아니라 아버지가 널 사랑하는 걸 알고 있지? 라고 말했어야 한다고 생각했다. 신이 너를 사랑하는 걸 잊지 마라, 가 아니라 아버지가 너를 사랑하는 걸 잊지 마라, 라고 했어야 한다고. (「하갈의 노래」, p. 61)

---

8) 이하 인용 시 작품명과 쪽수만 밝힌다.

아브라함과 하갈 사이의 미묘한 이견은 그들이 처한 처지에 따른 각기 다른 생각과 표현일 수 있다. 그러나 그러한 입지의 상이함을 고려한다 하더라도, 하나님의 사랑과 아버지의 사랑이 여기서 어떻게 나타나고 어떻게 다르며, 그 진실성이 해석되는지, 하는 문제는 매우 중요하다. 우선 하갈은 어디 있는지도 모르는 주님의 사랑보다 구체적인 육친의 사랑으로 아버지가 말해져야 한다고 믿는다. "없으면서 있는 것처럼 내보일 수 없고 있으면서 없는 것처럼 감출 수 없는 것이 사랑이라는 것을 그녀는 알고 있었다"(p. 61). 요컨대 하갈의 노래는 서로 길항하는 두 개의 사랑을 우리 앞에 던져주면서 사랑의 변증과 그 한계를 제시한다.

우리는 욕망에서 발원한 이승우의 사랑이 불안과 자책, 분노와 성찰의 거듭되는 과정을 통해서 마치 사도 바울이 "오호라 나는 곤고한 사람이로다 이 사망의 몸에서 누가 나를 건져내랴"(「로마서」 7장 24절)와 같은 고백을 만나게 되는 것에 직면한다. 그도 그럴 것이 이승우가 생각했던 사랑은 아름다웠고 순수했으나 세상 속에서 사람들과 만나는 사이 사실과는 어긋나는 전설과 신화가 되는 상황을 지나야 했다. 그것은 사랑을 통해 만나는 자기 자신과의 싸움이기도 했다. 바울이 말하지 않았는가. "내 지체 속에서 한 다른 법이 내 마음의 법과 싸워 내 지체 속에 있는 죄의 법으로 나를 사로잡는 것을 보는도다"(「로마서」 7장 23절). 결국 속사람으로는 하나님의 법을 즐거워하지만 죄의 법에 사로잡히곤 하는 모습을 자복하는 바울이 바로 이승우 자기 자신임을 토로하는 것이다. 사랑은 죄의 법과 하나님의 법의 싸움일진대, 세상에서 펼쳐지는 죄의 법의 현장이 소설이라면 하나님의 법의 모습도 작가는 보여줘야 할 것 아닌가. 그것은 문학적 당위이기도 한 것이다. 양자를 한꺼번에 껴안고 있는 모습을 이승우는 이렇게 표현한다.『사랑의 생애』에서 이미 말한 바 있다.

사랑이 괴로울 수밖에 없는 것은 사랑이 불가능한 것을 욕망하기 때문이다. (『사랑의 생애』, p. 206)

사랑은 불가능한 것을 욕망하지만, 진정한 종교는 그 불가능한 가능성을 실천한다고도 진술된다.

내가 생각하는 진정한 종교는 권력으로부터의 초연, 그 불가능한 가능성을 실천하는 것입니다. (『가시나무 그늘』, p. 118)

이처럼 사랑과 종교는 불가능한 것을 욕망하고, 심지어 실천하기까지 한다. 근작『사랑이 한 일』은 바로 그것을 보여준다. 이 말은 사랑이 종교의 경지에 가까이 갈 때 불가능이 희박해진다는 뜻이 되며 인간적 욕망의 늪에서 벗어나 구원받을 수 있다는 뜻도 된다. 「사랑이 한 일」이라는, 연작의 중심이 되는 소설이 그 전형이 된다. 앞에서 여러 차례 거론되었다시피 아브라함이 이삭을 데리고 모리아산에 올라 그를 하나님께 번제로 드리는 장면은 침묵의 언어로 말해진다. 사랑 때문에 일어난 일이라고 아버지는 말하지 않았지만, 소설에서 화자인 이삭은 잘 알아듣고 이해했다. 이 소설에서 작가는 "일어나기 힘든 어떤 대단한 일은 사랑 때문에 일어난다"(p. 107)고 적는다. 사랑은 불가능한 것을 하라고 요구한다. 사건의 발생과 사실의 열거 결과 이루어진 모습들이 감각적·경험적으로 받아들이기에 충분한 사랑의 실상이라면 침묵의 언어 아닌 다변의 언어가 쏟아질 것이다. 변증의 언어는 진정한 사랑, 즉 종교적 구원의 언어로 가기 힘들다는 것, 거꾸로 말하면 구원의 언어는 침묵을 포함한다는 것이다. 말하지 않는 것과 같은 방식으로 말해져야 한다는 것이다. 사랑하지 않는 무엇이나 누구를 바치는 것은 본질적으로 불가능하다.

『사랑이 한 일』 가운데 변증의 언어와 침묵의 언어가 함께 공존하고 있는 경우로서 「하갈의 노래」를 예거할 수 있다. 이 소설의 발단은 85세의 아브라함과 10세 연하의 아내 사라가 후사를 얻지 못해 근심에 싸여 있다가, 사라의 몸종 하갈이 아브라함의 첩실로 들어가서 이스마엘이라는 상속자를 얻게 된다는 데에 있다. 『구약성서』 「창세기」의 이야기이지만 오늘날 들어도 멜로 같은 내용이다. 소설은 변증의 언어로 설득력 있게 전개되는데, 특히 하갈의 분노와 회한, 아들 이스마엘에 대한 사랑의 감정과 광야의 방황 체험은 현재 시점에서도 소설적 리얼리티가 확연하다. 그러나 변증의 언어만으로 포용되지 않는, 그 너머의 언어가 있다. 사랑의 언어다. 변증이란 말하자면 따지는 언어인데, 사랑하는 사이에서 그 언어는 당연히 한계가 있지 않겠는가. 「하갈의 노래」에서 그 언어는 누구보다 하갈의 언어, 즉 하갈의 노래일 수밖에 없다.

그 순간 몹시 다급한 목소리가 그녀를 불렀다. 하갈아, 그녀보다 더 놀란 것 같은 목소리가 말했다. 왜 그러고 있느냐? 이 큰 울음소리가 들리지 않느냐? 어서 일어나서 아이를 안아라. 그녀는 탈진해서 눈도 뜨지 못한 채, 나더러 어쩌라고요. 죽어가는 내 아들 입에 물이나 축여 주세요, 하고 중얼거렸다. 그녀는 자기에게 말하는 이가 누구인지 몰랐고 자기가 무슨 말을 하는지도 의식하지 못했다. 네 아이는 죽지 않을 것이다. 어서 일어나서 물을 마시게 해라. 목소리가 재촉했다. 거부할 수 없이 부드럽고 압도적인 목소리. 그분의 음성이라는 사실이 그제야 깨달아졌다. 당신입니까? (「하갈의 노래」, p. 92)

사랑의 소리(목소리)는 위에서 아래로 내려온다. 아래에서 위로 올라가는 일은 없다. 그 경우 그 소리는 대부분 읍소이거나 절규, 기껏해야 설명이다. 진정한 사랑은 아무것도 바라지 않기에 일방적인 줌, 베품의 형태이고, 그렇기 때문에 사람과 사람 사이에서 수평적으로 잘 이루어지지 않는다. 결국 위에서 아래로 내려오는 모습이 되고, 또 그런 모습으로 사랑이 만들어진다. 그러나 진정한 사랑은 위에서 아래로 자연스럽게 흘러내리지 왜곡과 우회를 개입시키지 않는다. 예컨대 아브라함이 이스마엘을 사랑한다고 말할 때, 그는 하나님이 그를 사랑한다는 전달의 언어를 쓸 뿐 자신의 사랑을 직접적인 언어로 말하지 않는다. 이스마엘에 대한 아브라함의 사랑은 여기서 결정적으로 제한되고 그 역사적 의미 또한 한계를 지닌다. 그러나 하나님의 사랑은 무제한적이다.[9]

당신이 땅의 울음을 들으셨습니까? 하고 중얼거리며 그녀는 눈꺼풀을 힘겹게 밀어올렸다. 햇살이 눈을 찔렀다. 아무것도 보이지 않았다. 그녀는 다시 눈을 감았다. 그러자 우물이 보였다. 눈을 뜨면 보이지 않는 우물이 눈을 감으면 보였다. 그녀는 눈을 감은 채 아들을 안고 우물을 향해 달려갔다. [……]

주인의 집에서 쫓겨난 하갈은 아들과 함께 광야에서 살았다. 아들은 광야에서 살면서 활을 쏘는 사람이 되었다. 신이 그들을 보살폈다. (「하갈의 노래」, p. 93)

변증 너머 구원의 언어

사랑은 결국 구원을 지향한다. 『파우스트』가 그러했고, 『햄릿』이 그렇고 『부활』 또한 스스로의 구원, 혹은 타자의 구원 가능성을 모색한다. 그러나 그 길은 요원하다. 사랑을 그 욕망이라는 에너지에서 분리하여 변용시키기도 하고, 아예 사랑의 독자적인 세계를 사물화시키기도 하는 이승우의 역동적인 사랑학 시도는 바로 그것들의 눈물겨운 수작이라고 할 수 있는 『식물들의 사생활』 『사랑의 생애』를 거쳐 마침내 『사랑이 한 일』에 이른다. 그리하여 구원을 바라보는 종교적 상황에서 성경적 해석의 문을 두드리지 않을 수 없게 된 것으로

---

9) 3부 2장 「사랑 바깥의 사랑」의 각주 5 참조.

보인다. 이제 어떤 사건 중심의 변증을 통한 사랑의 인간적 힘은 쉬지 않을 수 없게 된 것이다. 어떤 변증으로도 이해되거나 납득되지 않는 일들이 그리하여 『사랑이 한 일』 속에 수록되고 그 일들은 기독교적 종교의 세계에서 변증을 뛰어넘는다. 가령 침묵의 언어가 그것이다.

예컨대 말하지 않는 것과 같은 방식으로 말해져야 한다. (「하갈의 노래」, p. 118)

'사랑의 말'이 그렇다는 것이다. 사랑의 말은 아래에서 위로 올라가지 않으므로 "말하지 않는 것과 같은 방식", 즉 침묵으로 말해져야 하고, 사랑을 주는 위쪽의 언어는 더더욱 말없이 행해질 필요가 있다. 작가는 여기서 "사랑 때문에 일어난 일이지만, 그 사랑은 말로 설명하기 어려운 것"(p. 98)이라고 말한다. 궁극적으로 진정한 사랑은 위쪽, 즉 신으로부터 내려오기에 그 사랑을 받는 아래쪽의 사람은 화자의 입장에서 그 진실만큼 사랑에 대해서 말할 수 없는 것이다. 하갈이 광야에서 어린 아들과 함께 빈사 상태를 헤맬 때 그녀에게 들려온 신의 음성은 이러하였다.

그리고 가물가물해지는 의식 속에서 문득 그녀는 커다랗고 날카로운 울음소리를 들었다. 그 소리는 이제껏 완고하게 침묵만 지키던 하늘과 땅이 한꺼번에 내지르는 것처럼 무시무시했다. [……] 하늘을 끌어내리고 땅을 들어올리는 것 같은 소리였다. 하늘과 땅의 거리가 좁

아지고 종내에는 하나로 달라붙는 것 같았다. [……] 그녀는 울음소리를 피할 수 없었다. [……] 그녀는, 아들아, 내 아들아, 하고 중얼거리기만 했다. 그녀의 목소리는 거의 밖으로 나오지 않았다. (「하갈의 노래」, pp. 91~92)

날카로운 울음소리는 하갈의 아들의 것이기도 했고, 하갈 모자를 궁휼히 여긴 신의 울음소리이기도 했다. 신이 말했다. "왜 그러고 있느냐? 이 큰 울음소리가 들리지 않느냐? 어서 일어나서 아이를 안아라"(p. 92). 하갈은 누군지 알 수 없는 목소리를 듣는데, 그때 그 목소리가 거부할 수 없이 부드럽고 압도적인 목소리임을 느끼고 깨닫는다. '부드러움'은 사랑일 것이며, '거부할 수 없이 압도적'인 것은 위에서 내려오는 절대자 아니겠는가. 하갈은 슬펐지만 하나님의 사랑은 공평하고 따뜻했다. 그다음 작품 「사랑이 한 일」에서의 불가사의한 일들, 무엇보다 거기에서 일어난 일들을 사랑의 산물로 연결 짓는 놀라운 문체 작업이 「하갈의 노래」 때문에 훨씬 이해하기 쉬웠다면 어떻게 들릴지…… 하나님은 그 전체를 껴안는 섭리의 사랑이었구나, 하는 깨달음으로 이어진다. 「사랑이 한 일」 이후 사랑은 사람들 사이에서는 도저히 이루어질 수 없겠다는 깨달음도 거기에 포함된다. 변증에 한계가 있다는 인식은 그 너머에는 아무것도 존재하지 않는다는 것이 아니라, 그 너머에 욕망과 이해관계를 초월한 진짜 사랑이 있을 수 있다는 것을 보여주는 것이다. '사랑의 생애'에는 끝이 있지만 '사랑이 하는 일'에는 끝이 없다. 죽음까지 들어 있지 않은가. 아니, 거기에 이를 때 비로소 '사랑'이라고 하지 않는가. 이승우의 소설들은 그런 의미에서 그 모두가 사랑 연작들이며, 자식마저 죽음으로 바치는 경지에 이르는 상황을 '사랑'이라고 규정해주는 엄청난 사랑의 소설이다. 인간으로서의 모든 상황을 벗어나는 것이 구원이라면, 구원을 경험하는 것이 사랑일 터인데 이승우는 사랑 연작을 통해 그 끝을 만져보고 싶었던 것이다. 다음과 같은 난해한 표현은 이를 위한 문체의 욕망이다.

> 그것은 사랑 때문에 일어난 일이다, 라고 아버지는 나에게 말했다. 그것은 사랑 때문에 일어난 일이다, 라고 아버지는 나에게 말하지 않았지만, 그 문장을 담은 아버지의 목소리는 내 안에서 생생하게 울린다. 맞아요. 그것은 사랑 때문에 일아난 일이에요, 라고 나는 아버지에게 말했다. 아버지의 신이 아버지를 사랑하지 않았다면 그 일은 일어나지 않았을 거예요. [……] 아버지가 나를 사랑하고 지나치게 사랑한 것이 사실인 것처럼 그분이 아버지를 사랑하고 지나치게 사랑한 것도 사실이라는 걸 나는 알 것 같아요. [……] 그러니까 아버지인 신은 아들인 아버지를 너무 사랑한 거예요. 사랑의 한도가 어디까지일까요.
> (「하갈의 노래」, pp. 102~05)

이제 변증 너머 구원의 언어가 있음을 알게 되었다. 그러나 그것은 어디까지나 문체의 변곡을 중시하여야 할 작가의 몫일 수밖에 없고 『사랑이 한 일』처럼 성경 해석과 같은 신의 언어와 결부되는 영역에서 어깨를 자연스럽게 펼치기 쉽다. 이러한 경지에서 이승우는 두 편의 독특한 소설을 『사랑이 한 일』 속에서 꺼내어 놓는다. 「허기와 탐식」, 그리고 「야곱의 사다리」다.

'최선을 넘어서는 최선'—기이한 죄책감

「허기와 탐식」은 「창세기」 가운데 에서와 야곱 이야기다. 이삭의 두 쌍둥이 아들 중 맏아들 에서는 사냥을 좋아하는 남성적 기질이어서 아버지 이삭의 편애를 받았다. 한편 조용한 성향의 야곱은 어머니 리브가의 사랑을 받았는데, 문제는 아버지 이삭이 형인 에서만 축복을 한다는 것이다. 말하자면 편애하는 것이다. 이승우는 이 소설에서 편애 속에서의 사랑이라는 문제를 제기한다. 왜 이삭과 리브가는 쌍둥이 두 아들을 각각 편애할까. 이승우는 이 소설에서 이 현상에 대해 이렇게 말한다.

사람에게는 균형을 잡는 재주가 없고 사랑에게는 균형에 대한 감각이 없다. 사랑하는 사람은 균형을 잡을 줄 모르는 사람이다. (「허기와 탐식」, p. 128)

일반적인 성경 해석과 달리 작가는 이 소설에서도 사랑의 문제를 파고드는 데, 편애라는 독특한 시각을 보여준다. 이승우는 편애가 비정상적인 사랑의 한 방식이 아니라 지극히 자연스러운 일반적인 현상이라고 바라본다. 그러니까 공평하게 사랑한다는 말은 아무도 진심으로 사랑하지 않는다는 말에 가깝다. 사랑을 요구할 권리는 누구에게도 없다. 사랑은 자발적이다. 이삭이 에서만 사랑하는 것도, 리브가가 야곱만 사랑하는 것도 각각 자발적이다. 이유를 든다면, 에서는 사냥을 좋아해서 잡아 온 고기 요리를 잘했고, 이삭은 맛있게 먹기를 즐겨 했다. 충분한 이유라고 할 수 있다. 이승우는 이 소설에서 음식과 사랑과의 관계에 특별히 주목한다. 그는 탐식 혹은 탐식가와, 미식 혹은 미식가를 분류하고 에서와 야곱을 이 기준에 따라서 다시 나눈다. 덧붙여 사랑은 대체 이와 어떤 관계에 있는가 하는 질문을 여기서 제기한다.

탐식가는 음식으로 위장을 채우지만 빈 곳이 어디인지도 모르고 채우려고 들기도 한다. 말하자면 탐식가에게 음식은 일종의 메타포일 수 있다. 반면에 미식가가 원하는 것은 구체적인 음식이지 메타포가 아니다. 아버지 이삭은 큰아들 에서가 사냥해 온 야생동물 음식이 좋아서 그를 사랑했다. 작가는 여기서 "사랑받기 위해서 대단한 매력이 꼭 필요한 것은 아니"라고 말한다. 이삭은 음식 때문에 아들 에서를 사랑했으나 어머니 리브가는 별다른 이유 없이 작은아들 야곱을 사랑했다. 이삭의 경우는 흔하지만 리브가의 경우는 흔하지 않다고 이승우는 분석하고 판단한다, 그렇다면 왜 이삭은 탐식가 쪽에 가까워졌을까. 치명적이었던 그의 어린 시절과 무관하다고 할 수 없을 것이다. 즉 모리아산에 끌려가서 죽을 뻔했던 일, 이복형을 신이 빈들에서 키웠다는 이야기 등과 함께 아버지 아브라함이 자신과 이복형을 마찬가지로 쫓아내려고 했던 것은 아닌가 하는 의구심이 있었다. 이 부분에서 이승우는 불가능을 뛰어넘는 가능의 세계에 대한 깊은 사색을 보여준다.

그가 큰아들인 에서를 사랑한 것은 사실이고, 에서가 잡아온 야생 동물로 만든 요리를 즐겨 먹은 것도 사실이고, 그 요리가 빈 들의 사냥꾼인 그의 이복형이 해준 것과 구별되지 않은 것 역시 사실이다. 그리고 어쩌면 이것도 사실일 것이다. 그가 둘째아들이 아니라 첫째아들을 사랑한 것은, 첫째아들이 그의 형을 떠올리게 했기 때문이다. 그의 형을 떠올릴 때 떠오르는 죄책감을 떨쳐버릴 수 없었기 때문이다. 이스마엘이 그의 형인 것처럼 에서가 야곱의 형이었기 때문이다. 그의 형이 그랬던 것처럼 야곱의 형인 에서도 자기가 한 어떤 행동이나 하지 않은 어떤 행동 때문이 아니라 최선을 넘어서는 최선, 법과 도리를 넘어서는 신의 이해할 수 없는 섭리에 의해 집안의 대를 이어가는 명분을 동생에게 넘겨줄 것이기 때문이었다. (「허기와 탐식」, pp. 157~58)

말하자면 자신의 힘으로서는 어쩔 수 없는, "최선을 넘어서는 최선, 법과 도리를 넘어서는 [……] 섭리에 의해" 이루어지는 상황이 가져다주는 현실 때문에 갖게 되는 죄책감이 일종의 사랑을 유발하는 것이다. 광야로 내쫓긴 이복형 때문에 이삭은 죄책감을 느낀다. 형에 대한 죄책감은 에서에 대한 연민으로 이어지는데, 그 이유도 "최선을 넘어서는 최선, 법과 도리를 넘어서는 신의 이해할 수 없는 섭리"로 설명된다. 쌍둥이 아들들이 태중에 서로 다투면서 큰아이가 작은아이를 섬길 거라는 예언을 어머니가 듣는다. 태어날 때 나중에 나온 아들이 먼저 나온 아들의 발뒤꿈치를 잡고 있었는데 이삭은 자기가 형을 붙잡고 있는 것 같아 괴로웠다. 형 이스마엘의 광야 생활에 그는 죄책감을 가졌던 것이다. 그러나 신의 섭리임을 어쩌랴. 이승우가 그의 소설 전반에 걸쳐 깔아놓고 있는 이 죄책감은 결국 신의 섭리와 연결되는, 어쩔 수 없는 운명이라는 점에서 비인간적이다. 이승우는 2021년 단편 「마음의 부력」에서 이 문제에 대해 사랑은 결국 사람이 할 수 없는 것이며, 그 이상의 운동과 관계된다는 점을 조용히 묵상할 것을 권유한다. 형과 소설 화자인 '나'를 주인공으로 하고 있는 이 소설에서 사실상의 주인공은 「허기와 탐식」이 그렇듯이 어머니인 것이다.

상실감과 슬픔은 회한과 죄책감에 의해 사라질 수도 있지만, 회한과 죄책감은 상실감과 슬픔에도 불구하고 사라지지 않는다는 사실을, 오히려 그것들에 의해 더 또렷해진다는 사실을 이해하지 못했다. 나는 사랑의 대상인 야곱이 져야 했을 마음의 짐에 대해서는 제법 깊이 생각하면서 그 사랑의 주체인 리브가가 져야 했을 마음의 짐에 대해서는 깊이 헤아리지 못했다는 사실을 인정하지 않을 수 없었다.[10]

과연 그럴까. 상실감과 슬픔은 시간과 함께 묽어지지만 회한과 죄책감은 시간과 함께 더 진해진다는 것인가. 이승우의 결론은 바로 여기에 있고, 이러한 생각이 이승우의 소설을 여기까지 끌고 온 것이다. 「야곱의 사다리」가 그 결론 아닐까. 상실감과 슬픔은 인간의 눈물과 함께 흘러가버리지만, "회한과 죄책감은 자신의 감정에 대한

---

10) 이승우, 「마음의 부력」, 이승우 외, 『제44회 이상문학상 작품집』, 문학사상사, 2021, pp. 47~48.

무자각적 반응이어서"(p. 47) 통제하기 힘들다는 것이 이승우의 생각이다. 말하자면 회한과 죄책감은 비인간적이다. 그 비인간적인 무자각적 반응의 세계에서 야곱은 별들을 보고 탑도 보고 사다리도 본다. 야곱이 세상에서 무슨 환상적인 일을 했는가?

야곱의 사다리—내려오는 사랑

야곱은 집을 떠나 하란을 향해 갔다. 결혼할 여자를 찾는 것이 표면상 이유지만 사실상 집을 나와 도망가는 것이다. 「야곱의 사다리」라는 소설 안의 마지막 연작은 바로 그 이야기다. 집 밖의 세상은 야곱에게 불안 자체였고 자신이 밤하늘 별들 사이를 떠다니는 신성함, 혹은 일종의 숨결 같은 것이라고 느꼈다. 여기서의 특별한 느낌이 이른바 '야곱의 사다리'인데 그 부분을 인용해보면 다음과 같다.

야곱은 별들이 자기에게 보여주기 위해 만든 것이 거대한 탑이라고 생각했다. 땅을 딛고 하늘에 닿아 있는 거대한 탑. 처음 보는 탑이었지만 낯설지는 않았다. 낯설지는 않았지만 놀랍기는 했다. 아득한 옛날에 땅의 사람들이 하늘을 향해 탑을 쌓았다고 했다. [……] 그때 도시를 만든 사람들은 하늘에 닿을 탑을 쌓자고 합의했다. "탑을 쌓아 하늘까지 올라가자." "하늘에 닿는 탑을 쌓아 우리 이름을 떨치자." [……] 하늘에 닿기만 하면 하늘로부터 자유로워질 수 있을 거라고 그들은 생각했다. [……] 아래에서 위를 올려다보면 탑의 꼭대기가 까마

득했으므로 사람들은 곧 하늘을 차지할 거라고 생각했다. (「야곱의 사다리」, pp. 190~93)

그러나 야곱은 생각을 바꾸어 그림 속의 탑은 땅에 기초를 놓고 아래에서 위로 지어 올라간 건축물이었다는 것을 알게 되었다. 야곱은 그가 꿈을 꾸고 있다고 생각했다. 야곱의 눈앞에 나타난, 별들이 모여진 조형물은 하늘에 붙어 있었다. 하늘에서 시작해서 땅에 닿아 있었다. "비어 있는 부분이 없었으므로 위도 아래도 허전하지 않았다"(p. 196). 완전한 조형물이었다. 그가 본 것은 "현실 너머의 세계"였으며 까마득히 높은 곳에서 아래로 내려오는 사람들이었다. "그들은 그 탑을 사다리처럼 타고 하늘에서 땅을 향해 내려왔다"(p. 197). 위에서 아래로 내려온 하나님의 작품을 사람들이 아래에서 위로 쌓아 올린 작업이라고 생각하다니!

사람들과 땅을 향한 하나님의 손길에 대해서 야곱은 그것이 꿈속에서 일어나고 있는 일이라고 생각했다. 그가 보고 있는 것은 현실 너머의 세계였다. 현실에서 볼 수 없는 것을 보았다. 까마득히 높은 곳에서 아래로 내려오는 사람들을 본 것이다. 이 부분은 아주 아름답게 묘사된다.

그 완전한 수직의 아름답고 신비스러운 탑은 사다리가 되어 있었다. 그 탑사다리는 별빛으로 빛났다. [……] 야곱은 그들이 천사들이라는 것을 알아보았다. 이전에 천사를 본 적이 없는데도 그들이 천사라는 사실이 곧 바로 깨달아졌다. 그 깨달음은 그의 내부에서 비롯한 것이 아니라 외부에서 그에게 찾아온 것 같았다. 누군가 그의 손에 쥐여준 것 같았다. [……] 야곱은 내려오는 어떤 천사와 눈이 마주쳤다. [……] 그는 자기도 모르게 하늘을 향해 손을 들었다. (「야곱의 사다리」, pp. 197~98)

야곱은 천사, 즉 하나님을 만난 것이다. 그러나 자기가 꿈을 꾸고 있다는 것도 알지 못했고, '야곱아' 하고 그를 부르는 소리가 있다는 것도 분간하지 못했다. 그러나 작가는 그 목소리를 통한 존재의 편만함을 알 수 있었다고 말한다. 야곱은 그 목소리의 주인이 여호와라는 것을 알았다고 하는데, 그가 보고 있는 대상이 천사라는 사실을 그는 직관하였다. 이러한 직관은 그의 압도적인 존재 앞에서의 속수무책을 의미하기도 하고 간절한 열망을 의미하기도 했다. 그렇다면 세상에 홀로 버려진 것 같은 외로운 시간에 야곱 앞에 나타난 여호와는 무엇을 의미하는가. 찾지 않았는데도 찾아온 그는 두렵고도 신비한 존재이며, 무엇보다 고마운 존재가 아닐 수 없다. 야곱의 사다리 속의 야곱은 뒤로 갈수록 꿈속의 야곱이 되며, '꿈'이라는 비현실적 시간/공간과는 달리 단단한 불덩어리처럼 현실감을 갖고 야곱에게 다가온다. 상호 배율적인 현상이 나타나는 것이다.

그래서 가만히 있었다. 어떻게 반응할지 몰라 가만히 있었다. 귀가 먹먹해지면서 그가 들은 말들이 메아리가 되어 울렸다. 너와 함께하겠다. 너를 지키겠다. 단어들이 서로 끌어당기며 한덩어리를 이루었다. 덩어리는 뜨거운 불이 되어 그의 가슴에서 타올랐다. 숨을 쉬기 위해 입을 벌리자 불덩이가 밖으로 빠져나왔다. 그는 자기가 울음을 터뜨렸다는 사실을 깨닫지 못했다. (「야곱의 사다리」, p. 202)

야곱은 아무것도 하지 않았다. 광야에서 꿈을 꾸고 별을 보았을 뿐이다. 여호와는 그 별무리로 사다리를 만들고 야곱에게 내려왔을 뿐이다. 그러자 둘 사이에 불덩이가 일어났고 야곱은 울음을 터뜨렸다. 왜? 무엇 때문에? 사랑밖에는 답이 없다. 사랑은 그렇게 내려올 뿐이다. 위로부터……

회한과 자책의 마음을 하나님은 긍휼히 여기셨던 것인가. 그 비인간성의 마음에는 혹 인간적 교만이 꿈틀거리고 있는 것은 아닌가. 그 꿈틀거림이 오늘도 이승우의 소설을 만든다. 그 생체감이 키르케고르의 외침같이(한스 큉에 따르면 기존 질서에 대한 저항으로서의 종교) 한국문학과 종교에서 회한과 자책감을 동시에 불러온다.

이승우 작가 연보

1959년   2월 21일 전남 장흥군 관산읍 신동리에서 2남 1녀 중 차남으로 태어남. 본관은 인천(仁川).

1971년   신동국민학교를 졸업하고 관산중학교에 입학. 1학년 과정을 마치고 서울로 상경해 중앙대학교 부속중학교로 전학.

1975년   중앙대학교 부속고등학교에 입학하여 3년간 문예반 활동을 함. 2학년 무렵부터 교회에 나가기 시작.

1978년   서울신학대학에 입학. 이 시기에 연극을 접하고 희곡을 집필하기 시작.

1981년   군 입대를 위한 신체검사를 받는 과정에서 폐결핵을 선고받고 휴학계를 낸 뒤 1년간 강원도 철원에 머무르며 소설을 집필.『한국문학』신인상에 중편소설「에리직톤의 초상」이 당선되면서 소설가로 등단.

1983년   연세대학교 연합신학대학원에 입학 후 군 입대.

1985년   군 제대 후『신앙세계』를 출간하는 기독교 잡지사에 입사. 1년을 채 채우지 못하고 퇴사한 뒤 대학원에 복학. 문형렬, 임동헌, 정길연 등과 함께 동인 '소설시대'로 활동.

1987년   첫 소설집『구평목씨의 바퀴벌레』를 문학사상사에서 간행.

1989년   10월에 아내 소준희와 결혼. 두번째 소설집『일식에 대하여』를 문
          학과지성사에서 간행.

1990년   11월에 아들 한서 태어남. 장편소설『에리직톤의 초상』을 살림출
          판사에서 간행.

1991년   세번째 소설집『세상 밖으로』를 고려원에서, 장편소설『가시나
          무 그늘』을 중앙일보사에서, 산문집『향기로운 세상』을 살림출
          판사에서 간행.

1992년   장편소설『生의 이면』을 문이당에서, 추리소설『황금가면』을 고
          려원에서 간행.

1993년   『生의 이면』으로 대산문학상 수상.

1994년   소설집『미궁에 대한 추측』을 문학과지성사에서 간행.

1995년   『소설과사상』에 연재한 장편소설『독』의 제목을『내 안에 또 누
          가 있나』로 바꾸어 고려원에서 간행.

1996년   장편동화『가가의 모험』을 국민서관에서, 장편소설『사랑의 전
          설』을 문이당에서 간행. 독일어판『生의 이면 *Die Rückseite des
          Lebens*』을 서정희 번역으로 Horlemann에서 간행.

1997년   콩트집『1년 3개월 7일』을 하늘연못에서, 산문집『아들과 함께 춤
          을』을 아세아미디어에서 간행.

1998년   소설집『목련공원』, 장편소설『태초에 유혹이 있었다』를 문이당
          에서 간행.

1999년   이스라엘 여행 에세이집『내 영혼의 지도』를 살림출판사에서 간행.

2000년   프랑스어판『生의 이면 *l'envers de lavie*』을 고광단·장노엘 주테 공
          동 번역으로 Zulma에서 간행. 이 작품으로 프랑스 페미나상 외국

문학 부문 후보에 오름. 장편소설『식물들의 사생활』을 문학동네에서 간행.

2001년　조선대학교 문예창작학과에서 소설 창작을 가르치기 시작. 소설집『사람들은 자기 집에 무엇이 있는지도 모른다』를 문학과지성사에서 간행.

2002년　소설집『나는 아주 오래 살 것이다』를 문이당에서 간행. 이 작품으로 동서문학상 수상.

2005년　소설집『심인광고』를 문이당에서, 중편소설『끝없이 두 갈래로 갈라지는 길』을 창해에서 간행. 독일어판 중·단편선집『미궁에 대한 추측 *Vermutungen über das Labyrinth*』을 이경분·카이 쾰러 공동 번역으로 Pendragon에서, 영어판『生의 이면 *The Reverse Side of Life*』을 공유정 번역으로 Peter Owen에서 간행.

2006년　프랑스어판『식물들의 사생활 *La vie rêvée des plantes*』을 최미경·장노엘 주테 번역으로 Zulma에서 간행. 중편소설『욕조가 놓인 방』을 작가정신에서, 산문집『당신은 이미 소설을 쓰기 시작했다』를 마음산책에서 간행.

2007년　장편소설『그곳이 어디든』을 현대문학에서 간행.「전기수 이야기」로 현대문학상 수상.

2008년　소설집『오래된 일기』를 창비에서, 산문집『소설을 살다』를 마음산책에서 간행.

2009년　장편소설『한낮의 시선』을 이룸에서 간행. 스페인어판『식물들의 사생활 *La vida secreta de las plantas*』을 조갑동 번역으로 멕시코 Ermitáno에서 간행. 장편소설『식물들의 사생활』이 한국 소설 최초로 프랑스 갈리마르출판사의 폴리오 시리즈 목록에 오름.

2010년   단편소설 「칼」로 황순원문학상 수상.

2011년   일본어판 『生의 이면生の裏面』을 김순희 번역으로 후지와라쇼텐
          에서, 스페인어판 『生의 이면La otra cara de la vida』을 윤선미 번역
          으로 Barataria에서 간행.

2012년   장편소설 『지상의 노래』를 민음사에서 간행. 일본어판 『식물들의
          사생활植物たちの私生活』을 김순희 번역으로 후지와라쇼텐에서,
          프랑스어판 『그곳이 어디든Ici comme ailleurs』을 최미경·장노엘
          주테 공동 번역으로 Zulma에서 간행.

2013년   장편소설 『지상의 노래』로 동인문학상 수상. 러시아어판 『식물들
          의 사생활Тайная жизнь растений』을 마리아 쿠츠네초바 번역으
          로 Гиперион에서, 프랑스어판 『오래된 일기Le Vieux Journal』를
          최미경, 장노엘 주테 공동 번역으로 Serge Safran에서, 일본어판
          『한낮의 시선真昼の視線』을 김순희 번역으로 이와나미쇼텐에서
          간행.

2014년   소설집 『신중한 사람』을 문학과지성사에서 간행. 프랑스어판 『한
          낮의 시선Le Regard de Midi』을 최미경·장노엘 주테 공동 번역으로
          Decrescenzo éditeurs에서, 독일어판 『식물들의 사생활Das verborgene
          Leben der Pflanzen』을 이기향 번역으로 Unionsverlag에서 간행.

2015년   장편소설 『독』(『내 안에 또 누가 있나』의 개정판)을 예담에서 간
          행. 영어판 『식물들의 사생활The Private Life of Plants』을 Inrae You
          Vinciguerra 번역으로 Dalkey Archive Press에서, 중국어판 『식물
          들의 사생활植物的私生活』을 정생화 번역으로 상해출판사에서,

일본어판『미궁에 대한 추측香港ハク』을 김순희 번역으로 고단샤에서 간행.

2016년 프랑스어판『욕조가 놓인 방*La Baignoire*』을 최미경·장노엘 주테 공동 번역으로 Serge Safran에서, 폴란드어판『식물들의 사생활*Prywatne życie Roślin*』을 Katarzyna Różańska 번역으로 Kiwaty Orientu에서 간행.

2017년 소설집『모르는 사람들』을 문학동네에서, 장편소설『사랑의 생애』를 위즈덤하우스에서 간행. 프랑스어판『지상의 노래*Le Chant de la terre*』를 김혜경·장클로드 드크레센조 공동 번역으로 Decrescenzo éditeurs에서 간행.

2018년 소설집『모르는 사람들』로 동리문학상 수상.

2019년 장편소설『캉탕』을 현대문학에서 간행. 이 작품으로 오영수문학상 수상. 노르웨이어판『식물들의 사생활*Plantenes hemmelige Liv*』을 Jarne Byhre 번역으로 Solum에서 간행.

2020년 소설집『사랑이 한 일』을 문학동네에서, 산문집『소설가의 귓속말』을 은행나무에서 간행.

2021년 단편소설「마음의 부력」으로 이상문학상 수상.

2022년 장편소설『이국에서』를 은행나무에서 간행. 프랑스어판『캉탕 *Voyage a Cantant*』을 김혜경·장클로드 드크레센조 공동 번역으로 Decrescenzo éditeurs에서 간행.

2023년 튀르키예어판『식물들의 사생활*Bitkilerin özel Hayatı*』을 Tayfun Kartav의 번역으로 Dogan Kitap에서 간행.